D1854421

Klaus Erfmeyer

TODES-ERKLÄRUNG

Horst-P. Ostermann
Wirtschafts-Ing. (grad.)
Am Weiher 5
6365 Rosbach 3-Rodheim

Klaus Erfmeyer

TODES-ERKLÄRUNG

Knobels neuer Fall

KRIMI IM GMEINER-VERLAG

Wir machen's spannend

Bibliografische Information
der Deutschen Bibliothek
Die Deutsche Bibliothek verzeichnet diese
Publikation in der Deutschen Nationalbibliografie;
detaillierte bibliografische Daten sind im Internet
über http://dnb.ddb.de abrufbar.

Personen und Handlung sind frei erfunden.
Ähnlichkeiten mit lebenden oder toten Personen
sind rein zufällig und nicht beabsichtigt.

Besuchen Sie uns im Internet:
www.gmeiner-verlag.de

© 2007 – Gmeiner-Verlag GmbH
Im Ehnried 5, 88605 Meßkirch
Telefon 0 75 75/20 95-0
info@gmeiner-verlag.de
Alle Rechte vorbehalten
2. Auflage 2008

Lektorat: Claudia Senghaas, Kirchardt
Umschlaggestaltung: U.O.R.G. Lutz Eberle, Stuttgart
Unter Verwendung eines Fotos von photocase.com
Gesetzt aus der 9,8/13 Punkt GV Garamond
Druck: Fuldaer Verlagsanstalt, Fulda
Printed in Germany
ISBN 978-3-89977-735-2

1

Rechtsanwalt Stephan Knobel saß an jenem regenverhangenen Montagmorgen Anfang Februar seit bereits über zwei Stunden tatenlos hinter seinem Schreibtisch, als seine Sekretärin die Tür zu seinem Büro einen Spalt weit öffnete, ihren Kopf hineinsteckte und über die Gläser ihrer Lesebrille spähte. Sie sah die leere große Schreibtischplatte, dahinter die ausdruckslose Miene ihres Chefs und seine ungewöhnlich blasse Gesichtsfarbe.

»Ein neuer Mandant«, meinte sie unsicher, »er hat zwar keinen Termin, aber er sagt, es sei wichtig. – Übernehmen Sie ihn?«

Frau Klabunde trat nun ganz in sein Büro und schloss leise hinter sich die Tür.

»Herr Knobel?«

Ihr Tonfall verriet gleichermaßen Fürsorge und Neugier.

»Sie gefallen mir heute gar nicht. Ist Ihnen nicht gut?«

Sie hielt inne, hätte natürlich gerne insistiert und sich als geduldige Zuhörerin empfohlen. Stattdessen schwieg sie erwartungsvoll, hielt gebührliche Distanz und signalisierte zugleich, dass sie nicht eher gehen werde, bis sie eine befriedigende Antwort erhalten hatte. Frau Klabundes fülliger Körper stand wie eine Statue in seinem Büro.

»Es ist nichts«, log er. »Wie heißt der Mandant?«

Seine Stimme klang leise und klang gereizt.

Frau Klabunde überging seine Frage.

»Sie können mir nichts vormachen, Herr Knobel. Ich kenne Sie zwar noch nicht sehr lange, aber eine Frau hat dafür ein Gespür.«

Wie immer, wenn nach ihrem Eindruck etwas nicht stimmte, brachte sie ihr frauliches Empfinden ein, diente sich als Freundin an, ohne Freundin sein zu wollen.

Knobel nickte.

Tatsächlich hatte Frau Klabunde ein Gespür für alles, was nicht alltäglich war. Frau Klabunde hatte bereits Witterung aufgenommen, als er heute Morgen durch ihr Sekretariat geeilt, sie nur knapp begrüßt, sich jeglicher Nachfrage nach dem vergangenen Wochenende enthalten und sofort die Tür zu seinem Büro hinter sich geschlossen hatte. Doch Knobel schwieg. Sicher, er hätte so tun können wie nach jedem Wochenende. Er hätte launig in Frau Klabundes Sekretariat treten und berichten können, was er mit seiner Frau Lisa am Wochenende unternommen hatte, wie sich das sechs Monate alte Töchterchen Malin entwickelte und er hätte seinem Kurzbericht die Frage anschließen können, ob Frau Klabundes Wochenende angenehm gewesen sei. Sie hätte dies und das geantwortet. Voll wäre ihr Wochenende gewesen, wie jedes andere auch. Unverheiratete sind stets sehr aktiv, und Knobel hätte vielleicht noch ein oder zwei Details nachgefragt, pflichtschuldig ihre Antwort abgewartet und wäre mit den ritualhaften Worten *Dann wollen wir mal wieder …* in sein Büro gegangen.

Knobel hatte diesen Brauch heute vermieden.

Nicht, dass er diesen nicht mochte. Er hatte Frau Klabunde zu schätzen gelernt, mochte sie samt ihrer Eigenheiten und bediente ihre Erwartungen und Eitelkeiten, wie sie umgekehrt auch. Vor knapp eineinhalb Jahren war sie seine Sekretärin geworden, nachdem der Kollege Dr. Reitinger, dessen Mitarbeiterin sie gewesen war, infolge eines Herzinfarkts verstorben und Knobel innerhalb kürzester Zeit der ›Karrieresprung‹ gelungen war, zum Vizechef der Kanzlei aufzusteigen und das Büro des verstorbenen Kollegen zu beziehen. Knobels Karriere spiegelte sich in Frau Klabundes sichtbarem Wohlbehagen. Als Sekretärin des namensgebenden Partners der Kanzlei war sie selbst an herausgehobener Position angelangt. Ihre meist jüngeren Kolleginnen, die den anderen Anwälten zuarbeiteten, gerieten in ihren Schilderungen hin und wieder zu den *jungen Mäusen* aus den anderen Etagen, wenn sie blumig ihren eigenen Einsatz pries und mit dem Pfund ihrer langjährigen Erfahrung wucherte.

Als Knobel weiterhin schwieg, kapitulierte sie.

»Pakulla«, sagte sie, »der Mandant heißt Gregor Pakulla.«

Knobel nickte teilnahmslos.

»Einen kleinen Moment noch. Ich hole ihn gleich rein.«

Frau Klabunde verließ sein Büro

Warum hätte er ihr sagen sollen, dass Lisa ihm heute Morgen gesagt hatte, dass sie sich von ihm trennen werde. Sie habe lange gespürt, dass das Gefühl verloren gegangen sei. Und jetzt sei sie sich des Verlustes sicher. Sie habe es ihm sagen müssen, jetzt, nicht irgendwann später, in einem geeignet erscheinenden Moment. Und sie hatte hilflos gefragt:

»Wann ist für so was schon der geeignete Moment?«

Lisa hatte nervös und dennoch erleichtert gewirkt, dass sie ausgesprochen hatte, was sie belastete.

»Wir reden heute Abend«, hatte sie schulterzuckend angefügt.

Danach hatte er sich angezogen, als sei nichts gewesen, hatte das gemeinsame neue Haus in der Dahmsfeldstraße im Dortmunder Süden schweigend verlassen und war in die Kanzlei in der Prinz-Friedrich-Karl-Straße gefahren.

War etwas Großes passiert?

Knobel war nicht entgangen, dass ihr gemeinsames Leben nüchtern geworden war. Lisa hatte schon bald nach Malins Geburt wieder stundenweise in der Kanzlei ihres Vaters als Anwältin gearbeitet. Das Kind und ihre Berufe füllten ihr gemeinsames Leben, ohne dass es ihrer Gemeinsamkeit Glück bescherte.

Lisa hatte nur ausgesprochen, was er selbst empfand, und dennoch hatte ihre Nachricht in ihm ein Erdbeben ausgelöst. Die Kulisse war eingerissen. Der Tag würde ein Wendepunkt sein! Aus einem normalen Montag war ein ganz anderer – ein einzigartiger – Tag geworden! Ein Tag, an den er sich immer würde erinnern können! Die meisten Tage seines knapp 34-jährigen Lebens waren spurenlos in der Vergangenheit versunken und aus seinem Leben gefallen. Einzelne Erlebnisse aus der Kindheit und Jugend waren in lebhafter Erinnerung geblieben, aber gerade in den letzten Jahren hatte sich vieles verflüchtigt. Das Leben selbst war flüchtig geworden. Im Gegensatz dazu gab es Tage, die er wie jeder andere Mensch auch nicht nur in der Erinnerung behalten würde, sondern die er bis ins Detail rekapitulieren konnte wie etwa den 11. September 2001. Knobel erinnerte sich eigentümlich klar an alltägliche und deshalb unbedeutende Verrichtungen an diesem Tag, bevor am frühen Nachmittag die ersten Meldungen über die Anschläge im Radio gemeldet wurden. Vage Einzelnachrichten über einen möglichen Unfall bis zur diesen und die nächsten Tage beherrschenden Nachrichtenflut. Alle Einzelheiten dieses Tages waren in ihm lebendig geblieben, Einzelheiten eines einzigen Tages, denen Tausende vergessene und deshalb verloren gegangene gegenüberstanden.

Der heutige Tag, das wusste er, würde ihm im Gedächtnis bleiben.

Tage, die verändern, bleiben in Erinnerung.

Er würde sich an Lisas Worte erinnern, die nüchtern und feststellend klangen, nicht einmal zweifelnd formuliert waren und deshalb keinen Ausweg in eine gemeinsame Normalität bargen. Lisa hatte den Verlust ihrer Liebe diagnostiziert und offen ausgesprochen, was sie beide empfanden, ohne es sich gegenseitig einzugestehen. Der Befund war also nicht neu, aber er würde alles verändern.

Grübelnd darüber, dass und warum sich alles ändern würde, saß er nun seit halb neun an seinem Schreibtisch in Büro 102, rührte keine der Akten an, die auf einem Beistelltisch von Frau Klabunde sorgfältig gestapelt waren und beachtete ebenso wenig die Posteingänge, die wie immer direkt vor ihm auf der Schreibtischunterlage mit den dazugehörigen Vorgängen übersichtlich vorsortiert waren. Er hatte die Post, ohne sie eines weiteren Blickes zu würdigen, auf die Akten gelegt und von seinem Schreibtisch verbannt.

Knobel blickte auf das Foto neben dem Computerbildschirm, eine Aufnahme von ihm und Lisa mit der kleinen Malin auf ihrem Arm, aufgenommen im Spätherbst des letzten Jahres im Dortmunder Zoo. Dieses Bild, spürte er, war in die Vergangenheit gefallen. Er nahm das Foto von der Schreibtischplatte und legte es in eine der Schubladen. Knobel schämte sich für diesen schnellen Schnitt.

2

Knobel bat seinen Mandanten, Platz zu nehmen, und musterte ihn. Knobel sah dessen hagere Statur, ein schmales blasses Gesicht und Pakullas Stoppelhaarschnitt.

»Was kann ich für Sie tun, Herr Pakulla?«

Der Mandant fuhr sich unsicher durch seine blonden kurzen Haare. Sein unruhiger Blick ertastete flüchtig Knobels Büro.

»Ich bin nur zufällig auf Ihre Kanzlei gestoßen«, sagte er schließlich. »Ich bin vorhin beim Amtsgericht gewesen und habe mich entschlossen, einen Anwalt einzuschalten.«

Knobel lächelte.

»Dann haben Sie bis zu unserem Haus einige Kanzleien ausgelassen! Die Kaiserstraße, die Gerichtsstraße und alle Nebenstraßen sind ja voller Konkurrenz.«

Einladend fügte er hinzu:

»Es freut mich, dass Sie zu uns gefunden haben! Sie können sich denken, dass wir wegen der Anwaltsdichte in diesem Viertel nur selten Mandanten begrüßen dürfen, die zufällig herkommen.«

Seine schmeichelnden Worte verfehlten ihre Wirkung nicht. Herr Pakulla entspannte sich.

»Wenn man sich nicht auskennt, geht man allein nach Äußerlichkeiten«, erklärte er, »und da fällt Ihre Kanzlei natürlich auf. Schickes Jugendstilgebäude, herrschaftlich, seriös – vielleicht auch mächtig. Ganz sicher erfolgreich.

So vornehm residiert hier niemand in der näheren Umgebung!«

Knobel nahm die Komplimente entgegen und merkte zugleich, dass Herr Pakulla sie kalkuliert eingestreut hatte. Mandantengespräche begannen oft mit ungelenken Worten, die die Fremdheit zwischen Anwalt und Mandant schlagartig überwinden, hastig eine Ebene der Vertrautheit planieren sollten, auf der man sich mitteilen konnte. Manchmal waren diese Mandantenworte vorauseilendes Lob, das des Anwalts vollen Einsatz gerade auch in diesem Fall einfordern sollte, manchmal auch nur ein vom Mandanten kreiertes Wunschbild, das seine Unsicherheit verdrängen und ihn in dem Glauben bestärken sollte, den richtigen Schritt getan zu haben. Doch Knobel war sich sicher, dass Gregor Pakulla mit seinen schmeichelnden Worten keine Unsicherheit vertreiben wollte. Pakulla hatte die Kanzlei *Dr. Hübenthal & Knobel* gezielt aufgesucht. Mächtig und erfolgreich – das waren Attribute, die ihn angezogen hatten. Pakullas hastige Blicke zu Beginn des Gesprächs waren allzu schnell verflogen. Nun saß er ruhig und ein wenig lauernd vor Knobel. Pakulla, der nach einem Termin beim Amtsgericht die Straßen im Osten der Dortmunder Innenstadt nach einer geeigneten Kanzlei abgesucht hatte, war nicht zaudernd vor dem Gebäude stehen geblieben, das auf den einen eher protzig und auf den anderen eher einschüchternd wirkte. Gregor Pakulla suchte genau diese Kulisse!

»Wir sind ein Team von Anwälten«, erklärte Knobel leidenschaftslos und in einem Tonfall, der verriet, dass er diese Worte dutzendfach zu Beginn eines Gesprächs benutzt hatte. Doch bevor er weiter ausführen konnte, warf Pakulla ein:

»Ich weiß: acht Anwälte, vier Anwältinnen. So stehts draußen auf dem Kanzleischild. Fünf davon sind Sozien, und Sie sind die *Nummer Zwei* der Kanzlei. – Ich habe im Wartezimmer Ihre Kanzleibroschüre gesehen.«

»Was kann ich für Sie tun, Herr Pakulla?«, wiederholte Knobel.

Sein Mandant lächelte verlegen.

»Natürlich, es ist fast ungehörig von mir, unangemeldet zu erscheinen und dann mit Gerede Ihre kostbare Zeit zu stehlen.«

Er sammelte sich.

»Es ist eigentlich kein Rechtsfall«, begann er zögerlich und registrierte dankbar Knobels aufmunterndes Nicken.

»Ich habe hier in Dortmund einen Bruder, Sebastian Pakulla. Sebastian ist drei Jahre jünger als ich, also 38. Unsere Eltern sind schon seit Jahren tot. Es gibt auch sonst keine Verwandten – außer unserer Tante, Esther van Beek. Sie ist vor rund drei Wochen gestorben. Tante Esther lebte zuletzt im *Wohnstift Augustinum* in Kirchhörde. Die letzten Jahre war sie blind und völlig auf fremde Hilfe angewiesen, aber sie gab sich nach wie vor so, wie jedes Kind sich seine Lieblingstante vorstellt. Ich will damit sagen, dass sie für mich *nicht* so etwas wie eine Lieblingstante war. Die Einzelheiten tun hier noch nichts zur Sache. Mitte Februar wäre die alte Dame 85 Jahre alt geworden. Nun, da Esther tot ist, sind wir beiden Neffen die einzigen Erben.«

Knobel hatte während Pakullas Schilderung auf einem Blatt flüchtig die Namen notiert und mit Strichen ihre Beziehung zueinander skizziert.

»Esther van Beek war die Schwester Ihres Vaters oder Ihrer Mutter?«, fragte er geschäftsmäßig.

»Esther war die einzige Schwester meines Vaters Heinrich Pakulla.«

»Und Ihre Mutter hieß …?«

Knobel blickte fragend von seiner Skizze auf.

»Edeltraud Pakulla, geborene Grabowski«, erklärte der Mandant und ergänzte, als müsse er den Namen Grabowski entschuldigen:

»Einzig unsere Tante Esther hat mit ihrer Heirat einen wirklichen sozialen Aufstieg geschafft. Sie hat kurz nach dem Krieg den holländischen Unternehmer Johann van Beek kennengelernt und sich nach Utrecht verheiratet. Vielleicht haben Sie seinen Namen schon mal gehört?«

Knobel verneinte knapp und vervollständigte seine Skizze.

»Nach Johanns Tod war Esther seine Alleinerbin und ist dann wieder nach Dortmund zurückgekommen«, fuhr Pakulla fort. »Sie ist in Holland nie richtig heimisch geworden.«

»Und Ihre Eltern sind bereits vorverstorben?«, wiederholte Knobel fragend Pakullas eigene Aussage.

»Vor Jahren schon, durch einen Unfall. – *Kommorienten*, wie man dazu sagt.«

Knobel stutzte. Der Begriff *Kommorienten* bezeichnete den zeitlich zusammenfallenden Tod mehrerer Menschen. Pakulla hatte den Begriff ohne Zweifel richtig gebraucht. Aber niemals würde *man* dies so sagen. Pakulla benutzte einen juristischen Fachbegriff wie beiläufig. Ihn zu benutzen erschien ebenso wenig zufällig wie Pakullas Wahl der Kanzlei.

»Und die Vorfahren Ihrer Eltern?«, fragte Knobel.

»Alle tot.«

Pakulla lehnte sich zurück und beantwortete die nächste Frage im Voraus:

»Weder mein Bruder noch ich haben Kinder oder Ehefrauen. Erbrechtlich ist es also ganz einfach: Es gibt lediglich eine Tante, deren einzige Erben mein Bruder und ich sind. Punkt.«

Knobel bemühte sich um einen milden Tonfall.

»Sie scheinen sich im Erbrecht gut auszukennen.«

»Man lernt am konkreten Fall – und das heißt im vorliegenden Fall durch das Nachlassgericht, von dem ich gerade komme.«

»Wie also kann ich Ihnen behilflich sein?«, fragte Knobel ungeduldiger.

Ein eigentlicher Fall zeichnete sich nach Pakullas Erläuterungen nach wie vor nicht ab.

»Ich habe nach Tante Esthers Tod einen Erbschein beantragt und auch erhalten. Aber handlungsfähig bin ich mit diesem Papier nicht. Ich komme nicht an Esthers Sparguthaben und ihr sonstiges Vermögen. Ganz zu schweigen von den Immobilien, die es noch in Holland gibt! – Um es kurz zu machen: Ich brauche für alle Geschäfte, also für die Erbauseinandersetzung, meinen Bruder als Miterben! Aber Sebastian ist nicht auffindbar.«

Gregor Pakulla hob ratlos die Schultern.

»Das ist Ihr Fall, Herr Rechtsanwalt: Suchen Sie meinen verschwundenen Bruder Sebastian.«

Knobel verschränkte seine Arme.

»Wir sind keine Privatdetektei, Herr Pakulla.«

Knobels Tonfall war kalt, seine Bemerkung nicht darauf bedacht, um Verständnis zu werben. Er blickte entschlossen in Pakullas Gesicht. Knobel mochte diesen Mandanten nicht. Er hatte gelernt, geschäftlich und geschäftstüchtig auch mit jenen umzugehen, die ihm persönlich nicht behagten. Doch bei Gregor Pakulla kam hinzu, dass dieser sich zu einem Zeitpunkt in Knobels Leben drängte, als ihn die morgendliche streitlose und deshalb viel ernsthaftere Trennung von Lisa bohrend beschäftigte, dazu das unangemeldete und scheinbar zufällige Erscheinen Pakullas störend wirkte und schließlich die langatmige Geschichte Pakullas nicht mehr abwarf als die Suche nach einem verschwundenen Bruder.

»Ihr Fall ist nichts für einen Anwalt!«, fasste Knobel zusammen.

»Sie sind arrogant«, gab der Mandant zurück.

Pakulla lächelte verschlagen.

»Sie wissen doch längst, dass ich extra einen Anwalt, genauer gesagt, bewusst Ihre Kanzlei aufgesucht habe und nicht einen Privatdetektiv!«

Und er fügte hinzu:

»Tante Esther hat ein Vermögen hinterlassen, es geht um richtige Werte, glauben Sie mir!«

Knobel wartete schweigend.

»Vielleicht kümmern sich in erster Linie Detektive um solche Angelegenheiten«, fuhr der Mandant fort, »aber bei Ihnen weiß ich die Angelegenheit in besseren Händen! Ich möchte nicht nur, dass Sie meinen Bruder finden, sondern dass Sie alle Dinge im Zusammenhang mit Tante Esthers Nachlass abwickeln. – Ich weiß, dass das alles mit größerem Zeit- und Arbeitsaufwand verbunden ist. Deshalb werde ich Sie nach Stundenaufwand bezahlen.«

Pakulla lehnte sich vor, griff in seine Gesäßtasche und zog ein Portemonnaie hervor.

»Schlage vor, 200 Euro die Stunde, Herr Rechtsanwalt!«, wobei er grinste und zwei 100-Euro-Scheine auf den Tisch legte.

Knobel saß noch immer mit verschränkten Armen da.

»Nun nehmen Sie sie schon!«, forderte Pakulla sanft, »wie Sie sehen, bin ich über Ihre Honorargepflogenheiten informiert. – Ich bin zu Ihnen gekommen, weil Ihre Kanzlei einen ausgezeichneten Ruf genießt.«

Knobel hob erstaunt die Augenbrauen.

»Das weiß ich von meinen Nachfragen bei den Rechtspflegern beim Dortmunder Amtsgericht. Und ich habe mir Ihre Website im Internet angesehen. Der Auftritt Ihres Unternehmens hat mich überzeugt! Sie definieren klar Ihre Konditionen und Ihre Leistungen. Was soll ich mehr sagen?«

Knobel löste sich.

Nicht, dass er Gregor Pakulla nun mehr mochte, aber sein Mandant hatte ihn überlistet. Wortlos schob er Pakulla ein Vollmachtsformular und die Mandatsbedingungen zur Unterschrift über den Schreibtisch.

»Sie werden es sich vielleicht schon gedacht haben«, fuhr der Mandant fort, während er flüchtig über die Schriftstücke blickte und sodann mit zackiger Unterschrift versah, »dass ich nicht aus Dortmund komme. Dortmund ist meine Heimat, aber nicht mehr mein Wohnsitz. Ich wohne seit 11 Jahren in Limburg. Und das ist ein Grund mehr, hier vor Ort jemanden zu haben, der sich im besten Sinne für mich einsetzt. – Und das sind Sie, Herr Knobel! Ich habe nicht die Zeit und nicht die Lust, hier weitere Recherchen anzustellen!«

Pakulla griff in die Innentasche seiner Jacke und zog ein Foto heraus.

»Das ist Sebastian am letzten Schultag mit seiner Abiturklasse. Sie sehen ihn in der hinteren Reihe ganz links. – Neuere Fotos habe ich nicht. Zuletzt war er in der Oesterholzstraße 16 im Dortmunder Norden gemeldet.«

Knobel wollte einhaken, aber Pakulla wehrte mit einer Handbewegung ab.

»Ich weiß, was Sie fragen wollen! – Wir haben seit einigen Jahren keinen Kontakt mehr zueinander. – Brüder entwickeln sich manchmal unterschiedlich. Sebastian ist

Maler, ich bin Unternehmensberater für die Umstrukturierung von Weingütern geworden. Eine Marktlücke, die mich gut ernährt und mir immer weitere Kundschaft aus Rheingau und Pfalz zutreibt. Mehr brauchen Sie, denke ich, am Anfang nicht zu wissen!«

Pakullas Worte erklärten nichts und verlangten dennoch keine vertiefende Nachfrage. Knobel schwieg.

Er hatte den Auftrag angenommen. Gregor Pakulla raffte Vollmacht und Mandatsbedingungen zusammen und reichte sie mit den Geldscheinen über den Tisch.

»Mein Bruder wohnt nicht mehr in der Oesterholzstraße. – Wann und wohin er verzogen ist …?«

Er zuckte mit den Schultern.

»Keine Ahnung! – Zunächst ist es also ein Fall für Ihren Detektiv. – Mit wem arbeiten Sie professionell zusammen?«

»Sie werden aus dem Internet wissen, dass wir mit keinem speziellen Detektiv zusammenarbeiten«, erwiderte Knobel lakonisch.

»Gewiss, gewiss, deshalb ja meine Frage.«

Der Mandant gab sich ungeduldig.

»Aber natürlich fängt eine professionelle Kanzlei wie Ihre bei einem Auftrag wie meinem nicht damit an, hilflos das Branchenbuch zu wälzen.«

Pakullas Augen blickten angriffslustig.

»Natürlich nicht!«, beschwichtigte Knobel, ahnend, dass sein Mandant in diesem Moment nichts anderes als einen Griff zum Branchenbuch erwartet hatte. »Eine Studentin arbeitet in solchen Fällen für uns«, überraschte er und blieb vage.

»Eine Studentin?«

Pakulla schwieg einen Augenblick.

»Eine Jurastudentin?«

»Nein. Sie studiert Germanistik.«

»Also kennen Sie sie privat«, folgerte Pakulla.

»Nun ja – es soll mir egal sein.«

Er erhob sich.

»Das einzig Wichtige ist, dass die Sache bald geklärt ist. Ich möchte nicht, dass Sie Zeit vergeuden – und natürlich auch nicht mein Geld!«

»Sie müssen uns nicht beauftragen«, wandte Knobel ein und gab sich gelangweilt.

»Ich merke schon: Sie mögen mich nicht!«

Gregor Pakulla lächelte.

»Merkwürdigerweise ist es doch immer so, dass man sich für die, die man nicht richtig mag, besonders anstrengt. Man will denen gefallen, die anders sind als man selbst. Die muss man erst noch gewinnen. Es ist ein eigenartiger Ehrgeiz, der einen dann antreibt. Man will diese Menschen nicht, aber irgendwie reizt es, gerade von denen gelobt zu werden. Und natürlich achtet man peinlich genau darauf, gerade ihnen gegenüber keinen Fehler zu machen. Fehler sind immer besonders unangenehm, wenn sie einem Menschen gegenüber passieren, den man nicht mag. So was macht nackt und angreifbar. Ich glaube, Sie sind Perfektionist, Herr Knobel. Sie verzeihen sich Ihre Fehler nicht. Erst recht nicht, wenn der Fehler Sie ausliefert!«

»Sie überschätzen sich, Herr Pakulla!«

Sein Mandant deutete eine Verneigung an.

»Verzeihen Sie, Herr Knobel! Ich bin ein bisschen zu weit gegangen. Aber ich möchte, dass wir uns verstehen, und dass Sie sich wirklich für meinen Fall einsetzen. Sie sind einer der Besten. Ich habe mich erkundigt. Und für den Fall Ihres Erfolges gibt es ein saftiges Extrahonorar. Wir werden noch darüber sprechen. Ich werde mich nicht lumpen lassen, nehmen Sie mich beim Wort! – Tante

Esther, ich sagte es bereits, hat viel hinterlassen, und ich will über meinen Anteil verfügen können. Nennen Sie mich raffgierig. Ich gebe zu, ich bin es. Ich spreche nur aus, was die meisten an meiner Stelle denken, aber nicht sagen würden. Ich will das Geld. Und ich möchte nicht immer wieder aus Limburg nach Dortmund anreisen und Sebastian suchen. Ich will schnellstmöglichen Erfolg.«

Gregor Pakulla sah seinem Anwalt ruhig ins Gesicht.

»Ich komme aus ärmlichen Verhältnissen, Herr Knobel. Hier in Dortmund haben wir damals in der Missundestraße am Nordmarkt gewohnt. Unsere Eltern hatten nur wenig Geld. Aber sie haben uns beiden das Abitur ermöglicht. Ich habe danach in Dortmund Wirtschaft studiert und sogar mein Diplom geschafft. Später bin ich nach Hessen gegangen. Sebastian hat nach dem Abitur ein Informatikstudium begonnen, aber nicht zu Ende geführt. Trotzdem war er in den Augen unserer Eltern immer der Bessere, der Begabtere. Alles, was Sebastian machte und plante, war stets über jeden Zweifel erhaben und fand den Gefallen unserer Eltern, wenn Sie verstehen, was ich meine!«

Knobel nickte, ohne richtig zu verstehen.

»Sebastians Leben ist leichter«, fuhr Pakulla fort, »weil er verantwortungslos ist. Er muss nie für die Konsequenzen seines Tuns einstehen. Wenn ihm etwas nicht gelingt, trennt er sich von seinen früheren Plänen und schlägt eine neue Richtung ein. Und plötzlich ist es so, als habe er nie etwas anderes vorgehabt. Er lebt seine neuen Pläne, und keiner hinterfragt seinen Kurswechsel. – Stellen Sie sich das vor: Er studiert Informatik und heute ist er Maler. Unsere Eltern haben sein Studium genauso finanziert wie meines. Doch während mein Werdegang keiner Erwähnung wert war und ich sogar als Versager galt, als ich in Dortmund beruflich nicht Fuß fassen konnte, hatten meine Eltern für meinen Bruder Verständnis. Sebastian lebt ein Leben, das mit dem Wertesystem unserer Eltern nichts gemein hat. Er lebt in den Tag hinein und verkauft sein Dasein als große Leistung. Eine seiner liebsten Formulierungen ist: *Ich bin eben so.* Sie müssen sich meinen Bruder Sebastian als jemanden vorstellen, der jede seiner Pleiten damit entschuldigt, dass das Leben ihm genau diesen Weg vorgezeichnet hat und er deshalb bar jeder Verantwortung ist. Das ist der tiefere Sinn, wenn ein Mensch zu seiner Rechtfertigung nichts anderes sagen kann als *Ich bin eben so.*«

Gregor Pakulla blickte auf seine Armbanduhr und kürzte ab.

»Ich denke, Sie verstehen mich jetzt, Herr Rechtsanwalt!«

Knobel bejahte.

»Also entsenden Sie Ihre Studentin, auf dass sie meinen kleinen und doch so großen Bruder finde!«

Pakulla zwinkerte ihm zu. »Wie war doch gleich ihr Name?«

»Wie Sie wissen, habe ich ihn bisher nicht erwähnt«, antwortete Knobel. »Sie heißt Marie Schwarz.«

»Marie!?«

Pakulla ließ den Namen nachklingen.

»Zeitlos schöner Name! – Und studiert Germanistik. Das steht doch für die schönen Dinge.«

Seine weichen Worte warben um Vertraulichkeit, doch Knobel erwiderte nichts.

»Nun gut.« Pakulla erhob sich.

»Ich muss jetzt gehen, Herr Knobel. Mein Zug fährt in einer halben Stunde. Sie können mir glauben, ich kenne den Fahrplan nach Limburg schon auswendig. – Sie melden sich, wenn Sie erste Ergebnisse haben?«

Knobel bestätigte das geschäftsmäßig, und sie trennten sich nach flüchtigem Handschlag. Er trat an das Fenster seines Büros und sah der kleinen schmächtigen Gestalt hinterher, die hastend die Straße überquerte und dann rechts in den Heiligen Weg entschwand.

3

Als sich Knobel wieder vom Fenster abwandte, war Hubert Löffke in sein Büro getreten, im rechten Mundwinkel die unvermeidliche Zigarette. Er hatte es aufgegeben, seinen Kollegen aus Büro 104 darum zu bitten, in seinem Büro nicht zu rauchen. Löffke ignorierte diese Bitten wie er keine Gelegenheit ausließ, Knobel seine Abneigung spüren zu lassen.

»Jeden Tag beginnt ein neues Match«, bemerkte Löffke seither häufiger gegenüber Knobel, was nichts anderes bedeutete, dass Knobel sich seiner Position in der Kanzlei nicht sicher sein sollte und auch nicht sicher sein konnte. Löffke würde nicht nur weiterhin in Knobels Büro rauchen, sondern gegen ihn intrigieren, bei Sekretärinnen und Anwälten Gerüchte streuen, die manchmal zu kleinen Geschwüren wuchern und manchmal im Keim ersticken würden. Knobel genoss in der Kanzlei hohes Ansehen. Deshalb mied Löffke den offenen Angriff, der zum Scheitern verurteilt sein musste. Aber er stichelte bei allen sich bietenden Gelegenheiten, stets bereit, sich wieder zurückzuziehen, wenn seine Anfeindungen nicht auf fruchtbaren Boden fielen. Der dicke Löffke war ein zäher Gegner, so alt wie Knobel, ausdauernd und nachtragend genug, um immer wieder seine Angriffe aufs Neue zu beginnen, von einer eigenartigen Lust getrieben, die ihn davor bewahrte, sich in der Rivalität mit Knobel zu verzehren. Löffke genoss die Reibung. Das machte ihn gefährlich. Knobel wusste, dass er Löffkes Provokationen nur ein Ende setzen konnte, wenn er seinem Widersacher offen entgegentrat. Doch ihm war ebenso bewusst, dass Löffke bisher keine Gelegenheit geboten hatte, ihn in der Kanzlei zu isolieren. Dr. Hübenthal schätzte Löffkes Erfolge in den von ihm betreuten Arbeitsrechtsmandaten, in denen sein grobschlächtiges Auftreten, seine Bauernschläue und sein manchmal kumpelhaftes Gebaren von Vorteil waren und die Kanzleiumsätze nachhaltig steigerten. Löffke erwarb die Gunst der anderen Anwälte und Sekretärinnen mit demonstrierter Hilfsbereitschaft, wenn er kleine Gefälligkeiten wirksam zelebrierte und sich mit gespielter Demut dem großen Ganzen, dem Unternehmen, der Kanzlei unterordnete, deren Erfolg er dienend mehren wollte. Noch mehr als dies bestachen die reichlich belegten Schlachtplatten, die er gelegentlich aus der Fleischerei seiner Schwiegereltern mitbrachte und deren schmackhafte Delikatessen er großzügig in der Kanzlei verteilte. Auch Knobel bedachte er mit gebratenen Steaks, Schinken oder Mettwürsten, und wenn Löffke die drei Etagen des Kanzleigebäudes an der Prinz-Friedrich-Karl-Straße mit dem üppig gefüllten Silbertablett durchschritt, zuerst Dr. Hübenthal in Büro 101 aufsuchte, um dem Senior den ersten Zugriff vorzubehalten, dann die anderen Sozien im Erdgeschoss, schließlich die angestellten Anwälte in den 200er und 300er Zimmern in den oberen Etagen und zwischendurch die Sekretärinnen bediente, damit sie sich nicht gegenüber den Anwälten zurückgesetzt fühlten, führte ihn sein letzter Gang zu Stephan Knobel, wobei er sich stets artig dafür entschuldigte, dass die Auswahl nun so klein geworden sei. Löffkes wulstiges Gesicht glänzte verschwitzt nach der körperlichen Anstrengung, die ihm der Marsch durch die drei Etagen der Kanzlei abverlangt hatte und Knobel fand, dass Löffke treffender einen Fleischerkittel als eine

Anwaltsrobe tragen sollte, weshalb er zu Hause, wenn er von Löffke erzählte, nur von der *Fleischwurst* redete, aber er wusste auch, dass Löffke selbst diese Häme gezielt provoziert hatte und nur darauf wartete, dass er eines Tages in der Kanzlei abfällig über Löffkes Fleischgaben frotzelte. Knobel hütete sich vor solchen Schwächen.

Der Rauch von Löffkes Zigarette waberte ins Büro.

»Entschuldigung! Ich vergesse immer wieder, dass Sie schon lange Nichtraucher sind.«

Löffkes Augen suchten Knobels Schreibtisch ab.

»Schon Umsätze gemacht?«

Er deutete grinsend auf die 200 Euro, die dort noch lagen.

»Aber nicht ›schwarz‹ einnehmen«, lachte er scherzhaft.

»Ich dachte schon, Sie hätten kein Interesse mehr an unseren Postbesprechungen!«, fuhr er fort.

Die Postbesprechungen. Löffke hatte kurz nach Knobels Aufstieg dieses Ritual erfunden, wonach sich allmorgendlich um neun alle Anwälte im Büro des Seniors einfanden und unter dessen Vorsitz am schweren eichenen Besprechungstisch saßen, während vor dem Senior gestapelt alle Posteingänge des Tages lagen, die nun den einzelnen Sachbearbeitern zugeordnet wurden. Am Ende befand sich vor jedem Anwalt ein kleinerer oder größerer Stapel Posteingänge, und einer Anregung Löffkes folgend wurde allmorgendlich der Postkönig auserkoren, der stets derjenige war, der die meisten Eingänge auf sich vereinigen konnte. Selbstverständlich gewann Löffke meistens diesen Wettbewerb, und seine Nachfrage nach Knobels Verbleib bei der heutigen Postbesprechung ließ nur den Schluss zu, dass sein Widersacher wiederum den Sieg davongetragen hatte. Also bediente

Knobel mit keinem Wort dessen Lieblingsthema. Unverrichteter Dinge wandte sich Löffke wieder der Tür zu, drehte sich im Türrahmen noch mal um und erfand einen ungelenken Reim:

»104 kämpft wie ein Stier, 102 bleibt von Arbeit frei!«, worauf er herzhaft lachte, nochmals den Rauch wolken ließ und dann die Tür von außen zuwarf.

Knobel blieb fröstelnd zurück. Unkonzentriert diktierte er eine Einwohnermeldeamtsanfrage nach dem Verbleib von Sebastian Pakulla, zuletzt wohnhaft Oesterholzstraße 16. Frau Klabunde bat er, die neue Akte *Pakulla, Beratung* anzulegen und die 200 Euro als Vorschuss in dieser Akte zu verbuchen.

4

Es war noch nicht 12 Uhr, als Knobel wieder nach Hause fuhr. Löffkes Attacke hatte ihre Wirkung nicht verfehlt. Hätte sein Konkurrent nur eine Ahnung von Knobels morgendlichem folgenschweren Gespräch mit Lisa gehabt, Löffke hätte ohne Zweifel zu seiner Höchstform gefunden. Er malte sich aus, wie der Mann seine Zigarette gelöscht, Fürsorglichkeit geheuchelt und vielleicht sogar angeboten hätte, die eine oder andere Akte von Knobel zu übernehmen, um unter dem schützenden Mantel gespielter Solidarität tieferen Einblick in Knobels Arbeitsstil zu gewinnen. Löffke sammelte immer und überall Informationen, und Knobel vermutete, dass sich Löffke hin und wieder abends in sein Büro stahl und in seinen Akten blätterte. Nachdem Knobel erstmals diesen Verdacht gehegt hatte, gewöhnte er sich an, sich die genaue Lage einzelner Akten auf seinem Schreibtisch einzuprägen, wenn er sich sicher war, dass außer ihm und Löffke niemand mehr im Hause war. Am nächsten Morgen lagen die Akten zwar immer noch in der eingeprägten Reihenfolge, aber ihre Position hatte sich geringfügig verändert. Eines Tages hatte Knobel Löffke mit der beiläufigen Bemerkung gelockt, dass er eine umsatzträchtige Akte nicht richtig zu bearbeiten wisse und bereits fürchte, einen folgenschweren Fehler gemacht zu haben. Löffke hatte beiläufig und gönnerhaft geantwortet, dass in einer Sozietät auch jeder mal Fehler mache und nach zeitraubendem Abschweifen in andere Themen die erwartete Frage nicht unterdrücken können, wie denn die Akte heiße. Knobel hatte ihren Namen genannt, dabei gekonnt einen Tonfall angeschlagen, als gebe er beichtend ein Geheimnis preis und sich dann bedrückt mit den Worten verabschiedet, dass er alles zu Hause noch mal überdenken wolle.

Morgen ist auch noch ein Tag, hatte er belanglos geredet und sich für Löffkes aufmunterndes *Wird alles schon werden* bedankt. Am nächsten Morgen lag die Akte exakt an ihrem vorherigen Platz, doch das Haar, das Knobel sorgsam zwischen Seite 20 und 21 gelegt hatte, war verschwunden. Löffke hatte ohne Zweifel in der Akte geblättert. Aber was half ihm dieser Beweis, der nur die Richtigkeit seiner Vermutung bestätigte? Er würde seinen Beweis nicht gegen Löffke verwenden können. Dr. Hübenthal wäre entsetzt darüber, dass Knobel eine Akte als Köder ausgelegt hatte. – Und Löffke? Er würde sich zutiefst betroffen darüber zeigen, dass Knobel seine Hilfsbereitschaft missdeute, sich in eine Akte, mit der Knobel nicht zurechtkomme, einarbeiten zu wollen. Etwaige Zweifel hätte Löffke am nächsten Tag mit einer Schlachtplatte erstickt.

Am meisten beschäftigte Knobel, dass Hubert Löffke so sehr in sein Leben eingedrungen war, dass sich seine Gedanken nicht von dieser Gestalt befreien konnten, nicht einmal an einem Tag wie heute, auf dem Lisas Worte lasteten. Jetzt, auf der Rückfahrt von der Kanzlei in ihr schönes Haus in der Dahmsfeldstraße, dachte Knobel an Löffke und nicht an die anstehende Trennung von seiner Frau.

Als er nach Hause kam, spielte Lisa mit der kleinen Malin im Kinderzimmer. Sie nahm das Kind auf den Arm und blickte ihn fragend an.

»Ärger mit der Fleischwurst«, erklärte er und entledigte sich seiner Krawatte.

Warum knüpfte er nicht an das morgendliche Gespräch an, bekannte sich nicht dazu, dass jetzt nichts so wichtig sei wie ein Gespräch über ihre in Scherben zerbrochene Beziehung? Wie unpassend war in diesem Moment der Begriff *Fleischwurst*, von beiden als lästerliche Bezeichnung für Löffke gewählt, als sie sich, noch vor Lisas Schwangerschaft, einen schönen Abend gemacht, Wein getrunken, sich so gut wie selten unterhalten und anschließend miteinander geschlafen hatten.

Ein Abend, an dem der eine Gedanke den anderen gebar, ein Wort das andere gab und sie sich schließlich still streichelten, einander fühlten. Der bis dahin gewucherte Zweifel war mit einem Mal wie weggeblasen, eine verloren geglaubte Realität schien wieder eine Chance in ihrem Leben zu bekommen. Aus diesem Glück heraus waren Zukunftsideen geboren worden, bunte Mosaiken, die sich an diesem Abend zu einem Ganzen fügten, das nach einem Morgen gierte, als werde es immer so weitergehen. Ein Abend, an dem Glück und Zufriedenheit überliefen und die vage Hoffnung keimte, dass dieses Glück in ihre Zukunft führe.

»Löffke ist ein gefährlicher Gegner«, antwortete sie.

Ihre Antwort befreite ihn. Sie ließ sich darauf ein, diesen Montag wieder zum Alltag werden zu lassen. Knobel spürte, dass er mit Lisa jetzt auch über den neuen Mandanten Pakulla hätte reden können, und sie hätte sich nach den Einzelheiten des Falles erkundigt, wie immer, wenn er ihr das Nachfragen nahe legte. Wie oft schon waren sie an kritische Stellen geraten, in denen sich ein Schweigen wie ein gähnender Abgrund auftat? Wie oft hatten sie in solchen Augenblicken über ihre Arbeit eine Brücke gefunden, die sie manchmal holprig und manchmal weich und bequem eine Ebene finden ließ, auf der sie sich aufhalten konnten, ohne dass dort irgendein Zauber zu finden gewesen wäre, der ihre Seelen wärmte oder ihre Herzen berührte. Wie sehr war das Kind auch die Verwirklichung des Wunsches gewesen, hier eine Lücke zu schließen, die starr zwischen ihnen blieb.

»Das Kind rettet!«, hatte er einmal gesagt und fühlte sich unversehens an die alte Frau erinnert, die in grauer Kutte über den Dortmunder Westenhellweg lief und ein Schild mit der Aufschrift *Jesus rettet* trug. Das Kind hatte nicht gerettet! Malin schaute ihn friedlich mit großen Augen an. Er streichelte seiner Tochter über den Kopf und berührte Lisa sanft an der Schulter.

»Wir haben doch alles«, sagte er schließlich und wollte einiges von dem aufzählen, was sie in kurzer Zeit erreicht hatten. Ein Kind, ein schönes Haus im Dortmunder Süden, keine finanziellen Sorgen. Nicht, dass das Materielle alles wäre.

»Ja, alles«, antwortete sie und küsste Malin auf die Stirn. Der Tag draußen war schön geworden. Der Regen hatte sich verflüchtigt. Ein kalter Wintermorgen. Sonne, die das weite Wohnzimmer erfüllte. Möbel und Accessoires, warm und wohnlich, Symbole, die für Leichtigkeit standen. Lisas schwere Worte wollten jetzt nicht wiederkehren. Trennungen bespricht man nicht tagsüber. Gespräche, die beschließen, fügen sich nicht in den laufenden Tag.

»Lass uns noch mal nachdenken!«, meinte er, und sie nickte.

Knobel verließ das Haus zu einem langen Spaziergang durch die Bittermark, trank schließlich in dem biederen *Waldhotel Hülsenhain* ein Bier und sah den westlichen Teil Dortmunds weit hinten im Tal, Kraftwerke im Hintergrund und einen misslungenen Tag hinter sich. Spitze

Pfeile seines Erzfeindes Löffke, ein neuer Mandant, den *er* nicht und der *ihn* nicht mochte und das Erdbeben mit Lisa, das bald die endgültige Trennung als Nachbeben nach sich ziehen würde. So friedlich, wie sie einander heute Mittag gegenüberstanden, waren sie meistens. In den schlimmsten Momenten waren sie friedlich. Sie stritten nicht, sie schlugen keine Türen, fluchten nicht, verwünschten nicht, liebten nicht. Sie wünschten sich, sich zu lieben. Sie verstanden sich gut. Doch das Verstehen klebte zwischen ihnen wie eine zähe Paste, die keinen entließ und jeden an seinem Glück hinderte.

5

Marie. Der unsympathische Gregor Pakulla hatte zielsicher richtig vermutet. Natürlich arbeitete eine Germanistikstudentin nicht einfach so für eine Anwaltskanzlei. Wo es keine fachlichen Berührungspunkte gab, konnte es nur private geben. Knobel hatte Marie über einen Fall zufällig kennengelernt, hatte bald Vertrauen zu ihr gefasst, dann in ihrem unkomplizierten, zugleich forschenden und fordernden Wesen eine reale und in ihren Strukturen klare und helle, deswegen so weite und doch so geborgene Welt jenseits der Kanzlei gefunden. Eine Welt, jenseits seiner Ehe und allen Erwartungen, denen er ausgesetzt war oder denen er sich nur ausgesetzt fühlte. Marie, die in ihren Zielen so unangepasste Studentin im sechsten Semester, die in der Brunnenstraße im Dortmunder Norden eine kleine Wohnung hatte, die in jeder Hinsicht zu seinem großzügigen Haus in der Dahmsfeldstraße einen Gegensatz bildete. Die kleine Wohnung in der sanierungsbedürftigen Mietskaserne, die einfache Einrichtung, die vielen schlichten Regale, in denen sich Bücher und allerlei Kleinkram häufte. Die einfache Küche mit der Korblampe an der Decke. Kerzen, die in mit Wachs überströmten Flaschen steckten. Alte Töpfe, in denen schnell Nudeln gekocht und eine Bolognesesoße zubereitet wurde und einfacher Rotwein aus dem nahen Supermarkt. Was Knobel anfänglich als studentisches Idyll empfand, war ihm lieb geworden, und je vertrauter ihm Maries kleine Wohnung in der Brunnenstraße wurde, desto mehr verkam sein Haus in der Dahmsfeldstraße, obwohl mit schönen Möbeln ausgestattet, zu einer Kulisse. Die Möbel dort standen für eine Atmosphäre, die ihre Besitzer nicht mit Leben erfüllen konnten. Maries Wohnung hingegen spiegelte ihr Wesen wider, ihre Anspruchslosigkeit in materiellen Dingen, manchmal ihre Detailverliebtheit, ihre Unordnung, die ihr Wirken in den letzten Tagen in der Wohnung nachzeichnete. Stephan Knobel war, bevor die Liebe zu Marie erwachte, in ihren schützenden Armen eingeschlafen, war staunend durch die Welt ihrer Gedanken und Träume geirrt, hatte sich ihren Ideenexkursionen angeschlossen, sich führen lassen und schließlich den Mut gefunden, eigene Ideen zu entwickeln. Marie hatte in ihn hineingehorcht, so wie er es bei ihr tat, voller Neugier und dennoch ohne jede Anpassung. Sie gingen gelassen miteinander um, niemals lässig. All dies war geschehen, bevor sie das erste Mal miteinander schliefen. Knobel wusste, dass ihr Zusammensein gerade deswegen so leicht war, weil sie einander in ihren Welten ließen und in ihrer Gemeinsamkeit eine neue Welt gefunden hatten. Was in der Beziehung zu Lisa anfänglich als so wichtig, für ihre Zukunft so fundamental erschien, nämlich in einem gemeinsamen Beruf auch eine gemeinsame Lebensbasis zu haben, erschien ihm seit seinem Zusammentreffen mit Marie kindlich naiv und falsch. Sein Verhältnis zu Marie war unbelastet von Zukunftsplänen. Und da sie es verstanden, den Augenblick zu leben, war die Zukunft unbedeutend. Knobel hatte, den Erziehungszielen seiner Eltern Respekt zollend, darüber nachgedacht, ob solch ein zukunftsfreies Leben und Lieben nicht verantwortungslos sei. Doch er konnte seine Antwort nur aus seiner gegenläufigen Erfahrung geben, dass sein auf gemeinsame Zukunft und das Erreichen gemeinsamer Ziele ausgerichtetes Leben mit Lisa vor allem der Zukunft entbehrte. Das Zusammensein mit Marie bildete einen schützenden Mikrokosmos, in dem sie ausschließlich mit sich beschäftigt und füreinander da waren; und Maries kleine Wohnung war der geeignetste Ort überhaupt, diese Intimität zu spiegeln, in der für ihn Lisa, die Kanzlei, und für Marie die Universität und alles, was sie sonst im Leben beschäftigte, gleichermaßen fern und unbedeutend waren.

Knobel entdeckte, dass Liebschaften ihren eigenen Regeln folgten, und wenn sich beide darüber einig waren, aus ihrer Heimlichkeit ihre entscheidende Kraft zogen: Beide ließen ihr Alltagsleben außen vor, sie lebten jenseits ihrer sonstigen sozialen Bindungen. Und was man vielleicht mit gewissem Recht als Selbstbetrug bezeichnen konnte, war in Wahrheit ein befreiender Fall in ein weiches Refugium, in dem Träume wachsen und so gewaltig Wirklichkeit werden konnten.

So jedenfalls empfand Stephan Knobel und wusste sich darin mit Marie Schwarz einig. Einem Ritual folgend traf er sich stets dienstags mit ihr in ihrer Wohnung in der Brunnenstraße. Lisa belog er an diesen Tagen mit vermeintlichen abendlichen Mandantengesprächen oder einem Arbeitskreis Gesellschaftsrecht, für den ein Studienfreund notfalls ein Alibi liefern musste. Tatsache aber war, dass er sein Lügenkonstrukt nicht besonders sorgfältig plante und sicherte. Auch das Lügen war in seiner Ehe mit Lisa leicht. Und natürlich wusste er, dass die Wortwechsel mit Löffke sich gegenüber Lisa in den Vordergrund drängen konnten, weil sie ihn weitaus mehr trafen. Mit Löffke musste er sich auseinandersetzen; mit Lisa hatte er keine Auseinandersetzung. Mit Lisa verband ihn eine Trennung.

Marie also war seine Liebe geworden, bevor er sie das erste Mal umarmte. Stephan Knobel war durch Marie im Leben angekommen.

Er hatte Maries Namen eher aus Verlegenheit gegenüber Gregor Pakulla ins Spiel gebracht, als sein Mandant den Namen des kanzleieigenen Privatdetektivs wissen wollte. Einen solchen gab es in der Kanzlei *Dr. Hübenthal & Knobel* nicht und würde es auch nie geben. Wie einem Instinkt folgend, hatte sich Knobel angewöhnt, die Wünsche seiner Mandanten zu befriedigen. Der harte Wettbewerb unter den Kanzleien verbat, Mandantenwünsche vorschnell negativ zu bescheiden. Was eben möglich erschien, sollte angeboten werden. Eine der wichtigsten Maximen von *Dr. Hübenthal & Knobel.*

Als Stephan Knobel mit seinem Auto in die Brunnenstraße fuhr, war die Einwohnermeldeamtsanfrage von den Bürgerdiensten der Stadt Dortmund bereits beantwortet worden. Sebastian Pakulla war vor knapp zwei Jahren aus der Oesterholzstraße 16 in die Adlerstraße 71 in der Dortmunder Weststadt verzogen.

Diese Information nahm Knobel zunächst zur Akte.

Gregor Pakulla hatte unterdessen unaufgefordert weitere 1.000 Euro Vorschuss überwiesen. Was die meisten Mandanten nicht verstehen wollten, schien für Gregor Pakulla selbstverständlich: Mit der Zahlung stieg Knobels Motivation wie die eines jeden Anwalts ganz erheblich.

Als Knobel an jenem Dienstagabend kurz nach 19 Uhr in die Brunnenstraße fuhr, war es längst dunkel. Er parkte schräg gegenüber der Wirtschaft *La Dolce Vita* und ging die restlichen Meter zu Fuß.

Knobels wöchentliche Treffen mit Marie begannen meist mit einem gemeinsamen Tee in der Küche. Die halbe oder dreiviertel Stunde, die sie hier verbrachten, erzählend oder still einander streichelnd, war Knobels Eintritt in ihre Welt, ein Ritual vertrauten Zusammenseins, in der sich die Hektik seines Alltags verflüchtigte und er sich Marie öffnete. Die gemeinsame Zeit mit ihr war erst Ausflug, dann Fluchtpunkt und mittlerweile Pulsschlag seines Lebens geworden, in dem er sich seiner Sinne bewusst wurde und der Begriff der Sinnlichkeit eine für ihn neue und immer weitere Dimension erhielt.

Knobel hatte heimlich begonnen, über seine Treffen mit Marie ein Tagebuch zu führen, das er in einem verschließbaren Seitenfach seines Aktenkoffers verstaute und zwischendurch, meistens am Mittwochmorgen nach der Postbesprechung, fortschrieb. Ihm war, als sei das Heimliche und Seltene ihres Zusammenseins, auch die Begrenzung auf kleine Lebensausschnitte, die Aussparung des Alltags, wesentlicher Grund dafür, dieses leichte Leben zu leben und sich ihm mit der Intensität und Lust hinzugeben, die auf Dauer zu erhalten fast irreal erschien. Knobels Tagebuch war ein Album all dieser in ihrer bislang unbekannt gewesenen Tiefe und leuchtenden Farbenpracht erlebten Augenblicke, und ganz im Unterschied zu seiner dem beruflichen Alltag geschuldeten Sachlichkeit fielen ihm für sein Tagebuch poetische Wendungen ein, mit denen er sein Erleben reichlich ausmalte, um es für die Ewigkeit zu konservieren.

Lisa kam in diesem Tagebuch naturgemäß nicht vor, doch sie war ebenso unverzichtbarer Bestandteil seiner Welt, nur bildete sie deren anderes Ende ab, den nüchternen alltäglichen Teil, den geschäftsmäßig funktionierenden, der die sozialen Erwartungen erfüllte, denen sie beide ausgesetzt waren.

Das war ihr gemeinsames Dilemma.

Gerade, weil Knobel Marie genießen durfte, gab es überhaupt keinen Grund, sich von Lisa zu trennen. Knobel verband zwei einander gegenüberstehende Welten, deren äußere Attribute schon nicht zusammenpassen wollten und deren gelegentliches Zusammentreffen nicht ohne Komik war. Da war sein poetisches Tagebuch in dem Aktenlederkoffer, der ansonsten mehrbändige Akten, dicke rote Gesetzestexte und nobles Schreibgerät, manchmal auch ein Diktiergerät barg. Da war sein nobler Mercedes, der nicht in die langen Reihen verbrauchter Kleinwagen passen wollte, die in der Gegend um die Brunnenstraße parkten. Oder sein eleganter Missonianzug, die Omega-Uhr und die schicken italienischen Schuhe, in denen er bedächtig zu Maries Wohnung durch das dunkle Treppenhaus emporstieg und die ihm ein gleichermaßen nobles wie amtliches Aussehen verliehen. Der gemeinsame Tee also ließ ihn heimlich von seinem Alltag Abstand nehmen, bevor sie sich ihrer Kleider entledigten und sich ihre Welten zusammenfügten.

Maries gelegentliche Detektivarbeiten für die Kanzlei *Dr. Hübenthal & Knobel* waren in mehrfacher Hinsicht nützlich. Erstens hatte Knobel bereits in einem früheren Fall Maries Forschergeist und ihre Kombinationsgabe zu schätzen gelernt, die sie gemeinsam auf die Lösung des Falles gebracht hatten, dem Knobel letztlich seinen Karrieresprung zu verdanken hatte. Zweitens gestattete ihre offizielle Beauftragung durch Knobel, seinem Kontakt zu ihr eine äußere Legitimation zu verschaffen, mit der gelegentliche Anrufe Maries in der Kanzlei erklärt werden konnten, insbesondere aber eine vorbeugende Aufklärung geleistet wurde, wenn sie zufällig von jemandem aus der Kanzlei in der Öffentlichkeit gesehen wurden. Knobel hatte deshalb seine Zusammenarbeit mit Marie in einer Sozietätsbesprechung erwähnt und kurz begründet, und die Sozien hatten hierzu nichts zu sagen, erst recht nichts einzuwenden, bis auf Hubert

Löffke, der mit seinem vielsagendem breiten Grinsen signalisierte, dass er offensichtlich ein sexuelles Verhältnis als wahren Hintergrund der Zusammenarbeit von Knobel und Marie witterte, sich jedoch hütete, seiner bekannt schmutzigen Fantasie in dieser Runde freien Lauf zu lassen und den Sozietätsbesprechungen jene Würde zu nehmen, die Dr. Hübenthal mit Gesten und Worten stets aufs Neue einforderte. Drittens schließlich konnte Marie mit den gelegentlichen Aufträgen für die Kanzlei manchen Euro dazuverdienen. Knobel hatte ihr Computer, Drucker und Bildschirm verschaffen können, als die Kanzlei ihre gesamte Computeranlage abgeschrieben und durch eine neue ersetzt hatte. Zusätzlich hatte er Marie eine Digitalkamera gekauft und es geschafft, die Kamera als Betriebkosten über die Kanzlei abzusetzen. Ansonsten arbeitete Marie neben ihrem Studium noch als Aushilfskraft im nahe gelegenen *La Dolce Vita,* doch die ungleich besser bezahlten Forschungsaufträge für die Kanzlei *Dr. Hübenthal & Knobel* gestatteten ihr, ihre mühselige Tätigkeit in der Kneipe zu reduzieren und die frei werdende Zeit dem nahenden Examen zu widmen. Dies erzeugte bei Knobel die wehmütige Ahnung, dass ihre schöne gemeinsame Zeit mit Maries Eintritt in eine eigene Berufswelt, vielleicht sogar fernab von Dortmund, ihr Ende finden werde. Er tröstete sich damit, dass er zwischenzeitlich private Entscheidungen treffen würde und hoffte zugleich, dass bis dahin noch eine ganze Weile vergehen werde.

Knobel schilderte Marie den Fall Pakulla, der bis jetzt noch gar kein Fall war. Es gab nur wenige und knappe Fakten: Eine erblindete Esther van Beek, die die letzten Jahre im *Wohnstift Augustinum* im Dortmunder Süden wohnte und einige Wochen vor ihrem 85. Geburtstag verstorben war, zwei gesetzliche Alleinerben, Gregor Pakulla und sein Bruder Sebastian, der vor knapp zwei Jahren innerhalb Dortmunds umgezogen war, seine neue Adresse aber nicht seinem Bruder, dem Mandanten, mitgeteilt hatte. Dies war erklärlich, weil die Brüder nach Angaben seines Mandanten schon seit Jahren keinen Kontakt mehr zueinander hatten. Der in Dortmund wohnende Sebastian war offensichtlich verschwunden und wurde von seinem Bruder zumindest für die Abwicklung des Nachlasses der verstorbenen Esther van Beek dringend benötigt. Der Mandant Gregor Pakulla war geldgierig, zahlte aber bereitwillig Vorschüsse und hatte signalisiert, dass er sich den Erfolg in der Sache einiges kosten lassen werde.

»Also setzen wir uns für ihn ein – auch wenn ich ihn nicht sonderlich mag«, beendete Knobel seinen Bericht.

»Und ich soll den Bruder ausfindig machen«, folgerte Marie.

»Gibts ein aktuelles Foto oder sonstige Informationen von ihm?«

Knobel verneinte.

»Da die Brüder seit Jahren keinen Kontakt mehr zueinander hatten, sind auch keine Fotos mehr ausgetauscht worden. Das letzte Foto, das mein Mandant von seinem Bruder hat, ist das Abschlussfoto seiner Abiturklasse.«

Er reichte Marie das Schwarz-Weiß-Bild.

»Letzte Reihe, ganz links«, sagte er.

Marie sah einen im Vergleich zu seinen meisten Mitschülern hoch aufgeschossenen Schüler von hagerer Statur, dünnem Oberlippenbärtchen und schon in jungen Jahren hoher Stirn.

»Ein großer Kerl«, fand sie.

»Gregor Pakulla ist genauso hager, aber auffallend kleiner.«

»Ist es möglich, dass zwei Brüder so unterschiedlich ausfallen?«, fragte Marie und betrachtete weiter das Bild.

Knobel zuckte unschlüssig mit den Schultern.

»Ungewöhnlich ist es schon«, pflichtete er bei und ließ vor seinem geistigen Auge ihm bekannte Geschwisterpaare Revue passieren und verglich sie. In der Statur waren die meisten einander ähnlich.

Marie legte das Foto in eines ihrer Wandregale. Als sie sich umwandte, zog er sie auf seinen Schoß. Knobel sammelte die Zungenküsse mit ihr. Er schmeckte Marie, schmeckte ihre gemeinsame Zeit und streichelte sanft über ihre schmalen schwarzen Augenbrauen.

6

Wie jeden Dienstagabend, nachdem er nach Hause gefahren war, setzte er sich zunächst in die Küche und trank noch ein Glas Rotwein, bevor er sich neben Lisa ins Bett legte, die zu dieser Uhrzeit gewöhnlich schon schlief und in der Nacht aufstehen würde, wenn Malin nach ihrer Mutter verlangte. Das Glas Rotwein in der Küche in der Dahmsfeldstraße war ebenso ein Ritual wie der Tee in Maries Küche in der Brunnenstraße. War jener das Einstimmen auf Maries Welt, so war der Rotwein die Rückkehr in seine andere Welt. Wenn er in der Dahmsfeldstraße in der Küche saß, den vergangenen Tag in Gedanken durchstreifte und schließlich bei Marie hängen blieb, bemerkte er, dass diese wenigen Stunden seine Erinnerung beherrschten und alle anderen Ereignisse des Tages zur Bedeutungslosigkeit degradierten. Ihm wurde bewusst, was Lisa an ihm hartnäckig kritisierte, ohne dass sie die wahre Dimension ihrer Worte erahnte: Seine Verantwortungslosigkeit. Während er mit Marie seine Zeit geteilt – nicht die Zeit verbracht – hatte, funktionierte Lisa für ihr gemeinsames Leben, hatte sich um Malin gekümmert, im Haushalt das Notwendige erledigt, also jenen Alltag bewältigt, dem er erklärtermaßen entfliehen wollte. Das Glas Rotwein und seine Rückkehr waren zunächst ein Schwelgen im erlebten Genuss, dann, Schluck für Schluck Cabernet Sauvignon, den er mit Lisa immer wieder bei *Jacques' Weindepot* in Eichlinghofen nachorderte, die Rückkehr in sein wirkliches Leben und zuletzt die nüchterne Erkenntnis, dass der Umstand, dass er Lisa nicht liebte, nicht zu relativieren vermochte, dass er sie mit allem allein ließ. Das dritte Glas an diesem Abend benebelte, aber es täuschte nicht seine Sinne. Knobel war Egoist, und er empfand sich als solcher.

7

Marie fuhr am nächsten Mittwochmorgen nach Vorlesungsschluss mit der S-Bahn von der Dortmunder Universität zum Bahnhof Dorstfeld, stieg dort noch in die S-Bahn Richtung Unna um und verließ den Zug am nächsten Haltepunkt Dortmund West. In unmittelbarer Nähe befand sich die Adlerstraße in Dortmunds Westend, ein Viertel mit zumeist aus der Gründerzeit stammenden Häusern, dessen Kneipen- und Kulturszene sich vor Jahren in Abkehr zum Ostwallviertel formiert und mit einem Namen versehen hatte und seither an Beliebtheit gewann. Die hohen Häuser ähnelten denen der Nordstadt, in der die Brunnenstraße und Maries Wohnung lagen. Marie folgte von der S-Bahn-Haltestelle der Sternstraße, gelangte dann nach links in die Adlerstraße und blieb vor der Hausnummer 71 stehen.

Marie wartete, bis zwei kleine Jungen lärmend das Haus verließen und stahl sich dann in den Hausflur. In einer Nische hingen die schlichten eisernen Briefkästen. Sebastian Pakulla hatte seinen mit einem handgeschriebenen Namensschild beklebt, genauso wie sein Namensschild draußen an der Tür. Im Kasten befanden sich einige Schriftstücke; das sah sie durch die Sehschlitze im unteren Bereich der Kästen. Sie griff oben in den Briefkasten, und nach einigen Versuchen gelang es ihr, Sebastian Pakullas Post herauszuziehen: ein Werbeblatt vom nahen *REWE*-Supermarkt mit Sonderangeboten für das vorletzte Wochenende, ein Hinweis auf die Altkleidersammlung am letzten Wochenende im Januar und eine Telefonrechnung. Marie sah sich um, und als sie sicher war, dass sie niemand beobachtete, öffnete sie den Umschlag der Deutschen Telekom: Eine Rechnung für den vergangenen Januar. Monatliche Grundgebühr zuzüglich einige wenige Euro für geführte Telefonate. Am Ende ein Minimalbetrag. Sebastian Pakulla hatte bis vor gewisser Zeit seine Post aus dem Briefkasten abgeholt. Wirklich aktuelle Briefsendungen gab es nicht. Gut möglich, dass Sebastian Pakulla seit Wochen, vielleicht sogar seit Jahreswende, nicht mehr den Briefkasten geleert hatte. Marie warf die Reklame wieder in den Kasten, die Telekomrechnung steckte sie ein. Dann verließ sie das Haus.

Auf dem Weg zurück informierte sie Stephan von dem Ergebnis ihrer Recherche, und Knobel ahnte, dass der Fall Sebastian Pakulla sich nicht so bald auflösen werde. Das Auffinden der Adresse des Bruders war zu einfach, als dass sein Mandant Gregor Pakulla die aktuelle Adresse seines Bruders Sebastian in der Adlerstraße nicht über das Einwohnermeldeamt oder auf einem anderen Wege selbst hätte ausfindig machen können. Dies galt um so mehr, als Gregor für die Erbauseinandersetzung seinen Bruder Sebastian dringend brauchte und deshalb nicht erklärlich erschien, dass Gregor nicht in der Lage gewesen sein sollte, mit simplen Methoden den Aufenthaltsort seines Bruders ausfindig zu machen. Es lag auf der Hand, dass sich Gregor Pakullas Mandat nicht darin erschöpfen konnte, den Bruder Sebastian, der im Telefonbuch nicht verzeichnet war, an seiner Wohnadresse anzutreffen, obwohl der Briefkasten seine Anwesenheit oder höchstens eine Abwesenheit von einigen Wochen suggerierte. Knobel konnte seine Vermutung nicht begründen, aber er war sich der Richtigkeit seiner Vermutung gewiss. Er erklärte Marie, dass er jetzt erst mit seinem Mandanten reden wolle. Danach werde er sich wieder melden.

Knobel hatte sich angewöhnt, seine Mandanten anzurufen, wenn er ein noch so kleines Ergebnis vermelden konnte. Gewöhnlich trieb ihn sein von ihm nicht eingestandener Wunsch nach Lob dazu, seine Bemühungen und ihre ersten Erfolge zu schildern, was häufig nicht nur die äußere Anerkennung seiner Kunden einbrachte, sondern auch seinen nachhaltigen und durchaus werbewirksamen Ruf begründete, dass Knobel seine Mandanten umgehend am Fortgang ihrer Sachen teilhaben ließ und er sich auf diese Weise als äußerst zuverlässiger Anwalt empfahl. Er hatte bereits Mandanten gewonnen, denen er gerade wegen dieser Informationspraxis ans Herz gelegt worden war. Doch als er Gregor Pakulla anrief, spielten diese Motive keine Rolle. Er wollte seinem Mandanten nicht wirklich etwas mitteilen. Eher hoffte er, von Gregor Pakulla etwas zu erfahren, ohne dass er wusste, in welche Richtung er forschen und welche Erkenntnisse ihm das Gespräch bringen sollten. Er erreichte seinen Mandanten über das Handy. Keine Geräuschkulisse im Hintergrund. Sein Mandant schien in einem geschlossenen Raum zu sein.

»Haben Sie Ergebnisse?«

Gregor Pakullas Stimme klang ungeduldig.

»Wir haben die Adresse Ihres Bruders«, erwiderte Knobel, hielt inne und ließ seinen Mandanten den nächsten Zug tun.

»Und – haben Sie ihn gesprochen?«

»Nein. Er war nicht zu Hause.«

»Versuchen Sie es wieder!«, forderte Pakulla.

»Ich will Ergebnisse!«

»Sicher«, beruhigte Knobel. »Ich melde mich wieder bei Ihnen.«

Dann brach er die Verbindung ab.

Das inhaltsleere Gespräch hatte Knobel nicht verwundert. Ganz im Gegenteil fand er seine Ahnung bestätigt, dass er seinen Mandanten mit seiner Nachricht nicht überraschen konnte. War Pakullas Mandatsauftrag der Sache nach nichts anderes als die überschaubare Aufgabe, eine Adresse zu finden, hätte das Beschaffen eben dieser Information bei seinem Mandanten eine andere Reaktion auslösen müssen. Knobels Auftrag war es, den Bruder seines Mandanten ausfindig zu machen, und die Ermittlung seiner Wohnadresse war der erste und eigentlich wichtigste Schritt, diesen Auftrag zu erfüllen. Dies um so mehr, als Pakulla seiner Schilderung nach hier die entscheidende Information fehlte. Warum also führte die Nachricht, die Adresse herausgefunden zu haben, nicht zu der naheliegenden Frage, wo der Bruder wohne? Warum keine Frage nach der Telefonnummer, vielleicht nach Einzelheiten der Wohngegend, in der er abgeblieben war? Warum die Forderung nach Ergebnissen, wenn das entscheidende Resultat doch schon mitgeteilt worden war? Welche Ergebnisse sollten noch erzielt werden, wenn nicht das auf der Hand liegende, dass man den Bruder unter der Adresse Adlerstraße 71 antreffen werde, was nicht eine Frage weiteren Nachforschens, sondern nur eine Frage der Zeit schien? Je mehr Knobel über diese Fragen nachdachte, desto größer wurde sein Verdacht, dass mit dem Ausfindigmachen der Adresse des Bruders die Lösung des Falles eben nicht nahe lag. Das eigenartige Verhalten Pakullas in dem kurzen Telefonat ließ keinen anderen Schluss zu und zwang damit zu der weiteren Folgerung, dass Pakulla mehr über den Verbleib seines Bruders wusste, als er preiszugeben bereit war. Eigenartig war, dass sich Pakullas Mandat und Knobels Schlussfolgerungen gegenseitig ausschlossen.

Welchen Sinn machte Pakullas Auftrag, wenn er möglicherweise den Aufenthaltsort des Bruders kannte? Und warum gab sich Pakulla nicht wenigstens interessiert, als Knobel ihm die Nachfrage nach der Adresse des Bruders förmlich in den Mund legte?

8

Knobel hing seinen Gedanken an Pakullas eigenartiges Verhalten nach, als er sich mit den Kollegen auf den Weg ins nahe gelegene Restaurant *Dubrovnik* machte. Das Mittagessen im *Dubrovnik* an der Kaiserstraße war ein jahrelang geübtes Ritual, bereits praktiziert, als Knobel als Junganwalt in der Kanzlei angestellt wurde, die damals noch *Dr. Hübenthal & Partner* hieß. Knobel war zu dieser Zeit schon bald als angestellter Anwalt in den Genuss gekommen, mit den Sozien mit zum Essen gehen zu dürfen, und nachdem seine Karriere blitzartig nach oben geschnellt, erst in Soziierung und Dienstauto und schließlich sogar in seinem Aufstieg zum namensgebenden Partner der Kanzlei sichtbar geworden war, wurde aus dem mittäglichen Gang ins *Dubrovnik* nicht nur ein Recht, sondern gleichermaßen eine Pflicht. Soweit nicht auswärtige Termine oder Gerichtsverhandlungen entgegenstanden, hatte man einem ungeschriebenen, aber gleichwohl unantastbaren Gesetz des Seniorpartners Dr. Hübenthal folgend als Sozius an dem Mittagessen teilzunehmen. Keine Akte konnte so wichtig, kein Fristablauf so dringend, kein Termindruck so belastend sein, als dass er ein Fernbleiben beim gemeinsamen Mittagessen hinreichend entschuldigt hätte. Stephan Knobel hatte sich dieser Pflicht eher widerstrebend gefügt. Das Essen war und blieb insbesondere Löffkes liebgewordenes Forum zur Darstellung seiner eigenen Erfolge, und die anderen Sozien waren auf diesen Zug aufgesprungen und malten in den leuchtendsten Farben ihre eigenen Erfolge aus. Das Essen im *Dubrovnik* war also eine geeignete Bühne der Selbstpräsentation. Innerlich Distanz bewahrend, hatte Knobels Analyse ergeben, dass einige äußere Umstände den widerwärtigen Wettbewerb der Selbstdarstellung begünstigten:

Erstens war man sich menschlich unter den Sozien zu fern, als dass Gesprächsthemen außerhalb der Kanzlei über einen längeren Zeitraum als wenige Minuten die Partner miteinander verbunden hätten. Das Geschäft war und blieb das einzige verlässliche Bindeglied einer jeden Unterhaltung.

Zweitens bildete die Raumatmosphäre im *Dubrovnik* einen Gegensatz zur räumlichen Atmosphäre der Kanzlei mit ihren hohen, lichtdurchfluteten Büros in dem den Sozien vorbehaltenen Erdgeschoss. Was bei geschäftlichen Besprechungen in der Kanzlei vielleicht peinlich oder unangemessen wirken mochte, weil es dem Geist der Kanzlei widersprach, von dem Dr. Hübenthal so gern redete, wirkte in der Atmosphäre des *Dubrovnik* ganz anders. Die nüchterne Geschäftigkeit des Kanzleigebäudes in der Prinz-Friedrich-Karl-Straße und die Professionalität der dortigen Arbeitsabläufe fand im *Dubrovnik* ihren Ersatz in einer Intimität, die zwar die menschliche Ferne untereinander nicht aufhob, gleichwohl aber den Nährboden für eine über die Stränge schlagende Prahlerei bot, vor der man in der Kanzlei zurückscheute.

Drittens schließlich war der jeweilige Aufenthalt im *Dubrovnik* zeitlich kalkulierbar. Der übliche Kanon, beginnend mit der Bestellung des Essens bis zum abschließenden Slibowitz, beanspruchte etwa eine Dreiviertelstunde, und Knobel schien es, als habe der damit vorgegebene zeitliche Rahmen den turnusmäßig anwesenden Sozien in gewisser Weise eine Struktur vorgezeichnet, die das Gespräch prägte. Den leuchtenden Monologen Dr. Hübenthals folgten ebensolche Schilderungen Löffkes, dann solche von Frau Meyer-Söhnkes und schließlich des soeben aus dem Kreis der angestellten Anwälte in den Sozienstand erhobenen Dr. Cornelius Dippelstedt, der sichtlich darum bemüht war, sich den Gesprächsgepflogenheiten tastend anzugleichen und nicht durch Fehltritte unangenehm aufzufallen. Nachdem sein Aufstieg ihn in der Kanzlei nach oben gespült hatte, war Knobel still geworden. Und er hatte Dr. Hübenthals mit warmer, sonorer Stimme vor einigen Wochen im *Dubrovnik* formulierte Anrede *Mein lieber Schweiger* für sich mit gewisser Dankbarkeit entgegengenommen, hoffend, seine Anwesenheit im *Dubrovnik* auf eine Statistenrolle beschränken zu können, die ihn der vertiefenden Teilnahme an den faden Gesprächen enthob.

Knobel irrte. Er hatte nicht bedacht, dass das Gesprächsritual im *Dubrovnik* nur so lange einer mit der Repeat-Taste eines CD-Spielers angewählten Wiederholung eines Musiktitels glich, bis die stille Rivalität der Sozien einen Anlass bot, unvermittelt aus dem anbiedernden Einerlei zum Angriff überzugehen und gegeneinander Position zu beziehen.

An jenem Mittwochmorgen im Februar, als Marie ihm per Handy über die Funde in Sebastian Pakullas Briefkasten berichtet und er aus seiner Sicht ein durchaus denkwürdiges Gespräch mit Gregor Pakulla geführt hatte, war er danach mit Dr. Hübenthal, Hubert Löffke, Charlotte Meyer-Söhnkes und Dr. Cornelius Dippelstedt zum Mittagessen gegangen und hatte wie üblich nach dem Verlassen der Kanzlei die Ampel an der Prinz-Friedrich-Karl-Straße überquert. Im *Dubrovnik* trafen ihn Dr. Hübenthals unerwartete Worte:

»Wir müssen an unseren Umsätzen arbeiten!«

Und während das *Wir* noch die Solidarität der Kanzlei einforderte, einem jeden Gelegenheit bot, sich schützend hinter dem *Wir* zu verstecken und der Kanzlei nicht mehr zu schulden als seinen sozietätsvertraglich vereinbarten Beitrag zum *Wir*, setzte Dr. Hübenthal nach:

»Das gilt insbesondere auch für Sie, mein lieber Knobel.«

Knobel schreckte auf, rückte das auf einer Papierserviette bereitgelegte Besteck gerader als es ohnehin schon war, empfand den Kellner, der sich gerade anschickte, zu servieren, in dieser Situation gleichermaßen störend wie willkommen und fragte ungelenk, nachdem ein jeder seinen Krautsalat erhalten hatte:

»Wieso?«

Dr. Hübenthals Miene war ernst geworden.

»Die Umsätze sind im letzten Jahr – wie wir alle wissen – im Vergleich zum Vorjahr zurückgegangen. Und der Januar, der in den vergangenen Jahren immer einen Geldregen brachte, weil wir viele Rechnungen aus dem alten ins neue Jahr gezogen haben, fällt in diesem Jahr aus wie ein beliebiger Monat im Jahresdurchschnitt.«

Dr. Hübenthal hob seine Apfelschorle, und die anderen nahmen ihr Getränk ebenfalls in die Hand. Das an dieser Stelle übliche *Zum Wohl* wollte nicht über die Lippen.

Stattdessen Dr. Hübenthals klagende Fortsetzung:

»Wir haben Kosten: Miete Kanzleigebäude 15.000,00 Euro pro Monat, Gehalt für Sekretärinnen und angestellte Anwälte 100.000 Euro, Dienstwagen der Partner 8.000 Euro. Die anderen laufenden Kosten brauche ich erst gar nicht zu erwähnen!«

Dr. Dippelstedt nickte und signalisierte, dass er als Neuling die ihm gesetzten Erwartungen nicht enttäuschen werde und errötete zugleich bei dem Gedanken, dass er nicht wusste, wie er die Erwartungen erfüllen sollte. Charlotte Meyer-Söhnkes nickte ebenfalls und krächzte, dass sie einige dicke Mandate an der Angel habe und ließ mit einem schüchternen Lächeln wissen, dass schon alles klappen werde, woraufhin sie betreten zu Boden blickte, was nichts anderes hieß, dass es möglicherweise auch nicht klappen könnte. Dr. Hübenthals Blicke wechselten zu Löffke. Löffke zog an seiner Zigarette, blies eine Rauchwolke über den Tisch, sammelte sich und ließ vernehmen:

»Neues Mandat rangezogen. Firma *Europe Logistics ...*«

Nochmals an der Zigarette gezogen, setzte er nach:

»Gehen mit der Zeit! – Haben Zukunft! – Sind dick drin! – Und wir dabei!«

Löffke hielt inne, jagte eine weitere Qualmwolke in die Runde und verkündete:

»Promoviere jetzt übrigens!«

Er bemerkte durch den wabernden Rauch Dr. Hübenthals erstaunt hochgezogene Augenbrauen und vollendete:

»Wirtschaftsrecht. Ein Thema aus dem Wirtschaftsrecht.«

Löffke hatte stets darunter gelitten, keinen Doktortitel vorweisen zu können. Alle bisherigen Versuche, einen Doktorvater zu finden, waren fehlgeschlagen, und Löffke hatte es aufgegeben, seine nutzlosen Bemühungen zu schildern, deren Misserfolg in der Kanzlei mit gewissem Amüsement zur Kenntnis genommen wurde und seiner Erfolgssucht einen als gerecht empfundenen Dämpfer versetzte. Nun also schien er einen Professor gefunden zu haben, der bereit war, ihn zu promovieren. Er kostete das allseitige Erstaunen aus und schwoll vor Stolz weiter an.

Nachdem erwartungsgemäß hierzu niemand sachlich etwas beitragen konnte, nutzte Löffke den gewonnenen Rückenwind und kehrte zu den praktischen Dingen zurück:

»Möchte noch erwähnen, dass ich heute zum sechsten Mal in Folge Postkönig war!«

Knobel sah zu Dr. Hübenthal herüber. Der Senior schwieg, doch das Schweigen war unausgesprochenes Lob, und Löffke war voll des Genusses darüber. Und er setzte nach:

»Ich tue alles nur für die Kanzlei!«

Hübenthals Blicke wechselten zu Knobel.

»Ich hoffe, auch Sie haben neue Mandate?! – Der Januar war wirtschaftlich überaus flau bei Ihnen!«

Knobel errötete. Er hatte den Angriff des Seniors nicht nur nicht erwartet. Er hatte darauf vertraut, dass der Senior sein Versprechen hielt, das er ihm vor über einem Jahr gegeben hatte und ebenso wie Knobels plötzlicher Aufstieg gewissermaßen in einer Verschwörung begründet war: Knobel hatte einen engen Freund Hübenthals und zugleich einen der wichtigsten Mandanten der Kanzlei in einer Mordgeschichte beschützt, verteidigt, letztlich sogar gedeckt, damit dem Mandanten und noch mehr dem Wohl der Kanzlei gedient und sich so das Wohlwollen des Seniors verdient.

Knobel nickte hilflos und stocherte im Krautsalat. Was war von dieser Solidarität geblieben, deren Band in dem geheimen Wissen Hübenthals und Knobels um den seinerzeitigen Mandanten Rosenboom wurzelte, beide auf Lebenszeit aufeinander einzuschwören schien und in Knobels Ernennung zum Vizechef der Kanzlei eine seiner Mitwisserschaft entsprechende Honorierung erfuhr?

Knobel fühlte sich nackt und verraten, war fast im Begriff, in die nächste von Löffke ausgestoßene Rauchwolke sein Geheimnis zu verraten, erkannte unvermittelt, wie relativ Bündnisse sind, die auf die Ewigkeit geschlossen sind und ihre Beständigkeit in der sicheren Erwartung suchen, dass das geheime Wissen nie an die Öffentlichkeit gelangen dürfe und deshalb der eine Mitwisser den anderen beschützen werde.

In diesem Moment, als Knobel zauderte, in seinem Krautsalat stocherte, einen Bissen zu sich nahm und plötzlich gewillt war, einer Explosion ähnlich sein Wissen um den Fall Rosenboom herauszuschleudern, kamen Hübenthals besänftigende Worte. Sie verrieten, dass der Senior just in diesem Moment Knobels Gedanken erahnt hatte und alles daran setzte, jene Explosion zu verhindern, zu der sich Knobel gerade selbstzerstörerisch und zum Schaden der Kanzlei entschlossen hatte.

»Ich weiß doch, mein lieber Knobel«, sagte Dr. Hübenthal sanft, »dass Sie immer an einem neuen Fall arbeiten. Schildern Sie uns doch, womit Sie sich gerade beschäftigen.«

Hübenthals wache Augen blickten freundlich und aufmunternd.

Knobel fühlte sich in die Enge getrieben. Dr. Dippelstedt und Frau Meyer-Söhnkes schwiegen, weil sie in dieser heiklen Gesprächssituation ohnehin kein Rederecht hatten und jede Stellungnahme entweder gegen den Senior oder Knobel als dessen Stellvertreter ausfallen und deshalb der eigenen Karriere abträglich sein mussten. Löffkes Augen blickten kampfeslustig und nahmen den ihm gegenüber sitzenden Knobel auch weiterhin ins Visier, als Cevapcici und Pommes Frites serviert wurden.

»Ich arbeite an dem Fall Pakulla«, erklärte Knobel, skizzierte knapp, worum es ging und empfand seine eigenen Worte als ungelenk und in der Sache schwach. Pakulla gegen *Europe Logistics* – was für ein Vergleich!

Löffke stieß ein kurzes grunzendes Lachen aus und streckte sein fleischiges Gesicht in den Schein der über dem Tisch hängenden Lampe. Knobel sah angewidert auf Löffkes von den fettigen Pommes Frites glänzende Mundwinkel.

»*Europe Logistics* ist für die Kanzlei eine Lokomotive, das Mandat Pakulla dagegen ein bremsender Waggon«, zischte er.

»Pakulla ist ja nicht einmal ein Fall! Brudersuche als Mandat der noblen Kanzlei *Dr. Hübenthal* …«

Er verdrehte verächtlich die Augen. Natürlich vermied Löffke den korrekten Namen *Dr. Hübenthal & Knobel*.

Löffke hatte nie einen Zweifel daran gelassen, dass er angreifen würde, was er in der Vergangenheit auch bei jeder sich bietenden Gelegenheit getan hatte. Neu war einzig, die Attacke aggressiv und offen zu führen, und Knobel erkannte, dass die Änderung der Strategie zum einen darin begründet war, Dr. Hübenthal unter Druck zu setzen und zum anderen die Erweiterung des Sozienkreises um den Neuling Dr. Dippelstedt eine geeignete Gelegenheit bot, auf die innere Struktur der personell veränderten Sozietät einzuwirken und sie atmosphärisch zu prägen. Natürlich waren nicht die Mandate Lokomotiven oder Waggons. Löffke beanspruchte, in Person die Lokomotive der Kanzlei zu sein und verwies Knobel auf die Rolle des Waggons, der von der Lokomotive gezogen wurde. Knobel hätte seine Abneigung gegen Löffke in Worte fassen und sie nachvollziehbar begründen können. Alle charakterlichen Widerwärtigkeiten des Rivalen lagen auf der Hand, ebenso seine simple und durchschaubare Taktik. Knobel hätte seinem Ekel Ausdruck verleihen können, der sich einstellte, wenn Löffke, wie jetzt, mit einem Zahnstocher Pommesreste aus seinen

Zahnzwischenräumen herauspulte und dabei unappetitlich schmatzte. Knobel war sich sicher, dass ein jeder am Tisch ebenso empfand. Aber all dies setzte die nüchternen Fakten nicht außer Kraft, die Löffke für sich verbuchen konnte. Und die lauteten: steigende Umsätze, Akquisition, gewinnträchtige Neumandate wie *Europe Logistics* und, ob lächerlich oder nicht, meistens Postkönig. Zusätzlich demnächst noch promoviert. Knobel ahnte, wie wichtig dieser Titel für Löffke sein und er darauf bestehen würde, von jedem mit *Herr Doktor* angeredet zu werden. Zwischen dem Senior und Löffke würde man in der gegenseitigen Anrede auf den *Doktor* verzichten, weil man im Gespräch unter Doktoren den akademischen Grad stillschweigend einsparte. Aber er, Knobel, würde den einen weiterhin Dr. Hübenthal und den anderen fortan und ohne Ausnahme Dr. Löffke nennen müssen.

Auf den das Mittagessen gewöhnlich beschließenden Slibowitz verzichteten sie heute. Schweigend ging man in die Kanzlei zurück. Die Prozession über den Heiligen Weg erschien länger als sonst, die roten Fußgängerampeln an der Arndtstraße und an der Prinz-Friedrich-Karl-Straße verzögerten ihren Weg weiter, und man war froh, mit dem Eintritt in das herrschaftliche Kanzleigebäude in die eigenen Büros streben und die Tür hinter sich schließen zu können.

9

Knobel saß kaum hinter seinem Schreibtisch, als sich Dr. Hübenthal über das interne Telefon bei ihm meldete.

»Mein lieber Knobel«, begann der Senior, und sein Tonfall verriet gleichermaßen Ungeduld und eine gewisse Verärgerung.

»Ich kann Sie nicht grenzenlos schützen! Sie haben Löffkes Aggressivität bemerkt. Nicht mehr lange und er explodiert! Und in der Tat: er kann Erfolge verbuchen, die auf Dauer nicht zu ignorieren sind! Er greift an! Sie wissen das!«

»Die Sache Pakulla hat ganz andere Dimensionen, als ich vorhin andeutete«, trumpfte Knobel auf und schwieg geheimnisvoll.

»Soweit ich verstanden habe, handelt es sich doch nur um eine schlichte Nachforschungsangelegenheit«, erwiderte der Senior.

»Nein, es dürfte sich nicht um eine schlichte Nachforschungsangelegenheit handeln, die mit den Worten *doch nur* in der Reihe der Mandate der Kanzlei einen der hinteren Plätze einnehmen müsste.«

»Können wir denn an dem Fall was verdienen?«, fragte Dr. Hübenthal überrascht.

Allein die von Knobel nebulös angedeuteten *anderen Dimensionen* schienen aus der *Angelegenheit* nun einen *Fall* gemacht zu haben.

»Millionen«, zischte Knobel, »es geht in der Konsequenz um Millionen!«

Er malte ein stattliches Vermögen der Erblasserin Esther van Beek aus, von dem er nichts wusste außer dem eindeutigen Hinweis seines Mandanten Gregor Pakulla, dass dessen Tante tatsächlich ein solches hinterlassen haben musste. Aber bei diesem nüchternen Hinweis blieb es nicht, als Knobel am Telefon dem Senior Dr. Hübenthal ein farbenprächtiges Bild dieses Vermögens malte, das er gerade in seiner Fantasie mit leuchtenden Farben bedachte. Von einem riesigen Grundvermögen war die Rede, Bankkonten in Deutschland und Holland, und – damit es besser klang und wirklich nach Geld roch – auch in der Schweiz und in Liechtenstein. Schließlich setzte Knobel, nachdem er Esther van Beek auch noch alle möglichen Wertpapiere angedichtet hatte, noch ein Schloss in Burgund obendrauf.

»Das ist ja ganz außergewöhnlich«, begeisterte sich der Senior. »Was meinen Sie, was Löffke aus diesen Fakten gemacht hätte?«, und er lachte heiser am anderen Ende der Leitung. Knobel hörte ein Knacken, dann ein schweres Atmen. Der Senior hatte sich eine Zigarre angezündet, die Welt war wieder in ihren Fugen.

»Ich bin stolz auf Sie!«, sagte Dr. Hübenthal und beendete das Gespräch.

Knobel war in diesem Moment ebenfalls stolz auf sich, doch der Triumph, mit Löffkes einfacher Strategie zu bluffen, würde sich als Pyrrhussieg erweisen. Unbestreitbar arbeitete sich Löffke tatsächlich nach vorne. Berge von Posteingängen, viele Neumandate und insbesondere die im Computer erfassten Umsatzzahlen sprachen für sich. Knobel hatte soeben ein Luftschloss errichtet, und es war absehbar, dass diese Kulisse alsbald in sich zusammenfallen würde. Folglich musste die *Angelegenheit Pakulla* tatsächlich zu einem *Fall* werden und der einzig wichtige Indikator hierfür war das Honorar. Es mochte in den einzelnen Mandanten um Darlehen, Franchiseverträge oder Unternehmenskäufe gehen: Im Ergebnis – und das war die Jahresbilanz der Kanzlei – interessierte nur die Frage, welches Honorar der Fall gebracht hatte. Knobel erinnerte sich an das erste Gespräch mit Pakulla, die Vereinbarung eines Honorars von 200 Euro je Stunde, die Anzahlung Pakullas bei Mandatserteilung und die wenige Tage später überwiesenen weiteren 1000 Euro. Zwischenzeitlich waren in der Summe, insbesondere durch Maries Arbeit, weitere Stunden angefallen, aber eine bemerkenswerte Honorarsumme hatte sich daraus noch nicht entwickelt. Knobel taxierte überschlägig. Er kam nicht einmal auf 1000 Euro. Dieses Ergebnis hatte er im Hinterkopf, als er seinen Mandanten auf dem Handy erreichte.

»Ihr Fall wird kompliziert«, eröffnete er unumwunden und kam gleich zum Wesentlichen:

»Wir brauchen einen erheblichen Vorschuss!«

»Wie viel?«

Knobel langte reichlich zu.

»20.000«, forderte er mit fester Stimme und setzte unsicherer hinzu:

»Wegen der umfangreichen Recherche. Es kommt viel Arbeit auf uns zu!«

»Schon gut, ich beklage mich nicht«, antwortete Pakulla. »Ich überweise Ihnen das Geld. Ich darf die Bankverbindung nutzen, die unten auf der Honorarvereinbarung steht?«

Knobel war zu überrascht, um auf die rhetorische Frage zu antworten. Gern hätte er gefragt, warum Pakulla anstandslos 20.000 Euro Vorschuss leisten wollte. Pakullas Verhalten wich auffällig von dem der meisten Mandanten ab, denen man mit Mühe verständlich machen musste, dass die bereits geleistete anwaltliche Arbeit ihren Preis hatte. Pakulla fragte nicht einmal nach dem voraussichtlichen Umfang und der Art der Recherche. Stattdessen fragte er etwas anderes:

»Was tun Sie, wenn Sie meinen Bruder nicht finden?«

Diese Frage überraschte Knobel fast noch mehr als Pakullas Bereitschaft, diese Summe zahlen zu wollen.

»Danach sieht es nun wahrlich nicht aus«, beruhigte er, und er schilderte, welche Schriftstücke Marie im Briefkasten gefunden hatte und die sich daraus ergebende Schlussfolgerung, dass der Bruder jedenfalls bis vor wenigen Wochen den Postkasten noch geleert zu haben schien. Pakulla gab sich daraufhin beruhigt und bemerkte lapidar, dass Knobel einfach seine Arbeit fortsetzen solle.

Doch nach dem Ende des Telefonats schien Knobel, dass Pakullas Bereitschaft, ohne Nachfrage den horrenden Honorarvorschuss leisten zu wollen, nur vor dem Hintergrund Sinn machte, dass Gregor Pakulla bereits von einer langen Suche nach Sebastian ausging. Hierzu passte, dass sein Mandant sich nach den bislang gewonnenen Ergebnissen der Suche nach seinem Bruder nicht erkundigte und auch jetzt, als Knobel ihm die spärlichen Resultate der bisherigen Recherche mitteilte, keine Fragen stellte, die doch angesichts des von ihm erteilten Mandats nur natürlich und naheliegend gewesen wären. Knobel hatte auch bei diesem Telefonat nicht die Adresse Sebastians genannt. Und Gregor Pakulla hatte auch dieses Mal nicht nach der Adresse gefragt. Sich all dieser Nachfragen zu enthalten, konnte mehreres bedeuten:

Erstens: Pakulla interessierten diese Details nicht. Für diese Hypothese sprach wenig, denn Pakullas dringender Wunsch, wegen der Vermögensauseinandersetzung den Bruder zu finden, musste ihn schon wegen der im Raume stehenden erheblichen Erbschaft für alle Details interessieren, die mit dem Verbleib des Bruders zusammenhingen, selbst wenn er persönlich nichts für ihn empfand. Zweitens: Es konnte sein, dass Pakulla bereits viel mehr über den Verbleib seines Bruders wusste, als er zugab. Hierfür sprach angesichts seines Verhaltens einiges. Unerklärlich aber blieb, warum er dann überhaupt Knobel mit der Suche nach seinem Bruder beauftragte und schließlich, warum Pakulla sich in den Gesprächen mit Knobel so plump verhielt und gegenüber allen Details, die mosaiksteinartig zur Lösung seines Falles zusammengetragen wurden, sich so auffallend desinteressiert zeigte.

Pakullas Frage *Was tun Sie, wenn Sie meinen Bruder nicht finden?* gewann mehr und mehr an Bedeutung und schien letztlich weniger eine wirkliche Frage zu sein.

10

Als Pakullas versprochener Honorarvorschuss von weiteren 20.000 Euro wenige Tage später dem Kanzleikonto gutgeschrieben war und ein jeder der Sozien, insbesondere aber Dr. Hübenthal mit lobenden Worten und Löffke mit ignorantem Schweigen, den Geldeingang zur Kenntnis genommen hatte, war es für Knobel ein Leichtes, mit dem geheimnisvollen Hinweis auf notwendige umfangreiche Recherchearbeiten für einen Tag der Kanzlei fernzubleiben. Löffkes zischendes *Viel Spaß mit Ihrer Studentin* entbehrte der zu erwartenden Bissigkeit, weil die gebuchte Summe ihm im Rivalitätskampf mit Knobel einen Schlag versetzt hatte, der seiner Boshaftigkeit fürs Erste die Spitze genommen hatte.

Bevor sich Knobel an jenem Montagabend in der Kanzlei mit den Worten verabschiedete, dass er den morgigen Tag gänzlich mit Detektivarbeit in der Sache Sebastian Pakulla verbringen werde, bat er seine Sekretärin noch, in allen Akten, in denen seit mehr als einem Monat eine Reaktion des Gegners oder gerichtliche Verfügungen ausblieben, schriftlich nach dem Sachstand zu fragen. Frau Klabunde schnaufte angesichts des zeitfüllenden Auftrags, und ihr Blick verriet eine Mischung aus Missmut und ängstlicher Ahnung, bei Knobel in Ungnade gefallen zu sein. Aber Stephan Knobel zerstreute ihre Befürchtungen, zückte einen 50-Euro-Schein aus seiner Brieftasche und steckte ihn ihr verstohlen zu, obwohl niemand die beiden beobachtete.

»Aber Herr Knobel!«, begann Frau Klabunde überrascht und enthielt sich der weiteren Worte, die jetzt zu erwarten waren, ersetzte sie stattdessen durch einen weichen Blick über ihre Lesebrille, mit der sie verwundert in Knobels lächelndes Gesicht sah. Worte, die sagen sollten: *Sachstandsanfragen gehören ohnehin zu meinen Aufgaben. Sie rechtfertigen doch kein Trinkgeld.* Knobel ahnte die unausgesprochenen Worte, und er nickte sanft, bevor Frau Klabunde umständlich danken konnte.

»Ich könnte doch auch in allen Sachen telefonisch nachfragen, das geht viel schneller und spart Porto«, half sie mit einer praktischen Empfehlung. »Wir achten sonst doch immer so sehr auf die Kosten! Es wird bereits jedem Auszubildenden eingebläut, Büromaterial nicht zu vergeuden und darauf zu achten, dass man Schriftstücke, die für einen Mandanten bestimmt sind, in einer Briefsendung zusammenfasst, um Porto zu sparen. Was Sie vorschlagen, produziert Kosten«, meinte sie.

»Soll ich nicht lieber doch telefonisch nachfragen?«

»Nein, nein, es muss schriftlich sein!«, antwortete Knobel bestimmt. »Wir fragen schriftlich und bekommen dann schriftliche Antworten.«

Frau Klabundes fülliger Oberkörper hob und senkte sich mit ihrem Achselzucken und Knobel erklärte:

»Dann haben wir Schriftstücke in der Akte, die sind mehr wert als ein Vermerk über ein geführtes Telefonat.«

Frau Klabundes Unverständnis war mit dieser Antwort nicht gewichen, aber es reduzierte sich bereits auf ein flüchtiges Stirnrunzeln. Die vereinnahmten 50 Euro machten jede weitere Nachfrage und jede weitere praktische Empfehlung entbehrlich und sie bestätigte Knobels Wunsch mit einem nachdrücklichen Kopfnicken.

Am Dienstagmorgen hatte er wie immer mit Lisa gefrühstückt. Sie hatten sich gemeinsam um Malin gekümmert und fanden darin einen Bezugspunkt, in dem sie einander nahe waren. Sie wetteiferten in der Fürsorge um ihre Tochter und redeten nicht über das, was sie entzweite. Morgens vor der Arbeit war dazu keine Zeit und abends nach der Arbeit auch nicht, weil der Alltag mit seinen Lasten drückte und keinen Raum für ein Gespräch ließ, von dessen Ergebnislosigkeit beide wussten und es deshalb auf einen ungewissen Zeitpunkt verschoben. Es gibt vor der Trennung eine Phase der getrennten Gemeinsamkeit, ein Verharren vor dem Auseinandergehen. Darin befanden sie sich jetzt und redeten, wenn sie redeten, ausschließlich über ihr Kind. Und damit sie sich nicht eingestehen mussten, dass sie nicht mehr von sich selbst reden wollten, wiederholten sie sich ständig in dem, was sie über das Kind sagten.

Nach dem Frühstück war Knobel zu Marie gefahren, hatte für das Frühstück mit Marie Brötchen in der *Bäckerei Dahlmann* auf der Mallinckrodtstraße gekauft und war mit den ofenfrischen Brötchen in die Brunnenstraße gelaufen, hatte beim Eintreten in Maries Wohnung den Duft frischen Kaffees eingesogen und empfand jedes Detail in Maries Wohnung unverwechselbar und begehrenswert.

»Du bist ein Mensch der Brüche«, hatte Marie ihm gesagt, als er sie leidenschaftlich geküsst, sie fest an sich gezogen und ihren Herzschlag gespürt hatte, die Brötchen erst dann auf den Küchentisch legte und dabei anmerkte, dass er bereits gefrühstückt habe.

Dann fuhren sie mit seinem Auto in die Adlerstraße. Marie hatte aus dem *La Dolce Vita* zwei Paletten mit 0,2-Liter-Gläsern mitgenommen. Die Paletten waren oben mit Geschirrtüchern abgedeckt. Knobel parkte etwas abseits. Die letzten Meter gingen sie zu Fuß. In ihrer Mitte schaukelten die übereinander gestapelten Glaspaletten. Vor dem Haus Nummer 71 angekommen, drückte Knobel zuerst auf den Klingelknopf von Sebastian Pakulla und schellte, als sich erwartungsgemäß nichts tat, dann bei C. Theodoridis, der nach der Anordnung der Klingelknöpfe Sebastians Nachbar sein musste. Sie hatten Glück. Die Tür öffnete sich, und sie stiegen die Treppen bis zum zweiten Stockwerk hoch. Die Gläser klirrten in den Paletten, und Knobel, wie Marie in Jeanshose und einfachem Pullover gekleidet, stellte umständlich die Gläser auf dem Podest ab. Herr Theodoridis war von sportlicher Statur. Unrasiert und mit Jogginganzug bekleidet stand er in der Tür. Knobel betrachtete ihn flüchtig und entschied in Sekundenschnelle über seine nächsten Worte. »Wir sind Freunde von Sebastian Pakulla«, keuchte er.

»Ich bin Jürgen – und das ist meine Freundin Sabine«, erklärte er, hoffend, dass die persönliche Ansprache ohne Nennung von Nachnamen bei Herrn Theodoridis ankam. »Sebastian wird nächste Woche eine Party feiern«, fuhr Knobel fort. »Vermutlich wissen Sie ja bereits davon. Sebastian ist immer rücksichtsvoll und informiert alle vorher, wenn es laut werden könnte.«

Der Grieche stand schweigend in der Tür und musterte wechselnd Knobel und Marie.

»Jedenfalls«, redete Knobel unbeirrt weiter, »hat er uns gebeten, für seine Party Gläser bereitzustellen und uns extra für heute Morgen herbestellt. Und jetzt stehen wir hier, und Sebastian ist nicht da.«

Herr Theodoridis zog die Augenbrauen hoch.

»Bei mir ist das ungünstig«, sagte er in bestem Deutsch,

und Knobel fragte sich, warum er gebrochenes Deutsch erwartet hatte.

»Wir wollen Sie auch nicht in Anspruch nehmen«, bestätigte Knobel.

»Vielleicht ist es möglich, dass wir die Gläser direkt bei Sebastian in die Wohnung stellen. Er hat uns gesagt, dass Sie einen Schlüssel zur Wohnung haben. Er hat absolutes Vertrauen zu Ihnen, und ich hoffe, dass Sie uns kurz hineinlassen. Und bei dieser Gelegenheit«, lächelte Knobel verschwörerisch, »können wir auch eine kleine Überraschung für Sebastians Party vorbereiten.«

Theodoridis Blicke verrieten noch immer Unschlüssigkeit und Unsicherheit.

»Sebastian hat mir von Ihnen nichts erzählt«, sagte er abwartend.

»Natürlich nicht!«, beschwichtigte Knobel.

»Wie sollte er das auch bei dem großen Bekanntenkreis, den er hat? Da erwähnt man nicht jeden. Und dass wir heute die Gläser bringen, wird er schlicht vergessen haben. Er wollte die Gläser ja selbst entgegennehmen. Warum sollte er uns also bei Ihnen ankündigen.«

Das Misstrauen des Griechen schien zu schwinden.

»Sie wissen vielleicht, dass vor ein paar Wochen seine Tante Esther gestorben ist«, setzte Knobel behutsam nach und bemerkte eine Regung bei Theodoridis.

»Sie war seine einzige noch lebende Verwandte hier in Dortmund, da muss er sich um einiges kümmern. Vielleicht hat er uns deshalb schlicht vergessen.«

»Tante Esther, ja«, bestätigte der Grieche.

Knobels Gesicht hellte sich auf.

»Na, sehen Sie!«

Mehr sagte er nicht und schob damit den Ball wieder Theodoridis zu, der sich unversehens in der Defensive befand.

»Ich werde bei der Gelegenheit die Blumen gießen«, schlug der Nachbar vor und griff in seiner Diele an ein Schlüsselbrett.

»Sebastian sagte uns, dass Sie immer seine Blumen pflegen. Er ist Ihnen sehr dankbar dafür«, warf Marie ein.

Herr Theodoridis lächelte und schlürfte mit dem Schlüssel über den Treppenpodest, öffnete Sebastians Wohnungstür, und Marie und Knobel folgten ihm mit den Glaspaletten, vermuteten die Küche an der richtigen Stelle und bewegten sich scheinbar zielsicher in der fremden Wohnung. Sie hoben mit hörbarem Stöhnen die Paletten auf den Küchentisch, während Herr Theodoridis im Spülbecken eine Gießkanne mit Leitungswasser füllte. Marie begann, die Gläser aus den Paletten zu nehmen und reihte sie auf dem Küchentisch auf.

»Vielleicht können Sie mir ein Küchentuch geben«, sagte sie, »die Gläser haben noch Schlieren aus der Spülmaschine.«

Der Nachbar warf ihr ein Tuch zu, und während er sich den Blumen widmete, ordnete Marie umständlich die Gläser auf dem Tisch. Knobel eilte geschäftig in der Wohnung hin und her, scheinbar um Vorbereitung der angekündigten Überraschung bemüht und in dem Dilemma, in der begrenzten Zeit ihres Aufenthaltes unauffällig zugleich so viele Informationen wie eben möglich zu sammeln. Marie bemerkte sein rastloses, zielloses und deshalb auffälliges Hin und Her und erlöste ihn mit dem Vorschlag, dass er sich statt ihrer dem Nachputzen und Arrangieren der Gläser widmen solle. Knobel nahm dankbar an.

Marie sah mit flüchtigem Blick, dass in allen Zimmern Blumen standen. Sie würde sich dem zu erwartenden Rundgang anschließen können.

»Haben Sie vielleicht einen Zollstock?«, fragte sie ihn.

»Einen Zollstock? Nein. Wofür?«

Marie erklärte, dass man für die Feier aufwändige Girlanden herstellen wolle, die mit bestimmten elektronischen Effekten versehen seien und man deshalb die Raumdiagonalen ausmessen müsse. Herr Theodoridis verstand ersichtlich nicht, und Marie erklärte nüchtern: *»Final electronic event deco.«* Ist heute auf allen Feiern – und nicht nur bei der Jugend – der Hit. Es wird auch Sebastian gefallen.«

Der Grieche schüttelte ungläubig den Kopf und blickte sich suchend um.

Schließlich verließ er für einen Augenblick Sebastians Wohnung und kehrte mit einem Zollstock zurück.

Marie erwartete ihn in der Wohnungstür und zerstreute damit seine Bedenken. Sie hatte seine kurze Abwesenheit nicht zum Spionieren genutzt, und Herr Theodoridis ergab sich wie erwartet auskunftsfreudiger.

»Alle Blumen zu gießen ist ein zeitfüllendes Programm«, lobte sie anerkennend und folgte Theodoridis in das Wohnzimmer, das Sebastian Pakulla zum Atelier umfunktioniert hatte. Der Boden war durchgehend mit billigem Linoleum belegt, darauf standen fünf abgenutzte Staffeleien. Auf dreien standen fertig wirkende Bilder, auf der vierten ein in seinem Motiv gänzlich anderes Bild, die fünfte Staffelei war leer. Hinter einer Plastikfolie befanden sich aneinandergelehnt weitere Bilder, und Marie begann unversehens, sie hinter der Folie hervorzuziehen, während Herr Theodoridis die Blumen in den großen Fensternischen wässerte.

»Wie gefallen Ihnen Sebastians Bilder?«, fragte sie den Nachbarn.

»Weiß nicht«, antwortete Theodoridis unschlüssig. »Ist nicht so meine Sache.«

Marie musterte die hinter der Folie stehenden Bilder und betrachtete die Motive. Zumeist mediterrane Landschaften, leicht abstrahiert, aber auf den ersten Blick gut erkennbar und scharf in den Konturen. Gelbe und rote Hügellandschaften, tiefblaue Himmel, fliehende Wolken, mal weiße, mal grell-grüne, dann tief rote Felder, blaugrüne Zypressen, hin und wieder angedeutete Dörfer in der Ferne, mal zerklüftete Berge im Hintergrund, mal eine in der Weite sich verlierende Ebene.

»Das könnte Griechenland sein«, vermutete sie und beeilte sich, endlich den Zollstock für das Maß der Raumdiagonalen auszulegen.

»Soweit ich weiß, war er noch nie in Griechenland«, gab der Nachbar zurück.

»In der letzten Zeit hat er Städte gemalt«, und er wies auf die farbintensiven Bilder auf den Staffeleien.

Marie betrachtete die Gemälde genauer. Sie war beim ersten Anblick nicht auf die Idee gekommen, dass es sich um Städte handeln könnte. Die Bilder waren deutlich abstrakter als Sebastians Landschaftsbilder, und die Gebäude wirkten wie mosaikartig aneinander gereihte Flächen. Einzig die Farben der Gebäude erinnerten an Sebastians Landschaftsbilder: Es dominierten gelb, rot, braun und alle Zwischentöne. Marie verschob den Zollstock und sagte laut das gemessene Maß vor sich hin, versprach sich, tat, als habe sie sich verrechnet und legte den Zollstock erneut aus. Aus den Augenwinkeln sah sie auf die kleinen Holzschemel, die neben den Staffeleien standen. Sebastian benutzte zum Mischen der Farben keine Paletten, sondern Partyteller. Das war sinnvoll. Die fettbeschichteten Teller schützten gegen ein Durchweichen der Farbe. Auf den Schemeln standen viele Pappteller mit getrockneten Farben, weitere auf dem mit Farbspritzern übersäten Fußboden, des weiteren Blechkanister mit Lösungsmitteln, dazwischen Tuben mit Farben, manche bereits ausgequetscht und nur ungelenk mit der schief aufgeschraubten Verschlusskappe verschlossen.

»5,20 m«, sagte Marie laut und blickte um sich, als suche sie nach Schreibgerät, um sich das Maß zu notieren.

»Sie werden es sich merken können!«, lächelte der Grieche.

»Was meinen Sie, will Sebastian hier malen?«, fragte sie und trat vor das Bild, dessen Motiv von den anderen auffallend abwich. Auf dem gelb gehaltenen Untergrund befand sich ein grobmaschiges Netz schwarzer Linien, jeweils von oben nach unten und von rechts nach links führend, einander annähernd im rechten Winkel kreuzend, jedoch nicht akkurat vermessen, sondern wie flüchtig von Hand gemalt. Im unteren Teil des Bildes ein leuchtend rotes Herz, auf das eine von links unten kommende schwarze Diagonale zustieß. »Ein gefangenes Herz – oder ein Herz in Gefahr?«, riet Marie. »Meinen Sie, das Bild ist schon fertig?«

»Es hat ja keine weißen Flecken mehr«, schmunzelte der Grieche. »Und signiert hat er es auch schon.«

Marie musterte das Bild.

»Unten rechts«, sagte Theodoridis. »Da steht doch S. P., also Sebastian Pakulla.«

»S. P. Tatsächlich.« Sie blickte auf die Buchstaben. »Aber warum signiert er mit so großen Buchstaben?«

Sie schaute auf die anderen Bilder, die, soweit sie signiert waren, unten rechts die deutlich kleineren Buchstaben ›S‹ und ›P‹ trugen.

»Sie stellen Fragen!«, meinte der Grieche.

»Kommen Sie, ich gieße jetzt noch im Schlafzimmer.«

»Ja, sicher.«

Marie klappte den Zollstock zusammen.

Das Inventar des Schlafzimmers bestand aus einer breiten Matratze, die direkt auf dem Fußboden lag und einer Vielzahl von Regalen, in denen geordnet frische Wäsche lag, des Weiteren aus Haken, an denen Hemden hingen, die Sebastian Pakulla offensichtlich in einer Reinigung waschen ließ, denn sie hingen auf schlichten Drahtbügeln und waren mit einer dünnen Plastikfolie gegen Staub geschützt. Marie fand diesen Raum wesentlich uninteressanter als das Atelier, aber sie setzte ihr Schauspiel unbeirrt fort und maß die Raumdiagonale.

»5,20 m im Atelier, 3,10 m hier«, erklärte sie und tat, als würde sie sich diese Zahlen einprägen. Sie hätte Theodoridis so gern gefragt, ob Sebastian Pakulla eine Freundin hatte, seit wann er bei seinem Nachbarn die Blumen pflegte und was er sonst über Sebastians Lebensgewohnheiten wusste, aber jede dieser Fragen hätte offenbart, dass sie und Knobel nicht jenes Wissen vom täglichen Leben Sebastians hatten, welches sie vorgaben. Also verbaten sich diese Fragen. Marie folgte Theodoridis in die Küche, wo Knobel mit ihrem Eintreten sich wieder geschäftig der Gläserpflege hingab. Marie beobachtete, wie Theodoridis die Gießkanne ein zweites Mal füllte, aus einer Schublade ein Tütchen nahm und dessen Inhalt in das Wasser in die Kanne entleerte, bevor er weitere Pflanzen wässerte. Marie maß währenddessen auch in der Küche die Raumdiagonale und wies Knobel an, sich die Maße zu merken, die sie laut wiederholte. Es folgten noch einige belanglose Wortwechsel, dann verabschiedeten sie sich vor der Wohnung von dem Griechen und verließen das Haus.

Als sie wieder im Auto saßen, Knobel seinen Mercedes vorsichtig ausgeparkt hatte und sie Richtung Rheinische Straße fuhren, sagte er stolz:

»Ich hoffe, du hast mein strategisches Vorgehen bemerkt.«

»Welches?«

»Ich konnte schließlich nicht wissen, dass Theodoridis einen Schlüssel von Sebastians Wohnung hat. Es war reine Intuition. Also habe ich so getan, als sei es völlig unzweifelhaft, dass der Grieche unser Mann ist.«

Marie reagierte nicht.

»Ich habe mir nämlich gedacht: Wenn Sebastian Pakulla in Dortmund keine Verwandten mehr hat – und das ergibt sich ja aus der Schilderung meines Mandanten – und es keine Vertrauensperson in der näheren Umgebung gibt – das allerdings war von mir ins Blaue vermutet, dann spricht viel dafür, dass Sebastian im Haus jemanden kennt, der zumindest den Schlüssel zu seiner Wohnung hat. Und als ich Herrn Theodoridis sah, wusste ich, dass er es sein könnte. Sympathischer Typ. Wir haben ins Schwarze getroffen«, stellte er fest, wofür er gelobt werden wollte. Marie erfüllte ihm seinen Wunsch nicht.

»Hast du etwas herausgefunden?«, fragte er.

»Du hast herausgefunden, dass Herr Theodoridis die Schlüssel von Sebastian Pakullas Wohnung hat und dort Blumen gießt«, antwortete sie. »Was noch?«

»Weiß nicht«, blieb er unbestimmt. »Weißt du mehr?«

»Erstens: Herr Theodoridis gießt in dieser Wohnung seit Langem Blumen, und zwar planmäßig und nicht nur gelegentlich.«

»Wieso?«

»Er kennt die Wohnung genauestens. Er gießt nach einem bestimmten Ablauf, weiß, dass sich der Dünger für das Gießwasser in der oberen Schublade rechts im Küchenunterschrank befindet, dosiert das Wasser wie selbstverständlich unterschiedlich für die einzelnen Pflanzenarten.

Zweitens: Er nutzt unser Erscheinen, um die Blumen zu gießen. Das heißt: Er tat etwas, was er ohnehin vorhatte. Also gibt es für Herrn Theodoridis so etwas wie einen Gießplan. Natürlich konnte ich ihn nicht fragen, wie lange er das bereits für Sebastian Pakulla tut. Man kann nicht so tun, als sei man mit Sebastian bestens befreundet und gleichzeitig nicht über seinen Alltag Bescheid wissen.«

Knobel nickte. »Und sonst?«

»Drittens: Die Wohnung war ohne besondere Gerüche. Die Luft war lediglich etwas abgestanden.«

»Das heißt?«

»Sebastian Pakulla ist, wie wir wissen, Maler. Er malt regelmäßig, weil er von diesem Beruf lebt. Sein Wohnzimmer, also sein Atelier, ist voll von Farben und Lösungsmitteln. Wir wissen von seiner Post aus dem Briefkasten, dass er seit wenigstens rund drei Wochen nicht mehr die Post geholt hat. Unterstellt, er war bis vor etwa drei Wochen in seiner Wohnung, müsste es gleichwohl in der Wohnung noch etwas nach Farben und Lösungsmitteln riechen. Diese Gerüche sind hartnäckig. Sie halten sich über Wochen, umso mehr, wenn zwischendurch nicht gelüftet wird. Theodoridis gießt die Blumen, aber er lüftet nicht. Das hätte er sonst heute sicher getan. Denn er gießt, wie ich sagte, turnusmäßig. Dabei kurz die Fenster zu öffnen, wäre fast selbstverständlich. Ganz im Gegenteil: Theodoridis dachte nicht einmal daran, die Fenster zu öffnen. Das bedeutet: Der Gestank von Farben und Lösungsmitteln war für ihn überhaupt kein Thema. Möglicherweise kennt Theodoridis das Geruchsproblem überhaupt nicht. Und daraus lässt sich folgern, dass er bereits seit viel längerer Zeit die Blumen gießt als Sebastian

Pakulla der Post nach abwesend ist. Daraus folgt: Sebastian ist möglicherweise weitaus länger verschwunden, als uns die nicht aus dem Kasten geholte Post glauben lässt. Aus alledem folgt ein weiteres: Theodoridis gießt eben nur die Blumen, nichts weiter.«

Knobel runzelte die Stirn.

»Der Grieche hat offensichtlich nicht den Auftrag, den Briefkasten zu leeren. Er hat nichts davon gesagt, wann er Sebastian das letzte Mal gesehen hat. Das Blumengießen ist ganz unabhängig davon. Vielleicht hat Sebastian ihm irgendwann mal den Auftrag erteilt, jede Woche die Blumen zu gießen. Er hat ja nicht einmal ein Wort darüber verloren, dass wir so unvermittelt aufgetaucht sind. Sicher hat er Sebastian seit Wochen nicht mehr gesehen. Aber seine Abwesenheit hat ihn eben nicht verwundert. Mit anderen Worten: Für Herrn Theodoridis ist die Abwesenheit Sebastians normal oder normal geworden.«

Knobel nickte. »Und sonst?«

»Und fünftens: Soweit ich es nach dem ersten Eindruck beurteilen kann, hat Sebastian seinen Malstil oder zumindest die Motive geändert. Sebastian ist Landschaftsmaler. Er malt weite Täler, entfernte Berge, wenige Zeichen verlorener Zivilisation inmitten der Landschaft. Wenige Bäume in der Weite, selten ein Haus in der Weite der Landschaft. Von Menschen geschaffene Dinge ordnen sich stets der Natur unter, bleiben unbedeutend. Und ganz im Gegensatz dazu bestimmen seine neuen Bilder Stadtmotive, in denen die Natur nicht einmal mehr eine Nebenrolle einnimmt.«

»Ein Stilwechsel eben«, meinte Knobel.

»Es gibt keinen ersichtlichen Grund dafür. Die Landschaftsbilder sind von imponierender Tiefe. Sie sind in sich stimmig«, und Marie versuchte mit einer Geste zu beschreiben, was ihr mit Worten nicht gelang, aber in der Sache völlig unzweifelhaft war.

»Eines der Bilder fällt ganz aus dem Rahmen«, fuhr sie fort und beschrieb das rasterförmige Muster mit dem leuchtenden roten Herz und den Buchstaben ›S. P.‹ in der rechten unteren Ecke.

»Sechstens: Viel spricht dafür, dass Sebastian alleine lebt. Er bringt seine Wäsche in eine Reinigung. Soweit ersichtlich, gibt es keine Kleidungsstücke von anderen Personen in der Wohnung.«

Damit schloss Marie ihre Auswertung und sie formulierte die sich daraus ergebenden Fragen, während Knobel vom Schwanenwall in die Bornstraße einbog:

»Wir müssen mehr über Sebastians Bilder erfahren! Bestimmt gibt es Ausstellungen und Kunsthändler, denen er bekannt ist. Und wir sollten vielleicht die Reinigung und das Geschäft ausfindig machen, in denen er seine Farben und Pinsel kauft. Vielleicht finden wir hier Ansatzpunkte.«

Knobel nickte wiederum, und als er in der Nähe von Maries Wohnung einen Parkplatz fand, stellte er den Motor in der sicheren Erwartung ab, mit Marie in ihre kleine Wohnung zu gehen, das Refugium, in dem sie ihre Welt lebten und die so wunderbar anders und pflichtenlos gegenüber seiner anderen, der alltäglichen Welt, zu sein schien.

»Nein, lass mal«, meinte Marie und löste den Anschnallgurt.

»Du musst Entscheidungen treffen, Stephan. Möchtest du die Brötchen von heute Morgen mitnehmen?«, fragte sie, als sie bereits ausgestiegen war.

Knobel verneinte und spürte, wie sehr er Lisa und Marie gleichermaßen verletzt hatte.

Er hatte sich an jenem Dienstagmorgen bei Lisa mit den

Worten verabschiedet, den ganzen Tag beruflich unterwegs zu sein. In der Kanzlei hatte er sich am gestrigen Abend mit derselben Erklärung für den heutigen Tag entschuldigt und sich auf einen Tag mit Marie gefreut.

Sie hatte seine Erwartung enttäuscht, das Ritual durchbrochen und damit unmissverständlich klar gemacht, dass sie den bisherigen Weg nicht fortsetzen werde, der ihm bequem und einfach war, weil er zu keinen Entscheidungen zwang.

Marie hatte dem Dienstag seinen vorbestimmten Inhalt genommen. Sie würde keine Nische ausfüllen und hatte zugleich zum Ausdruck gebracht, dass er etwas ändern musste. Die Verweigerung des Rituals stellte erstmals auch die Frage nach der Perspektive ihrer Beziehung, beleuchtete die Zukunft, versperrte eine Liebe in den Grenzen einer liebgewordenen Gewohnheit, zerstörte damit das Refugium. Es würde keine Liebe mehr mit Marie in einer Enklave geben. Knobel war klar, dass er gegenüber Marie nicht mit einem vertröstenden *Wir reden heute Abend* agieren konnte, wie er es gegenüber Lisa getan und bis heute nicht eingelöst hatte.

Der unerwartet freie Dienstagnachmittag drängte ihm Zeit auf, mit der er nichts anzufangen wusste. In der Kanzlei und zu Hause erwartete man ihn nicht, und Marie wollte ihn nicht.

Knobel umrundete mit seinem Auto zwei Mal auf dem Wallring die Dortmunder Innenstadt, wie er es damals getan hatte, als er das Fahrzeug neu als Dienstwagen erhalten hatte, nur waren es diesmal nicht Runden, die er voller Stolz drehte, sondern ein zielloses Fahren, bei dem seine Gedanken zwischen Lisa und Marie hin und her irrten. Seine Gemütslage änderte sich auch nicht, als er endlich am Hiltropwall parkte, dann zu Fuß vom Westentor über den Westenhellweg bis zur Reinoldikirche lief, am Europabrunnen vorbei auf die Kleppingstraße einbog und im *Louisiana* einen *Pinot Grigio* bestellte, dann einen zweiten und noch einen dritten. Schließlich verließ er das Lokal, durchstreifte die Fußgängerzonen der Innenstadt, erinnerte sich daran, wie erstrebenswert es ihm an hektischen Tagen erschien, ohne Zeitdruck durch die Innenstadt schlendern zu können. Jetzt, wo er die Zeit hatte, konnte er nichts mit ihr anfangen. Die Zeit quälte ihn, weil sich mit der Zeit die sich stellenden Fragen nicht von selbst lösen würden. Zuletzt kehrte er ins *Louisiana* zurück und erstickte zwei weitere Stunden mit Zeitunglesen.

Während es draußen zu regnen und zu dunkeln begann und weiterer Wein seine innere Unruhe besiegte, ohne dass er die drängenden Fragen befriedigend zu beantworten wusste, fasste er unvermittelt einen Entschluss und rief von seinem Handy aus seine Kanzlei an. Er ließ sich mit Kollegin Meyer-Söhnkes verbinden, ohne dass er der das Gespräch entgegennehmenden Sekretärin seinen Namen nannte. Kurz darauf hatte er seine Kollegin am Telefon, und Knobel stellte sich ihr blasses sommersprossiges Gesicht und die erstaunt hochgezogenen dünnen Augenbrauen vor, während er sein Anliegen formulierte.

»Sie wollen mit mir in einer privaten Angelegenheit sprechen?«, wiederholte Frau Meyer-Söhnkes, und der Tonfall verriet eine gewisse Verstörung.

»In Ihrer Eigenschaft als Fachanwältin für Familienrecht«, ergänzte er und schlug ihr vor, dass sie nach Büroschluss ins *Louisiana* kommen solle. Er werde auf sie warten, sie brauche sich nicht zu beeilen.

Natürlich eilte Charlotte Meyer-Söhnkes bereits kurze Zeit später ins *Louisiana*.

Knobel hatte auf die Neugier seiner Kollegin gesetzt und gewonnen. Es war kaum eine halbe Stunde seit dem Telefonat vergangen, als Frau Meyer-Söhnkes die Tür des Lokals aufstieß und hektisch um sich blickte, bis Knobel mit einem Handzeichen auf sich aufmerksam machte.

»Ein Glas Wein vielleicht?«, bot er an, als er ihr aus dem Mantel geholfen hatte.

»Es ist ja fast noch Nachmittag«, entgegnete sie, kicherte unsicher und tat, als habe sie verschwörerisch ein Tabu gebrochen, als sie seinem Vorschlag folgte.

»Es ist schon mein fünfter oder sechster«, sagte er, nachdem er bestellt hatte.

»Aber Herr Knobel!«, entfuhr es ihr, und Knobel dachte kurz darüber nach, warum Frau Meyer-Söhnkes trotz ihres häufig gekünstelten Verhaltens in den von ihr betreuten Familiensachen bei den Mandanten so gut ankam und sich die Kanzlei *Dr. Hübenthal & Knobel* durch sie auch auf diesem Fachgebiet einen Namen erworben hatte.

»Gesetzt den Fall, dass ich mich von meiner Frau trenne: Was kommt dann auf mich zu?«

Charlotte Meyer-Söhnkes lehnte sich überrascht zurück.

»Das hätte ich jetzt wirklich nicht vermutet!«, und sie verdrehte ungläubig die Augen.

»Aber das kann jeden treffen«, half sie, und es folgte ein kurzer Abriss über ihr eigenes Leben. Die erste Ehe, die zweite Ehe, der unerfüllte Kinderwunsch, der nach der letzten Scheidung beibehaltene Doppelname, der jetzige Lebensgefährte, der auch einen Doppelnamen trage. So sei das Leben. Normal. In der Konsequenz habe sie alles richtig gemacht. Sie lächelte schüchtern, was zu ihrer turbulenten privaten Geschichte nicht passen wollte.

Knobel leerte das Glas *Pinot Grigio* mit einem Zug,

sodass Charlotte Meyer-Söhnkes unwillkürlich inne hielt.

»Ja, ja«, sagte er, um verklausuliert zum Ausdruck zu bringen, wie egal ihm Frau Meyer-Söhnkes Leben sei. Alles richtig gemacht. Er kicherte. Welcher Mann konnte sich tatsächlich in eine Charlotte Meyer-Söhnkes verlieben?

»Es geht natürlich in erster Linie um Ansprüche Ihrer Frau, die wir abwehren müssen«, leitete sie ihre Beratung ein, und es folgte eine inquisitorische Befragung Knobels zu seinen wirtschaftlichen Verhältnissen, die Frau Meyer-Söhnkes, mittlerweile immer schneller sprechend, in den Schubladen Unterhalt, Zugewinn, Versorgungsausgleich und Hausrat unterbrachte. Sie bemühte in ihren sich breiartig ausweitenden Strategien alle erdenklichen Rechtsinstitute, mit denen man Lisa, wie sie formulierte, *etwas abschneiden* könne. Knobel konnte ihre Gedankengänge nachvollziehen und war gleichermaßen angewidert, wie mühelos Lisa in dem Redefeuerwerk zur Feindin geriet. Lisa, mit der Charlotte Meyer-Söhnkes noch auf der letzten Weihnachtsfeier der Kanzlei munter geplaudert hatte, sich mit ihrem nie enden wollenden Redeschwall angedient und Lisa zum Opfer ihrer lärmenden Monologe auserkoren hatte. Knobel bereute, sich Charlotte Meyer-Söhnkes anvertraut zu haben. Er wollte sich anständig trennen, würde mit Lisa über die Tochter ohnehin verbunden bleiben, warf die Worte *Achtung* und *Respekt* in den Redeschwall, wo sie unbeachtet untergingen. Knobel bestellte den nächsten *Pinot Grigio* und merkte, dass ihn der Alkohol zunehmend daran hinderte, den hektischen Ausführungen seiner Kollegin zu folgen, die ihm inhaltlich ohnehin zuwider waren. Immer wieder kreisten die Strategien um das gemeinsame Haus in der Dahmsfeldstraße. Würde er verständlich machen können, dass es ihm nie um ein prunkvolles Haus gegangen war? Dass Lisa das Haus behalten sollte, wenn sie es wollte?

Das Sommersprossengesicht vor ihm produzierte neue Ideen, wob irgendwelche Entscheidungen des Bundesgerichtshofs ein, tiefgründige Erkenntnisse aus jüngst besuchten Seminaren. Knobel nippte an seinem Wein und blickte dumpf in das plappernde Mundwerk seiner Kollegin.

»Ich werde mir erstmal eine Wohnung nehmen«, entschied er.

»Wohnwertvorteil«, hämmerte es aus dem Sommersprossengesicht. »Ihre Frau hat einen Wohnwertvorteil in der Dahmsfeldstraße. Denken Sie daran! Es muss alles strategisch bedacht werden!«

»Ja, ja«, grunzte er und rief nach dem Kellner.

»Aber Herr Knobel!«, hielt das Sommersprossengesicht dagegen. »Sie sind doch jetzt mein Mandant! Da gehts immer um Strategie! In meinen Fällen kenne ich keine Freunde!«

»Strategie, ja, keine Freunde, ja«, antwortete er und lallte schon etwas. Das war es also, was Frau Meyer-Söhnkes als Anwältin empfahl! Diese hässliche, hoch aufgeschossene Frau mit ihrem blassen Sommersprossengesicht, die dünnen, am Hinterkopf zu einem dürren Pferdeschwanz zusammengebundenen Haare, die immer etwas fettig glänzten, die plappernde Gestalt, die keine Wärme ausstrahlte, keine Güte, keine Freude, nicht einmal dazu einlud, zuzuhören. Diese Frau also plante Strategien und kannte dabei keine Freunde.

Knobel bezahlte und genoss die Gelegenheit, vernehmlich aufzustoßen.

»Aber Herr Knobel!«, entfuhr es Frau Meyer-Söhnkes erneut.

»Ja, ja«, sagte er wieder und dankte für ihren weisen Rat.

»Bleibt selbstverständlich alles unter uns!«, schloss sie und zwinkerte vertraulich mit den Augen, bevor sie in ihren Mantel huschte und mit hektischen Schritten entschwand.

Knobel bestellte ein letztes Glas Wein, trank es in einem Zug aus und wankte dann aus dem *Louisiana*. Auf der Kleppingstraße waren noch einige Passanten. Er lief Richtung Reinoldikirche, schlug dabei wie ein Pendel nach rechts und links aus, umkreiste den Pylon an der U-Bahn-Haltestelle und orientierte sich westwärts zum Taxistand, fand zu dem ersten in der Reihe stehenden Taxi und glitt seufzend auf den Beifahrersitz.

»Im Taxi nicht kotzen!«, raunte der Taxifahrer.

»Nach Hause!«, befahl Knobel, »schnell, subito, pronto, suddenly!«, während er sich bemühte, den Anschnallgurt anzulegen und erleichtert merkte, dass ihm der Taxifahrer diese Arbeit abnahm.

»Heißt auf türkisch *çabuk, çabuk*«, erwiderte der Fahrer. »Wo ist Zuhause?«

»Haben Sie ein Zuhause?«, lallte Knobel.

»Suchen ein Zuhause?«, echote der Fahrer und startete den Wagen.

»Eine Wohnung für vorübergehend«, antwortete Knobel und bemühte sich, verständlich zu bleiben. Betrunkenheit sucht ihre eigene Ordnung.

»Hätte gute Wohnung für eine Person«, kam es nach einer Weile zurück.

Knobel blickte den Fahrer an. Kurze schwarze Haare, schwarzer Schnäuzer. Verschwommen sah er einen Gebetskranz, der über den Innenspiegel gehängt war.

»Ernsthaft?«, fragte er.

»Wohnung von Bruder. Ist zurück in Türkei. Bleibt da. Gute Wohnung, niedrig Preis.«

»Wo?«

»Huckarde. Gutes Haus, gute Wohnung.«

»Genau richtig!«, schnaufte Knobel und bereute schon jetzt seine launige Antwort, korrigierte aber nicht. Er bemerkte, dass der Fahrer den Taxometer ausgeschaltet hatte. Sie befuhren die Kampstraße, überquerten die Kreuzung Westentor, folgten der Rheinischen Straße, bogen nach der Dorstfelder Brücke rechts in die Ofenstraße ab und fuhren durch düstere Industrieviertel.

Huckarde. Knobel war erst durch das Studium in das Ruhrgebiet und durch seine Freundschaft zu Lisa nach Dortmund gekommen. Lisas Wohnung im Dortmunder Süden hatte vorbestimmt, wo sie ihren gemeinsamen Wohnsitz nahmen. Knobel kannte sich in der Innenstadt und in den südlichen Vororten gut aus. Der ärmere Norden war ihm weitgehend unbekannt. Nur selten fand Klientel aus den Bereichen nördlich der Innenstadt in die Kanzlei. Huckarde war ihm dennoch ein Begriff. Lisas Vater hatte hier einst seine erste Kanzlei gegründet. Lisa war, nachdem sich ihre Eltern getrennt hatten, bei ihrem Vater geblieben und hatte in der Kanzlei zwangsläufig große Teile ihrer Kindheit verbracht. Knobel fand etwas Versöhnliches daran, dass er nun ausgerechnet hier vielleicht eine Bleibe finden würde. Frau Meyer-Söhnkes hatte nicht begriffen, dass er Lisa niemals feindlich gegenüberstehen könnte. Sie würden sich trennen, weil sie nicht füreinander bestimmt waren. Eine Trennung, die nicht entzweit hatte! Sie hatten nicht einmal gestritten. Aber vielleicht waren diese Trennungen die schwersten. Sie hatten sich bemüht und erkannt, dass Liebe durch Mühe nicht zu gewinnen war. Das Taxi fuhr auffallend langsam um alle Kurven und Knobel dankte heimlich für die Fürsorge seines hilfsbereiten Fahrers, die ihm weitere Übelkeit ersparte.

»Hier ist Huckarde«, erklärte sein Fahrer, und Knobel sah rechts eine große Tankstelle, links in der Mitte die Gleise der Stadtbahn. Das Taxi bog bei der nächsten Gelegenheit links ab, Knobel sah beidseits einige wenige Fachwerkhäuser, dann vor ihnen eine sternförmige Straßenkreuzung, die sie halbrechts überquerten und ein kleines Spielstudio passierten. Danach ein leuchtendes *REWE*-Schild.

»Alles da hier«, erklärte der Fahrer, bog nach rechts ab, unterquerte zügig eine Brücke, gelangte bald zu einem Kreisverkehr, überquerte ihn und hielt kurz darauf den Wagen an.

»Wo sind wir hier?«, fragte Knobel.

»Varziner Straße«, erklärte der Fahrer, stieg aus, eilte um sein Taxi und öffnete die Beifahrertür.

»Alles da hier«, erklärte er wieder und wies nach rechts auf den *Anadolugrill* und links auf die Pizzeria *Tre-Palme*.

»Gutes Essen, kleines Geld«, fügte er hinzu und bat Knobel freundlich, ihm zu folgen. Knobel ging mit ihm in ein blassgraues Haus und ließ sich von seinem Fahrer in eine Wohnung im zweiten Stock führen.

»Bruder räumt noch aus«, erklärte er die in Auflösung befindliche Wohnungseinrichtung und betätigte einen Schalter, worauf ein an der Wand hängendes Bild in grellem Blau und Grün aufleuchtete, auf dem sich ein Wasserfall ins Tal zu ergießen schien.

»Schön!«, fand Knobel.

»Ist schön!«, bekräftigte der Fahrer und lächelte.

»Hast alles vor der Tür. Auch Eisenbahn in die Stadt.«

Knobel ging zum Wohnzimmerfenster und blickte hinaus. Weit hinten sah er schemenhaft dunkle wuchtige Gebäude und vereinzelte blaue Neonlichter.

»Was ist das?«

»Kokerei Hansa«, erklärte sein Begleiter.

»Alles still. Gasometer schon gesprengt. Kein Dreck. Kein Gestank. Willst du Wohnung haben?«

Knobel zuckte mit den Schultern. Was auch immer die Zukunft bringen würde, diese Wohnung wäre nur ein Übergang. Aber sie wäre ein erster und notwendiger Schritt.

»Ist Frau dahinter?«, fragte der Fahrer und lächelte wieder.

»Mehrere«, antwortete Knobel und nickte. »Ich überlege noch.«

Der Türke nahm seine Hand und drückte sie warm.

»Machen morgen Vertrag«, meinte er, »heute noch bisschen besoffen. Guckst morgen, ob Wohnung wirklich gut. Kannst Bett und alles nehmen.«

Mit diesen Worten ging er, und Knobel fand sich in einer fremden Wohnung, erkundete sie wie ein Hotelzimmer, betrachtete sie als Fremder und ahnte, dass sie für eine bestimmte Zeit sein Zuhause sein würde. Heute hatte er einen Schritt getan, der noch unwirklich war und mit ihm nichts zu tun zu haben schien. Er stellte sich die lärmende Charlotte Meyer-Söhnkes vor, dachte an ihre strategisch motivierten Vorhalte, erlitt im Geiste ihre labernden Berechnungen. Aber gerade darin lag ein nachvollziehbarer Grund für die Wahl dieser Wohnung, deren Preis er noch gar nicht kannte, aber mit Sicherheit erschwinglich war. Wenn Frau Meyer-Söhnkes recht hatte, blieb nach Abzug der zu bedienenden Verbindlichkeiten monatlich nicht viel übrig. Er betätigte den Schalter und brachte den leuchtenden rauschenden Wasserfall zum Stillstand. Dann griff er zu seinem Handy und tippte eine SMS: *Habe gerade eine eigene Wohnung in Huckarde genommen. Melde mich morgen.* Und er schickte sie wortgleich an Lisa und an Marie. Seine einzige SMS, die für beide galt. Dann schaltete er sein Handy ab. Er wollte keine Antwort erhalten, weder von der einen noch von der anderen und legte sich mit Unterhose und T-Shirt bekleidet auf eine Couch, fand eine mit orientalischen Motiven bedruckte Decke und wickelte sich darin ein, fiel bald in den Schlaf und träumte nichts.

11

Am nächsten Morgen wachte er von dem klackernden Geräusch der Heizung auf. Knobel brauchte einige Sekunden, bis er sich orientiert hatte und der gestrige Abend wieder präsent war. Er schaltete das Handy wieder ein und sah, dass es bereits Viertel vor neun war, eine Zeit also, in der man in der Kanzlei bereits bei der Postbesprechung war. Knobel rief eilig Frau Klabunde an und ließ sich für den heutigen Tag entschuldigen. Die teilnahmsvollen Nachfragen machten ihm ein schlechtes Gewissen. Nein, es werde ihm morgen schon wieder besser gehen, versicherte er und bat sie, die anstehenden Gerichts- und Besprechungstermine abzusagen. Als das Gespräch beendet war, erschienen die SMS-Nachrichten auf seinem Handy, die ihn gestern Abend nicht mehr erreichen konnten, erwartungsgemäß eine von Marie und eine von Lisa.

Lisa schrieb: »Wir müssen reden.«

Marie schrieb: »Habe um 12 Uhr Uni aus. Komme dann zu meiner Wohnung!«

Knobel war, nunmehr weitgehend nüchtern, mit seiner neuen Wohnung nicht wirklich glücklich. Zwar gab es an den zweieinhalb Zimmern nichts auszusetzen, aber es waren keine Räumlichkeiten, die er sich wohnlich eingerichtet vorstellen konnte, ganz zu schweigen von der äußeren Umgebung. Nach hinten blickte er auf einförmige Siedlungshäuser aus den 50er- oder 60er-Jahren, dahinter die schwarz-braune Gebäudekulisse der stillgelegten

Kokerei Hansa, seitlich davon auf den künstlichen Berg der früheren Mülldeponie. Nach vorne ging der Blick auf die trostlose Varziner Straße, rechts gegenüber eine Trinkhalle und links auf einen Bäckerladen an der Straßenecke. Knobel hatte Lisa immer gesagt, dass er ein luxuriöses Heim ebenso wenig brauche wie das Ambiente der reicheren Vororte Kirchhörde oder Lücklemberg. Aber musste es die Varziner Straße sein?

Zweifellos waren die Häuser hier zum Teil noch besser als in der Brunnenstraße, wo Marie wohnte. Aber er merkte, dass die heimelige Atmosphäre, die er in Maries Wohnung genoss, im Wesentlichen in dem Umstand begründet war, dass er alles, was Marie verkörperte, in seinem Anderssein lieb gewonnen hatte und deshalb bedingungslos zu schätzen bereit war, weil es eine Insel in seinem bürgerlichen Leben darstellte, die er zeitweise aufsuchte und deshalb nicht für sich übernehmen musste. Ehrlich betrachtet wollte er auch nicht in einer Wohnung wie der von Marie in der Brunnenstraße wohnen. Das war ihm nun klar.

Er duschte und trocknete sich mit der Decke ab, die ihn in der Nacht gewärmt hatte, nachdem er keine Handtücher in der Wohnung fand. Dann zog er seine Kleidung von gestern an, roch den Zigarettenqualm aus dem *Louisiana*, fühlte sich unwohl und war entschlossen, diese Wohnung sofort wieder aufzugeben. Der Taxifahrer hatte den Wohnungsschlüssel innen in das Türschloss gesteckt, bevor er gegangen war. Knobel öffnete die Tür und ging leise die Treppe herunter. Vor dem Haus stand das Taxi, einige Häuser weiter, vor dem *Anadolugrill*, zusammen mit ein paar Landsleuten der Taxifahrer. Als er Knobel sah, kam er schnellen Schrittes auf ihn zu.

»Hoffe, gut geschlafen«, sagte er, musterte Knobel und fragte:

»Jetzt wollen Wohnung nicht mehr haben?«

Sein Gastgeber hätte ihm den Abschied leicht gemacht. Knobel hätte seinen soeben gefassten Entschluss mitteilen und nicht begründen müssen, aber er hätte durch seinen Abschied auch nichts gewonnen.

»Habe gerade eine Wohnung in Huckarde genommen«, hatte er Marie und Lisa mitgeteilt. Einen solchen Schritt hatte er nur im angetrunkenen Zustand machen können, aber er war nach wie vor stolz darauf, einen Schritt getan zu haben. Er schüttelte den Kopf.

»Nein, es bleibt fürs Erste dabei«, meinte er.

»*Evimize hoş geldiniz*, das heißt *Willkommen* in meinem Haus.« Dann fuhr er Knobel zum *REWE*-Laden ins Ortszentrum, begleitete ihn geduldig durch das Geschäft, während sich Knobel Shampoo, Zahnbürste, Zahncreme, Rasierer, Seife und andere Utensilien in den Einkaufskorb legte und brachte ihn danach zur Wohnung zurück. Sein Vermieter zeigte ihm noch den Weg zur Stadtbahnhaltestelle. Am späten Vormittag machte er sich mit der Bahn auf den Weg in die Innenstadt, blickte, als der Zug auf die lange Brücke über den stillgelegten Güterbahnhof fuhr, nach links zurück auf den Ort mit der stillgelegten Kokerei, in den es ihn zufällig verschlagen hatte, dann nach rechts vorn, sah die Skyline der Dortmunder Innenstadt und weiter rechts im Hintergrund die Höhenzüge des Ardeygebirges mit den südlichen Stadtteilen. Irgendwo dort musste sich die Dahmsfeldstraße mit dem Haus befinden, das sein Zuhause gewesen war. Er dachte daran zurück, wie Lisa dem Architekten ihre gemeinsamen Wünsche erklärt und dieser sie zunächst mit einer Computersimulation sichtbar gemacht hatte. War das alles bedeutungslos geworden?

Er traf etwa zeitgleich mit Marie in der Brunnenstraße ein. Sie gingen in ihre Wohnung, sie machte Kaffee und legte die *Dahlmann*-Brötchen von gestern auf den Tisch, dazu Rhabarberkonfitüre, Cornflakes und eine Tüte Milch. Sie backten die Brötchen auf dem Toaster auf, und als er eines der Brötchen aufgeschnitten, die warmen Hälften mit Honig bestrichen hatte und darüber nachdachte, welchen gigantischen Schritt er von gestern, als genau diese Brötchen noch frisch waren, zu heute, als er diese Brötchen aß, gemacht hatte und sich fragte, warum Marie kein lobendes Wort über diese ihm gänzlich untypische Entschlussfreudigkeit verlor und deshalb beleidigt schwieg, stand sie irgendwann auf, stellte sich hinter ihn, umarmte sanft seine Schulter und sagte:

»Das war ein Anfang!«

»Ich habe alles aufgegeben!«, setzte Knobel nach.

Sie schüttelte den Kopf.

Und damit wechselte sie das Thema.

»Kirchhörder Straße«, sagte sie.

Knobel sah sie fragend an.

»*Wohnstift Augustinum*«, erklärte sie.

»Unsere Suche nach Sebastian Pakulla führt vielleicht über Esther van Beek. Immerhin scheint sie das einzige greifbare verbindende Element zwischen den ungleichen Brüdern zu sein, das uns bekannt ist.«

»Sie ist seit Wochen tot«, erinnerte Knobel.

»Aber bestimmt nicht vergessen!«, erwiderte sie.

Marie packte die restlichen Brötchen, Honig und einen kleinen Goudakäse in ihren Rucksack. Dann fuhren sie mit der U-Bahn zum Stadtgarten, liefen zurück zum Hiltropwall und stiegen in Knobels Auto ein. Der Mercedes wirkte plötzlich ungewohnt, unpassend und unverdient. Knobel dachte an seine Kanzlei, die er heute im Stich ließ, Frau Klabunde, die er mit der Lüge vertröstet hatte, dass es ihm gesundheitlich nicht gut gehe, Frau Meyer-Söhnkes, die natürlich sein Fernbleiben mit dem gestrigen Gespräch in Verbindung bringen und versucht sein würde, den anderen Sozien zu berichten, aber letztlich schweigen würde. Er dachte an Dr. Hübenthal und Hubert Löffke, die etwa um diese Uhrzeit den allmittäglichen Gang der Sozien zum *Dubrovnik* anführen und ihre geschäftlichen Erfolge wortgewaltig demonstrieren würden. Knobel bog auf die Hohe Straße ab, die in die Hagener Straße überging, fuhr den Weg, den er sonst von der Kanzlei nach Hause nahm, wechselte hinter der *Weißen Taube* in die Olpketalstraße und fuhr gedankenvoll langsam weiter. Mit mulmigem Gefühl passierte er die Einmündung Dahmsfeldstraße und setzte gedanklich mehrfach an, Marie darauf aufmerksam zu machen, doch er unterließ es. Marie kramte einen Internetausdruck über das *Wohnstift Augustinum* aus ihrer Jacke, aus dem sie auszugsweise vorlas.

Knobel schwieg und kurze Zeit später gelangten sie auf den Parkplatz des großen kastenförmigen Gebäudes am Rande der Bittermark.

Marie stellte sich an der Rezeption vor.

»Mein Name ist Weiß«, sagte sie, »und das ist Herr Hebel. Wir sind Verwandte von Frau van Beek, die vor ein paar Wochen in Ihrem Hause verstorben ist. Esther hat immer von Ihrem Haus geschwärmt und insbesondere von einer Frau, mit der sie sich so gut verstand. Auf Esthers Beerdigung haben ihre beiden Neffen immer von der Dame erzählt, aber leider fiel ihnen der Name nicht mehr ein. Wir fanden aber alle, dass wir dieser Dame unseren Dank aussprechen sollten für das viele Gute und ihre Zuneigung, mit der sie Esther immer so umsorgt hat. Deshalb sind wir hier und möchten ihr das persönlich mitteilen.«

Marie gelang ein huldvoller Augenaufschlag, der Knobel schmunzeln ließ.

Die Dame am Empfang studierte den Belegungsplan des Hauses, nahm zwischendurch ein Telefonat an und vermittelte weiter, tippte gleichzeitig etwas auf der Tastatur des Computers, wechselte ihre Blicke mehrfach zwischen Belegungsplan und Computerbildschirm.

»Nach meiner Meinung wird es vermutlich Frau Klingbeil gewesen sein«, entschied sie. »Waldburga Klingbeil, Zimmer 516. Vielleicht versuchen Sie es dort einmal. – Sie fahren mit dem Aufzug in die fünfte Etage, dann links halten«, sagte sie und wies mit der Hand den Weg.

»Wie kommst du auf eine Frau, mit der sich Esther van Beek gut verstand?«, wollte Knobel wissen, als sie den Fahrstuhl betreten hatten.

»Frau van Beek war blind, also auf Hilfe angewiesen. Und sie war, wie dein Mandant sagte, eine Frau, wie man sich die Lieblingstante vorstellt. Also war sie wahrscheinlich warmherzig, aufgeschlossen und gesellig. Sie verfügte über erhebliches Vermögen und kam nach ihrer Ehe mit dem Holländer aus einer Industriefamilie. Also spricht vieles dafür, dass sie sich im *Augustinum* ein Einzelappartement geleistet hat. Das würde ihrer Selbständigkeit entsprechen, die ich bei ihr vermute. Wegen ihrer Blindheit war sie jedoch auch auf Hilfe angewiesen, aber wird nicht wegen jeden Handgriffs das Pflegepersonal in Anspruch genommen haben. Also ist es naheliegend, dass sie eine Freundin hatte, mit der sie sich gut verstand und die ihr hin und wieder bei kleinen Verrichtungen helfen konnte. Und diese Frau ist möglicherweise Waldburga Klingbeil.«

Sie fanden Frau Klingbeil nicht in ihrem Zimmer, sondern in einer Sitzecke am Ende des Flures, vor einer Glasfront, durch die man über die Kirchhörder Straße hinweg in den Wald sehen konnte. Marie präsentierte den Anlass ihres Besuchs, wie sie es unten am Empfang getan hatte, weitete die Geschichte jedoch blumig aus, wob alle Details ein, die sie über Esther van Beek wusste oder sich erschließen konnte und achtete insbesondere darauf, die Namen *Sebastian* und *Gregor* immer wieder einzuflechten.

»Sebastian hatte gerade noch ein Bild für Esther begonnen«, sagte sie. »Er hätte es ihr zu gerne zu ihrem 85. Geburtstag geschenkt. – Aber leider war es ihr ja nicht mehr vergönnt, diesen Geburtstag zu erleben.«

Knobel merkte, dass sich bei diesem Satz Frau Klingbeils Gesichtszüge verfinsterten. Die weißhaarige Frau umgriff mit der rechten Hand fest ihren Gehstock. Die Knöchel traten weiß hervor, ihre Mundwinkel spannten sich. Auch Marie hatte diese Regung bemerkt. Sie hielt inne.

»Sie kennen doch Esthers Neffen Sebastian?«, fragte sie sanft nach.

»Schauspieler!«, zischte Frau Klingbeil erregt. »Jetzt, wo Esther von der Bühne abgetreten ist, kann er endlich schalten und walten, wie er will!«

Sie blickte Marie misstrauisch an.

»Sie sind mit Sebastian befreundet?«

Die lauernde Frage legte deren Verneinung nahe und Marie betonte, dass sie nur Verwandte seien und dem Bruder Gregor näher stünden als dem in seiner Struktur zwielichtigen Sebastian.

»So Künstlernaturen sind manchmal schwer zu durchschauen!«, setzte sie beliebig hinzu, hob ratlos die Schultern und versicherte schnell, dass es Gregors Idee gewesen sei, sie im *Augustinum* zu besuchen.

»Sebastian Pakulla, dieser Schauspieler, dieses Menschlein!«, bekräftigte sie.

»Das drängt und stößt, das rutscht und klappert!
Das zischt und quirlt, das zieht und plappert!
Das leuchtet, sprüht und stinkt und brennt!
Ein wahres Hexenelement!«

»Ein Zitat aus *Faust I*«, nickte Marie.

Frau Klingbeil lächelte anerkennend.

Ihre Gesichtszüge entspannten sich wieder.

»Das ist aber außergewöhnlich, dass ein Mensch Ihrer Generation so etwas weiß!«

»Es ist keine Frage der Generation, sondern eine Frage der Bildung und des Interesses«, gab Marie geschickt zurück und verschwieg ihr Germanistikstudium.

»Dann sagt Ihnen der Name *Gründgens* etwas«, forschte Frau Klingbeil weiter und Marie parierte sofort.

»Es gibt wohl niemanden, der den *Mephisto* genialer gespielt hat«, meinte sie und sicherte sich mit dieser Bemerkung die Sympathien der alten Frau.

»Von 1955 bis 1963 war er Intendant des Deutschen Schauspielhauses in Hamburg, und in diese Zeit fiel meine Beschäftigung am Schauspielhaus. Als Souffleuse«, erklärte sie.

»Im April 1957 hatte der Faust I dort Premiere«, brillierte Marie weiter, »*Gründgens* spielte den *Mephisto* und *Will Quadflieg* den *Faust*.«

»*Quadflieg* im Wechsel mit *Werner Hinz*«, ergänzte Frau Klingbeil. »Dass Sie so etwas wissen?!«

Ihr Gesicht hatte fast heitere jugendliche Züge angenommen. »Kommen Sie, setzen Sie sich! Sie sind ja ein Geschenk!«

Knobel seufzte leise angesichts des zu erwartenden langen Gesprächs über *Goethes Faust* und *Gründgens'* Schauspielkunst, nicht zuletzt deshalb, weil er zu diesem Gespräch nichts weiter beitragen konnte. Er stand abseits wie ein Gegenstand, wagte nicht einmal, sich dazu zu setzen. Marie und Frau Klingbeil gaben einander Stichworte, die Figuren *Faust* und *Gretchen* wurden diskutiert, schließlich auch noch die Nebenfiguren *Frosch* und *Brander* als lustige Gesellen in *Auerbachs Keller*.

»Da waren doch noch mehr!«, rief Frau Klingbeil und fuchtelte erregt mit dem Gehstock.

»*Siebel*«, fiel Marie ein, »und *Altmayer*«.

»Ja!«

Die Alte juchzte und sagte ein weiteres Mal:

»Dass Sie das alles wissen!«

Marie gelang der Übergang.

»Sebastian ist ein *Mephisto*?«, fragte sie.

Das Reden über den geliebten *Faust* hatte Frau Klingbeil gegen das Menschlein Sebastian Pakulla, wie sie ihn nannte, immunisiert. *Goethes* Meisterwerk war zu rein und zu gewaltig, zu sehr mit ihrer spannendsten und schönsten Lebenszeit verbunden, als dass sie die aus ihrer Sicht armselige Figur des Sebastian Pakulla wirklich noch verärgern konnte.

»Aber ja«, sagte sie, »so gewunden und unehrlich, wie er sich gibt, so berechnend …«

»Wenn Sie es sagen, muss es einen ganz triftigen Grund geben«, vermutete Marie.

»Ich kenne Sie erst seit ein paar Minuten und muss bekennen, selten einen so tiefgründigen Menschen getroffen zu haben.«

Knobel verdrehte die Augen, aber ein Blick auf Marie verriet ihm, dass sie nicht inszenierte. Sie hatte ein Band zur alten Frau Klingbeil geknüpft, und es war ihr ernst damit.

»Sie wissen ja, dass Esther ein Vermögen hinterlassen hat«, klagte Frau Klingbeil, »und ihre Neffen wussten das natürlich auch. Der eine wohnt irgendwo in Hessen …«

»Richtig, Gregor wohnt in Limburg«, unterbrach Marie.

»Ja. So ist es wohl. Dass der nicht einfach so vorbeikommen konnte, ist mir klar. Der ist beruflich auch sehr eingespannt. Immerhin rief er regelmäßig an. Aber der andere, Sebastian also, wohnt in Dortmund und kam nicht ein einziges Mal vorbei. Dabei hätte er doch Zeit gehabt. Stattdessen hat er nur mit Esther telefoniert. Und stellen Sie sich vor: *Sie* musste ihn sogar anrufen, nicht umgekehrt. Geizig wie sonst was. Jeden Samstag um 15 Uhr bat Esther jemanden vom Pflegepersonal, seine Nummer zu wählen. Sie wissen, dass sie blind war. Also konnte sie nicht selbst wählen. Aber dass sie jemanden von der Pflege bitten musste, ihr zu helfen, hatte auch einen anderen Grund: So konnte sie immer zeigen, dass sie noch Kontakt nach draußen hatte. *So sind sie, meine beiden*, sagte sie oft, *der eine ruft immer an und der andere wird immer angerufen.*«

»Kam Esther van Beek das nicht merkwürdig vor?«

»Sollte es eigentlich!«, bekräftigte Frau Klingbeil, »aber Sebastian hat ihr erzählt, samstags arbeite er immer an seinen Aufträgen für irgendwelche Galerien, da sei er zu Hause. Und Esther solle ihn anrufen, wenn sie Zeit habe. Es solle nur immer um etwa 15 Uhr sein. Darauf wolle er sich einrichten. Aber er wolle eben nicht von sich aus anrufen. Weil er doch nicht wisse, ob er ungelegen anrufe. Er meinte, sie könne gerade auf der Toilette sein oder anderweitigen Besuch haben.«

Frau Klingbeil schnaubte verächtlich.

»Glaubte Esther, dass er die Wahrheit sagte?«

»Erstaunlicherweise ja. Sie liebte Sebastian über alles, mehr als seinen Bruder Gregor.«

»Woraus schließen Sie das?«

»Wenn Esther von *ihren beiden* erzählte, sprach sie meistens dennoch nur von Sebastian«, erinnerte sie sich.

»Ihre Augen leuchteten, wenn sie von ihm sprach. Einmal sagte sie: *Wie er ist und redet: Da erkenne ich voll und ganz meinen Bruder.*«

»Also den Vater von Sebastian und Gregor«, vergewisserte sich Marie. Sie beobachtete Frau Klingbeil und insistierte behutsam:

»Warum hassen Sie Sebastian so, dass Sie ihn als *Mephisto* bezeichnen?«

»Ach, ja. Das können Sie bis jetzt noch nicht verstehen. Ich rede gern und viel, und das insbesondere, wenn man so einen netten Menschen wie Sie trifft und nicht über das Fernsehprogramm, Krankheiten oder über den Tod reden muss. Das sind nämlich die interessanten Dinge hier. Junge Menschen wie Sie würden sagen: Die Top-Hits dieses Hauses.«

Frau Klingbeil kicherte.

»Wir könnten uns bestimmt einmal für einen *Goethe-Nachmittag* treffen«, versprach Marie und Knobel sah ihr an, dass es ihr damit ernst war. Frau Klingbeil erzitterte vor Freude, und Marie streichelte sanft ihre faltige Hand.

»Ja, Kindchen, warum ist der Basti ein *Mephisto*? Es gibt ein Ereignis, das ihn demaskiert hat. Esther hatte fünf oder sechs Wochen vor ihrem Tod einen leichten Schlaganfall. An einem Samstagvormittag. Für die Ärzte nichts Bedrohliches, vielleicht eher etwas Normales, aber Esther spürte ihr nahendes Ende. Und wenn ein alter Mensch sagt, dass er bald stirbt, dann meint er es so, und er weiß es auch. Und wenn die Ärzte und Schwestern und alle anderen hier im Hause sagen, dass es nicht so sei, lügen sie. Sie wissen es genauso. Vor dem Tod gibt es eine Ernsthaftigkeit, die man nicht missdeuten kann. Esther wusste es, und sie erkannte an ihrem leichten Schlaganfall, dass der Tod an ihre Tür geklopft und bereits einen Fuß in den Türspalt gesetzt hatte. Sie ließ nach ihren Neffen telefonieren. Man rief Gregor in Hessen an, aber dort meldete sich nur ein Anrufbeantworter. Dann rief man Sebastian an und hatte ihn auch direkt am Telefon. Er solle nun kommen, sagte man ihm. Tante Esther gehe es schlecht und vielleicht sterbe sie bald. Es begannen unwürdige Diskussionen. Sebastian erwiderte, er grundiere gerade Bilder. Als sich Schwester Agathe, sie telefonierte mit ihm, mit seinen Ausflüchten nicht zufrieden gab, trumpfte er damit auf, dass er sich beim Sport eine Meniskusverletzung zugezogen habe und beim besten Willen nicht kommen könne. Letztlich half ihm auch diese Ausrede nicht. Die Schwester befahl ihn regelrecht hierher.«

»Haben Sie das Gespräch selbst mitgehört?«

»Ja. Schwester Agathe telefonierte von meinem Zimmer aus, weil Esther mir vor geraumer Zeit die Telefonnummern von Gregor und Sebastian gegeben hatte, damit ich notfalls die beiden Brüder erreichen konnte. Die Nummern waren natürlich auch beim Personal hier im Haus hinterlegt, aber Schwester Agathe rief jedenfalls von meinem Zimmer aus Sebastian an.«

»Und? Kam Sebastian?«

»Ja, er kam – und zwar zu *mir*!«

»Zu Ihnen?«, fragte Marie ungläubig.

»Ja, er kam am Abend, es war lange nach dem Abendessen. Es klopfte an meine Tür und herein kam eine humpelnde Gestalt, die sich als Sebastian Pakulla vorstellte. Und bevor er etwas sagen konnte, reichte er mir zwei Blumensträuße. *Einer für Tantchen, einer für Sie*, sagte er dabei. Er setzte sich auf einen Stuhl, ohne dass ich ihm einen Platz angeboten hatte. Seine Finger, das sah ich, waren mit Farbe verschmiert. Es sei ein Unglückstag, jammerte er. Er sei, als er heute Morgen zum Joggen gehen wollte, unglücklich im Treppenhaus gestürzt und habe sich dabei eine Meniskusverletzung zugezogen, die sogar notärztlich behandelt worden sei. Er könne vor Schmerzen kaum gehen und wolle nun mit den Blumensträußen, die er noch schnell gekauft habe, ein Zeichen setzen. Er könne jetzt nicht zu Esther gehen, wo er so sehr von seinen körperlichen Schmerzen geplagt werde, dass er sich auf nichts anderes konzentrieren könne. Er wisse aus den vielen Telefonaten mit Esther, dass ich ihre Vertraute sei und deshalb sei er zu mir gekommen.«

»Sie glaubten ihm kein Wort?«

»Ach, Kindchen! Die 5 oder 10 Minuten, die er bei mir verbracht hat, hätte er doch bei Esther zubringen und ihre Hand halten sollen. Finden Sie nicht? Da braucht es keine Worte, es geht einfach nur darum, da zu sein. Das ist doch das, was die meisten hier brauchen und was gerade Esther in dieser Situation bestimmt gut getan hätte. Und im Übrigen: Wenn er wirklich nicht laufen konnte, hätte er sich den Gang zum Blumenladen doch bestimmt erspart. Der war doch überflüssig. Auf die Blumen kam es doch gar nicht an.«

»Ab diesem Zeitpunkt ...«

»... war er bei mir unten durch«, vollendete Frau Klingbeil. »Spätestens ab diesem Zeitpunkt.«

»Und Esther?«

»Esther berappelte sich wieder etwas, und als sie einigermaßen hergestellt war, habe ich ihr von Sebastians Besuch erzählt, natürlich so neutral wie möglich und ohne jede schlechte Anmerkung über ihren Lieblingsneffen. Den Blumenstrauß, der für Esther bestimmt war, habe ich behalten und stattdessen für Esther einen drei Mal so großen gekauft und ihn ihr als Sebastians Geschenk gegeben. Ja, sie war gerührt und weinte vor Freude aus ihren blinden Augen.«

»Kam er später noch mal?«

»Nein, er kam nie wieder. In späteren Telefonaten ließ er wissen, dass sein Treppensturz ihm so zugesetzt habe, dass er auf Monate nicht mehr als ein paar Meter laufen könne. Dann kam Esthers Tod dazwischen.«

Frau Klingbeil wartete Maries Reaktion nicht ab.

»Sie finden das auch eigenartig, nicht wahr?«

Sie schaute Marie lange ins Gesicht.

»Sie sind wunderschön«, sagte sie unvermittelt. »Als alte Frau darf ich Ihnen das sagen.«

Marie errötete.

»Doch, doch«, sagte die Alte.

»Sie haben ganz feine Gesichtszüge. Und die hübschen dunklen Augenbrauen, wunderschöne schwarze Haare – und die Locke auf der Stirn.« Sie wandte sich Knobel zu. »Und Sie, mein junger Mann, achten auf Ihr *Gretchen*! Das ist ein Juwel!«

»Ich werde Sie hier wieder besuchen«, versprach Marie und umarmte die alte Frau.

Marie winkte ihr nach, als sie mit Stephan zum Aufzug ging. Sie fuhren schweigend hinunter, ließen das Auto auf dem Parkplatz stehen. Marie nahm ihren Rucksack vom Rücksitz und Hand in Hand gingen sie in den nahe gelegenen Wald, ließen den Theodor-Freywald-Weg rechts liegen, den er früher mit Lisa häufiger mit dem Fahrrad bis hinauf zur Hohensyburg erklommen hatte. Er lief mit Marie kreuz und quer, zwischendurch aßen sie Brötchen mit Honig und Käse und Knobel fand zu einer Ruhe, die einen ebenso eigentümlichen wie scharfen Gegensatz zu seinem gestrigen aufgewühlten Zustand bildete.

»Ich möchte von dir lernen«, sagte er schließlich.

»Du weißt doch, dass ich gerne lese«, antwortete sie verlegen.

»Mit *Goethe* erwischte mich Frau Klingbeil auf dem richtigen Fuß. Und was Herrn *Gustaf Gründgens* angeht, kannst du in der Biographie von *Alfred Mühr* nachlesen. Und wenn du interessiert bist, bleibt von dem Gelesenen ganz viel hängen.«

Sie verließen nach einem langen Spaziergang den Wald und kehrten vor Anbruch der Dunkelheit auf den Parkplatz vor dem *Wohnstift Augustinum* zurück.

»Du solltest jetzt mit Lisa reden«, schlug Marie vor.

»Die Dahmsfeldstraße ist ja nicht weit von hier. Wir sind vorhin dran vorbeigefahren.«

Sie verabschiedete sich mit einem Kuss.

»Ich nehme den Bus.«

12

Natürlich lag nichts näher, als jetzt in die Dahmsfeldstraße zu fahren und Lisas allzu berechtigter Aufforderung *Wir müssen reden* Folge zu leisten. Und natürlich lag emotional in diesem Moment nichts entfernter. Er hatte durch den Spaziergang zu einer Ruhe gefunden, die er sonst nur mit Marie in ihrer Wohnung genießen durfte. Die Enklave war gewissermaßen in die Welt hinausgetreten. Das Gespräch mit Frau Klingbeil war ein Gespräch wie mit der eigenen Großmutter gewesen. Er war Zuschauer geblieben und dennoch ganz dabei, hatte sich in die Vertrautheit zwischen Frau Klingbeil und Marie eingebunden gefühlt, die wie ein sprühendes Feuerwerk aus dem Nichts entsprungen war, oder besser gesagt, aus dem teuflischen *Mephisto* heraus, der seinem Wesen und seinen Absichten zuwider zwischen beiden Frauen etwas entzündet hatte, das weit über dieses Gespräch hinauswuchs. Sein Tag hatte in einer Wohnung im zweiten Stock eines Hauses an der Varziner Straße seinen Anfang genommen, begleitet vom klackernden Geräusch einer Etagenheizung und vom Restkater des übermäßigen *Pinot-Grigio*-Genusses vom Vortag, der zuletzt ein sinnloses Betrinken war. Heute Morgen ein Einkauf von alltäglichen Utensilien im Beisein seines türkischen Vermieters im *REWE*, eine Fahrt mit der U-Bahn von Huckarde in die Stadt, ein Frühstück mit Marie, ein geschwänzter Tag in der Kanzlei, keine Umsätze, keine Mandate, keine Telefonate, kein *Dubrovnik*.

Und nach dem Besuch im *Wohnstift Augustinum*, dem Besuch bei einer alten Frau: Ein Gefühl wie neu geboren. *Geburtshaus Augustinum*. Und Maries Schönheit. Natürlich hatte Frau Klingbeil recht. Ihm fiel auf, dass er bislang das Wort *Liebe* gegenüber Marie noch nicht benutzt hatte.

Er parkte etwas unterhalb seines Hauses am Rand der Dahmsfeldstraße, nicht, wie früher üblich, in der Garageneinfahrt. Er klingelte, weil er sich scheute, den Haustürschlüssel zu benutzen, der, wie er juristisch formulieren würde, ›bereits seines ursprünglichen Zwecks entwidmet war‹. Lisa öffnete, Malin auf dem Arm, und kaum hatte er ein schüchternes *Hallo* über die Lippen gebracht, sah er in der Diele seinen Schwiegervater stehen.

»Junge, wir müssen reden«, begann der Schwiegervater.

Knobel nickte, folgte ihm ins Wohnzimmer und nahm, der Geste des Schwiegervaters folgend, auf der weißen Couchgarnitur Platz. Im Kamin knisterte Feuer, das erste Mal seit Fertigstellung des Hauses.

»Ich reiße dir nicht den Kopf ab, Junge«, sagte der Schwiegervater.

Lisa hatte neben ihrem Vater Platz genommen, die kleine Tochter auf dem Arm.

»Wir sollten richtig reden«, sagte der Schwiegervater und richtete seine Krawatte.

»Wein?« Der Schwiegervater versuchte ein Lächeln. »Du hast immer gerne Wein getrunken, Junge.«

»Wenn du welchen da hast«, antwortete Knobel unsicher, die Antwort vermeidend, die die richtige gewesen wäre, aber völlig unpassend schien: *Ich muss noch fahren*.

»Rot oder weiß?«

»Was du hast«, antwortete Knobel und ihm fiel auf, dass er wie ein Gast redete. Lisa streichelte Malin über den Rücken und küsste zart das Köpfchen der Tochter.

»Einen Burgunder, denke ich«, sagte der Schwiegervater.

»Einen *Grand Cru*. Es soll alles gut sein bei unserem Gespräch.«

Knobel rutschte bei diesen Worten tiefer in die Sitzmöbel. Es soll alles gut sein, aber nichts würde gut werden.

Der Schwiegervater stand auf, der Wein wartete bereits auf dem Sekretär in der Ecke. Was, wenn Knobel keinen *Grand Cru* gewünscht hätte?

»Mein Sohn«, sagte er und beschrieb mit dieser Anrede eine Drohung, wie sie gewaltiger kaum ausfallen konnte, füllte den *Grand Cru* in die bereitstehenden dickbauchigen Rotweingläser und stellte sie ab, damit der Wein die Dahmsfeldstraße atme.

»Mein Sohn«, wiederholte er, »Lisa sagte mir, dass du eine Wohnung angemietet hast. Wo ist das denn?«

»Huckarde«, antwortete Knobel dünn.

»Huckarde«, wiederholte der Schwiegervater langsam und schwenkte den *Grand Cru*.

»Du weißt, dass ich meine erste Kanzlei dort hatte.«

»Ein früheres Ladenlokal«, nickte Knobel und wollte noch mit Worten ausmalen, was ihm sein Schwiegervater darüber selbst erzählt hatte.

»Ja, es war ein Anfang damals«, erinnerte sich der Schwiegervater. »Aber Huckarde ist kein Pflaster!«

»Ich betreibe dort keine Kanzlei«, erwiderte Knobel.

»Aber ja«, sagte der Schwiegervater milde. »Du wohnst dort nur. Zur Miete.«

»Bei Herrn Yazicic«, ergänzte Knobel und war in diesem Augenblick trotzig stolz.

»Stephan!«

Und diese Anrede klang noch drohender als *Mein Sohn* zuvor.

»Du kennst unsere gemeinsame Geschichte?«

Bei diesen Worten nahm ihn auch Lisa ins Visier. Wie gern hätte Knobel seiner Frau jetzt erklärt, dass seine Entscheidung nicht die *gemeinsame Geschichte* relativierte, seine Entscheidung nicht die *gemeinsame Geschichte* treten wollte und nicht treten konnte.

»Ihr habt euch im Studium kennengelernt, du und Lisa, ihr ward euch bald vertraut, habt erst zusammen gelernt, und bald wurde mehr daraus.«

Nein!, schrie es in Knobel, *es schien so, aber es war nicht so. Es wurde nie mehr daraus. Das habe ich mir bloß eingebildet. Lisa hatte es sich genauso eingebildet. Ich habe sie nie geliebt, habe anfangs nur geglaubt, sie zu lieben.*

Knobel schwieg.

»Siehst du«, fuhr der Schwiegervater fort, »und bald bist du aus dem Bochumer Studentenwohnheim aus- und bei Lisa eingezogen. Und du weißt, dass Dr. Hübenthal ein langjähriger Freund von mir ist und nur über diese Verbindung seinerzeit deine Einstellung bei *Hübenthal & Partner* erfolgte.«

Der Schwiegervater zog den Krawattenknoten nach und kostete den *Grand Cru*.

»Vorzüglich«, urteilte er. »Trink was, du magst doch solche Weine! Das sind unsere Werte.«

»Ich habe gestern schon so viel getrunken«, erwiderte Knobel, glücklich über diese Provokation, und nahm einen kräftigen Schluck, ohne jeden Respekt vor dem edlen Tropfen und erkennbar ohne Willen, den Wein im Mund behutsam zu kauen und ihn in der Kehle nachzuschmecken.

»Will sagen«, fasste der Schwiegervater zusammen, »du hast schon eine große Karriere gemacht.«

»Ich weiß, nur mit deiner Hilfe.«

Knobel gelang ein stechender Blick in das Gesicht des Mannes, mit dem er nie warm geworden war.

Lisa schossen Tränen in die Augen.

»Warum nur?«, fragte der Schwiegervater und gab seiner Fassungslosigkeit durch nachhaltiges Kopfschütteln Aus- und Nachdruck.

»Du hast doch alles, Stephan, sogar ein Kind! Und an Lisa ist doch alles dran«, fügte er an, nun bereit, seine eigene Tochter zu opfern.

»Ihr habt euch doch immer gemocht.« Sein Kopf war zornesrot angelaufen. »Gott, was willst du denn noch?«

Knobel trank den *Grand Cru* mit einem Zug aus, genoss das unverständige Schnaufen seines Schwiegervaters und stellte das Glas zur erneuten Befüllung bereit.

»Ja, wenn ich es so einfach beantworten könnte wie du fragst«, sagte er.

Und er formulierte im Geiste die Worte, die er jetzt gern ausgesprochen hätte: Dass er Lisa immer gemocht hatte und heute keinen Deut weniger mochte als früher. Dass er ihren Körper begehrt und dieses Begehren mit Liebe verwechselt hatte, dass er auch heute noch ihren Körper begehrte, ohne dass sein Gefühl gewachsen war. Dass er mit Lisa über juristische Konstruktionen wie den ›aberratio ictus‹ und den ›error in obiecto‹ länger und intensiver diskutieren konnte als über das, was für sie beide im Leben wirklich wichtig war.

»Mein Sohn!«, hob der Schwiegervater wieder an, »all das wäre ja noch zu verstehen, wenn eine Frau im Spiel wäre.«

Knobel glotzte dumpf in den *Grand Cru*, schwenkte das Glas, bis der Rotwein zentrifugierend das Glas zu verlassen drohte und antwortete:

»Es ist ja eine Frau im Spiel.«

Lisa kreischte in diesem Moment laut auf, sodass Malin ebenfalls zu schreien begann.

»Du bist ein Hurensohn!«, stellte der Schwiegervater mit eigentümlicher Zufriedenheit fest und kündigte unheilvoll an:

»Das wird Folgen für dich haben!«

Knobel konnte das Gespräch nicht vor diese Aussage zurückdrehen und wollte es auch nicht. Hätte es etwas genutzt, mühsam zu erklären, dass Marie mit seiner Trennung von Lisa nichts zu tun hatte, dass Marie Lisa nicht verdrängt, sondern nur einen Platz eingenommen, den Lisa nie ausgefüllt hatte?

»Wie konntest du uns das antun?«, schrie Lisa, das Wohnzimmer mit der weinenden Malin verlassend, und ahnte dabei nicht, dass Knobel sich nur unter der Leitung ihres moderierenden Vaters zu einem Verhalten hatte hinreißen lassen, das seiner menschlichen Achtung gegenüber Lisa nicht im Ansatz entsprach. Aber wie sollte man miteinander und zueinander reden, wenn kein Terrain mehr vorhanden war, auf dem man sich voller Anstand hätte begegnen können?

Lisa verschwand mit Malin in der oberen Etage, und Knobel hörte für Momente noch Lisas und Malins Schluchzen, und ihm war klar, dass er auch Malin für eine Zeit das letzte Mal gesehen hatte.

Der Schwiegervater schien zu seiner Beherrschung zurückgefunden zu haben.

»Lass uns reden, Stephan! Wenn nicht heute, wann dann?«, fragte er und schenkte *Grand Cru* nach.

»Du hast also eine bitch. Seit wann?«

»Eine was?«

»Eine bitch. Eine Nutte, wenn man so will.«

»Sie ist keine Nutte, Vater«, erwiderte er, erschrocken über den Begriff *Nutte* und noch erschrockener darüber, diesen ihm stets zuwider gebliebenen Mann gerade mit *Vater* angeredet zu haben.

»Ist sie gut? Komm, sag schon!«

Der Schwiegervater zwinkerte mit den Augen, es war ein kaltes Blitzen. »Manchmal braucht ein Mann so was!«, wusste er.

»Alle brauchen so was zwischendurch! Einmal Stemmen ohne Hemmen!«, grinste er. »Aber nur auf Zeit. Bitch verdauen und auf das Heim vertrauen, oder? Stephan, so ist es doch?!«

Er lockerte seine Krawatte. »Wir sind unter uns, Stephan. Denk nach: Es ist so, wie ich sage! Sag was! Es geht um unsere Familie! – *Titten schmieren keine Schnitten*, sage ich immer.«

Nein, so etwas sagte er nicht immer. So etwas sagte er nie. Was er immer sagte, war etwas anderes: Dass er seinen Weg immer konsequent verfolgt und alles richtig gemacht habe. Redlich in seinen Geschäftspraktiken und in der Sache hart. Dass er sich an Werten orientiere, die Bestand haben. Dass sich die Moral durchsetze und man als Rechtsanwalt der Gerechtigkeit zum Sieg verhelfe. Diese und ähnliche immer wiederkehrenden, beinahe gebetartig beschworenen Sätze hatten Stephan sich frühzeitig für den Anwaltsberuf entscheiden lassen. Nun wirkten die Krawatte seines Schwiegervaters, das weiße Hemd und die graue Anzughose wie Requisiten.

Das streng gescheitelte Haar des Schwiegervaters glänzte verschwitzt, sein Gesicht war zornig rot und statt der wohlfeilen Moralsätze stieß es Schmutzworte und alberne Reime aus, erinnerte an Löffke, der sich gelegentlich zu ähnlichen Launen hinreißen ließ: ›104 kämpft wie ein Stier, 102 bleibt von Arbeit frei‹.

Die Frage war, ob die bisher unbekannte Seite des Schwiegervaters wirklich eine andere war oder nur jene Moral inhaltlich konturierte, die sich hinter den Programmsätzen verbarg. Nachdem sich Lisas Mutter kurz nach ihrer Geburt von ihrem Vater getrennt hatte, waren Frauen im Leben des Schwiegervaters offiziell kein Thema gewesen. Stephan hatte sich darüber nie gewundert. Ganz im Gegenteil: In die nüchterne Sachlichkeit des stets geschäftig wirkenden Schwiegervaters passte kein Lebewesen, welches auch nur einen kleinen Anteil der Zeit seines engen Lebensfahrplanes beanspruchen könnte. Lisas Erziehung, so sagte er immer wieder, habe ihn Opfer bringen lassen. Jetzt wäre Gelegenheit zu sagen, dass er Lisa zum Opfer gemacht hatte.

Stephan Knobel war seinerzeit zu gern in des Schwiegervaters Haus in die Dahmsfeldstraße und damit in ein reinlich vorgezeichnetes Leben eingezogen; er hatte dem Wunsch des Schwiegervaters entsprochen, das eigene Haus nahe dem seinen und somit ebenfalls in der Dahmsfeldstraße zu errichten. Man lebte hier wie dort, am Sonntag stets das Mittagessen im Hause des Schwiegervaters. Suppe, Braten, Nachspeise, angerichtet von der Hausdame. Danach Kaffee. Danach Spaziergang. Malin, Lisa, Schwiegervater. Und inmitten dieses Ensembles Knobel, im Leben unerfahren und naiv, der zufällig über Marie und plötzlich in das Leben gestolpert war.

»Ich habe recht, Stephan! Sag es! Du weißt es! Du mit deiner bitch!«, höhnte der Schwiegervater.

»Okay, mach es! Turn dich mit ihr aus! Aber dann«, der Schwiegervater kippte den restlichen *Grand Cru* aus seinem Glas in sich und den Rest der Flasche in das Glas hinein, »dann bist du wieder normal! Bist Mensch! So wie wir sind! Ist sie überhaupt was? Beruflich, meine ich?«, fragte der Schwiegervater.

»Studentin«, antwortete Knobel folgsam.

»Studentin.«

Er grinste, schwenkte das Glas und prostete Knobel zu.

»Eine Studentin ist doch nichts fürs Leben! Herrgott, Stephan, in welchen Kategorien denkst du denn?«

»Du weißt, dass Lisa und ich Studenten waren, als wir damals zusammenkamen«, meinte Knobel.

»Ja, ja, aber ihr hattet die Zukunft direkt vor euch.«

»Nein, wir hatten sie nie. Wir wussten es beide nur nicht.«

»Im Leben muss man Weichen stellen!«, wusste der Schwiegervater. »Manchmal passen Schwanz und Leben nicht zusammen«, fuhr er fort, »da muss man Entscheidungen treffen! Weichen stellen, wie ich sage! Es gibt auch zweigleisige Strecken … Du verstehst mich?«

Knobel erhob sich.

»Ich bestelle mir ein Taxi, *Vater.*« Und jetzt hatte er das Wort bewusst benutzt, und sein Schwiegervater hatte es als Drohung verstanden.

»Wir verstehen jeden Spaß, Stephan, ich sagte es gerade. – Aber wer ausbricht, ist Verräter!«

»Lisa kommt in deinen Worten nicht vor«, entgegnete Knobel.

»Wir auf der einen Seite, der Verräter auf der anderen Seite. Damit sind die Fronten klar, und es ist alles gesagt.«

Des Schwiegervaters Miene verzerrte sich und geriet zur Fratze.

»Ich finde allein hinaus«, sagte Knobel und sein Schwiegervater reimte nach: »… aus ehemals deinem Haus.«

Der Schwiegervater wollte die Tür hinter Knobel zuwerfen, aber dann hielt er inne und rief ihm hinterher.

»Stephan?«

Knobel drehte sich um, sein Schwiegervater stand kerzengerade in der Tür, mit soldatischer Haltung wie bei einem Plädoyer vor Gericht, die Hände vor der Brust verschränkt.

»Ich habe dir alles gegeben, Stephan, aber ich werde dir alles wieder nehmen!«

Dann flog die Tür ins Schloss. Draußen bestellte Knobel von seinem Handy aus ein Taxi. Er fuhr zurück in die Varziner Straße. Die zweite Nacht in einer fremden Wohnung. Die zweite Nacht ohne gewechselte Kleidung. Er schlief ein, küsste in Gedanken Marie und betrauerte Lisa. Er hätte ihr gerne seine Wahrheit erzählt.

13

10.30 Uhr am nächsten Morgen: Postbesprechung in der Kanzlei *Dr. Hübenthal & Knobel*, auf diesen Zeitpunkt verschoben, weil Knobel einen angeblichen Arzttermin am frühen Morgen vorgeschwindelt, die Zeit jedoch in Wirklichkeit dafür benötigt hatte, in der Innenstadt schnell einen Anzug, Hemd, Krawatte und neue Schuhe zu kaufen, nachdem er aus der Dahmsfeldstraße nichts, nicht einmal seine Kleidung mitgenommen hatte.

Nun saß er im schwarzen Anzug, mit blauem Hemd und silberfarbener Krawatte am Konferenztisch in Zimmer 101. Die neuen Schuhe drückten noch etwas. Vor Dr. Hübenthal lagen die Kanzleiposteingänge des Tages, die er routiniert den Sozien zuordnete mit dem Ergebnis, dass Löffke einmal mehr als Postkönig feststand. Gewöhnlich strebte man nach diesem Ritual auseinander, um die Posteingänge durch die Mitarbeiterinnen den Akten zuordnen und sie mit den Akten zur Bearbeitung vorlegen zu lassen. Doch heute bat Dr. Hübenthal darum, noch in seinem Büro zu bleiben. Das kunstvolle Beriechen einer Zigarre verhieß eine längere Sitzung.

»Wir schließen direkt eine Sozietätsbesprechung an«, verkündete der Senior, »es ist bei uns ja nicht wie in anderen Kanzleien, in denen Sozietätsbesprechungen quasi eine form- und fristgerechte Einladung vorausgehen muss. Wir sind familiär strukturiert.«

Heftiges Kopfnicken von Hubert Löffke, der zeitgleich zu seiner Zigarettenschachtel griff, aber erst eine

Zigarette anzündete, als der Senior bereits die Zigarre schmauchte. Der Senior hatte bei allen Ritualen den Vortritt.

»Zwei Dinge gibt es zu bereden, die uns alle angehen und die ich deshalb in diesem Kreis erörtern möchte. Mein lieber Knobel, das sind Ihre, wie soll ich sagen?, privaten Kapriolen und schließlich der Fall Pakulla.«

Knobel zuckte unter dem unerwarteten Angriff zusammen und blickte sofort zu Frau Meyer-Söhnkes, die ihn offensichtlich verraten hatte.

Löffke lehnte sich genussvoll zurück.

»Nein, nein«, beschwichtigte der Senior, der offensichtlich Knobels Gedanken erahnt hatte. »Sie wissen doch, dass Ihr Schwiegervater und ich uns schon seit vielen Jahren kennen. Unter Freunden redet man. Über ihn sind Sie doch in meine Kanzlei gekommen.«

Dieser Satz sagte vor dem Hintergrund der gestrigen Worte des Schwiegervaters mehr aus als die anderen an diesem Tisch ahnen konnten.

»Jeder Anwalt in unserer Kanzlei hat eine saubere Vita«, diagnostizierte Dr. Hübenthal.

»Nicht, dass nicht mal eine Ehe zerbrechen könnte! Das passiert schon mal. Aber wenn es passiert, stehen wir einander bei und bringen die Dinge geräuschlos über die Bühne. Da gibt es keine Schelte, und es ist ganz normal, wenn man in dieser Situation vorübergehend nicht ganz auf seine Arbeit konzentriert ist. Das sollen Sie wissen, mein lieber Knobel, gleich, welche privaten Schritte Sie auch unternehmen!«

Dr. Hübenthal lächelte ihn aufmunternd an. Der einleitende Satz mit der *sauberen Vita* hätte ganz andere Worte vermuten lassen. Plötzlich erkannte Knobel, dass Hübenthal seine Trennung von Lisa als Abwehrstrategie gegen den ehrgeizigen und aggressiven Löffke aufbaute und ihr beider Geheimnis, Hübenthals und Knobels Wissen um die frühere Mordsache Weinstein und die Täterschaft des Mandanten Rosenboom ihn noch immer unter dem Schutzmantel des Seniors hielt. Löffke war bei den unerwartet milden, eher fürsorglichen Worten Hübenthals unruhig geworden und zog hastig an seiner Zigarette.

»Sie, Herr Kollege Löffke«, wobei sich Dr. Hübenthal Knobels Widersacher zuwandte, »wollten noch etwas zu dem Fall Pakulla sagen!«

Löffke hatte sichtlich darauf gebaut, auf eine erwartete Standpauke Hübenthals gegen Knobel aufsetzen und mit einem Vorhalt auftrumpfen zu können, mit dem er Knobel einen Hieb hätte versetzen können. Die simple Strategie funktionierte nicht. Löffke blies missmutig Rauch aus. Aber was hatte Löffke mit dem Fall Pakulla zu tun?

»Ich wollte nur anmerken«, setzte Löffke an, »dass der Mandant Pakulla an unsere Kanzlei insgesamt bereits 21.200 Euro Honorar gezahlt hat. Nicht eben wenig. Und dass wir nicht zuletzt wegen dieser Zahlungsfreudigkeit uns auch nachhaltig für den Mandanten einsetzen sollten, jedenfalls so, dass er sich nicht mit seinem Anliegen an die Zeitungen wenden muss.«

Nach diesen Worten zog Löffke gefaltete Innenblätter der *Westfälischen Rundschau* und den *Ruhr-Nachrichten* des heutigen Tages aus seiner Anzuginnentasche und schob sie Knobel über den Tisch.

Brudersuche, war der Artikel in einer der Zeitungen überschrieben. Knobel überflog die ersten Zeilen und las den letzten Absatz genau:

Gregor Pakulla hat bereits die renommierte Kanzlei Dr. Hübenthal & Knobel mit der Suche beauftragt, die ihm bislang jedoch nicht behilflich sein konnte. Gregor

Pakulla wendet sich deshalb an unsere Leser: Wer kann etwas zum Aufenthaltsort Sebastian Pakullas sagen?

Es folgten der Hinweis auf Gregor Pakullas Adresse in Limburg und seine Handynummer. Noch überraschter war Knobel über ein neueres Foto des Bruders Sebastian, das ihn vor dem Hintergrund einer offensichtlich südländischen Umgebung zeigte.

Knobel sah ungläubig auf.

»Immerhin hat der Artikel etwas gebracht«, meinte Dr. Hübenthal. »Es hat sich nämlich die *Galerie Möller* aus der Kampstraße bei uns und nicht bei Herrn Pakulla gemeldet. Der Galerist ist in anderen Sachen bei uns Mandant. Ein sehr netter Mensch. Sebastian Pakulla hat offensichtlich über die Galerie Bilder verkauft. Hier ist seine Adresse.«

Der Senior gab Knobel einen Zettel und beendete die Sozietätsbesprechung, indem er etwas von vorösterlichem Frieden murmelte.

Man ging mit den Posteingängen auseinander, Löffke warf Knobel einen verächtlichen Blick zu und schnaubte abfällig.

In der Mittagspause suchte Knobel die *Galerie Möller* in der Kampstraße auf. Er kannte den Galeristen vom Sehen. Er hatte ihn hin und wieder in der Kanzlei getroffen, jedoch noch nie dessen Mandate betreut. Knobel stellte sich vor.

»Als ich den Artikel las, habe ich Ihre Kanzlei angerufen. Ich bin ja zufriedener Stammkunde bei Ihnen. Aber ich konnte nicht wissen, dass Sie auch Sebastians Bruder vertreten.«

»Ist Sebastian wirklich verschwunden?«

»Sebastian ist in und mit seinem ganzen Leben Künstler«, meinte der Galerist und auf Knobels Stirnrunzeln:

»Es kommt vor, dass er mehrere Wochen Bild auf Bild malt und mir für den Verkauf anbietet. Dann ist er wieder Monate abgetaucht. Einen festen Vertrag habe ich nicht mit ihm. Kommen Sie, ich zeige Ihnen einige seiner Bilder.«

Der Galerist ging voraus, sie erreichten über eine Wendeltreppe einen hellen Ausstellungsraum im ersten Stock. Die Bilder waren auf Staffeleien präsentiert, ganz so wie in Sebastians Wohnung.

Knobel erkannte die Motive und die bevorzugten kräftigen warmen Farben wieder. Die meisten Bilder waren großformatig, häufig mit Kantenlängen von einem Meter oder mehr.

»Wie verkaufen sich die Bilder?«, wollte Knobel wissen.

Der Galerist lächelte.

»Mit Bildern ist das immer so eine Sache. Die meisten Kunden wählen nach Farben aus, nicht konkret nach Motiven. Sie kommen in mein Geschäft und sagen: *In mein Wohnzimmer würde etwas Rotes oder Gelbes passen*. Und dann findet eine Vorauswahl nach Farben statt. Sebastians Motive sind lebensfroh. Man schmeckt die Landschaft förmlich, die er malt. Es sind satte sprießende Felder, weite Horizonte, tiefblaue Himmel, leuchtende Sonnenblumen. Schauen Sie her!«

Herr Möller zeigte auf ein rechts von ihm stehendes Bild. »Die Natur explodiert förmlich! Man erkennt deutlich die Konturen der Baumstämme und einzelner Blumen. Aber die Baumkronen und Blüten wirken wie kleine Feuerwerke. Die Bilder leben durch ihre sprühenden Farben und sind deshalb nie langweilig. Man sieht sich an den Bildern nicht satt. Und so sehen auch die Kunden seine Bilder. Sebastians Bilder werden durchaus immer wieder nachgefragt, aber der Verkauf ist, wie bei anderen Künstlern auch, unregelmäßig. Mal gehen in einer Woche zwei Bilder über den Tisch, mal in zwei Monaten keines. So etwas ist normal. Aber ich bin immer froh, wenn ich einige *Pakullas* auf Vorrat habe. Ich habe noch nie eines an ihn als unverkäuflich zurückgeben müssen. Wie gesagt: Er produziert nach Lust und Laune. Wenn ihm nicht danach ist, malt er nicht, und ich höre Monate nichts von ihm. So war es bisher immer. Deshalb wundere ich mich auch nicht, einige Zeit von ihm nichts gehört zu haben.«

»Wie lange ist es her, dass Sie etwas von ihm hörten?«

Der Galerist zuckte mit den Schultern.

»Fünf Monate, vielleicht auch ein halbes Jahr oder mehr. Wie gesagt: Solche Pausen kamen immer wieder vor. Und da ich ja noch sechs Bilder von Sebastian hier stehen habe, war keine Eile geboten. Das Falscheste wäre, ihn anzurufen und Nachschub zu ordern.«

»Wissen Sie denn, was er macht, wenn er nicht malt?«

»Er genießt das Leben, nämlich in der Gegend, die er malt.«

Knobel sah auf die farbgewaltigen Felder und Hügel, die verloren wirkenden Häuser mittendrin, den azurblauen Himmel darüber, dessen Farbe bis ins Purpurrote wechseln konnte.

»Italien«, vermutete Knobel. »Oder Griechenland.«

»Es könnte beides sein«, antwortete der Galerist. »Aber ich nehme an, dass er seine Inspirationen dort sammelt, wo er seine große Liebe getroffen hat: Mallorca.«

»Er hat eine Liebe auf Mallorca?«

»Ich vermute es. Sebastian redet über sein Privatleben nur wenig. So ausdrucksstark und extrovertiert er manchmal in seinen Bildern ist, so introvertiert gibt er sich im Gespräch. So wie er Auftragsarbeiten ablehnt, wehrt er auch jede Nachfrage zu seinem Privatleben ab. Ich weiß nur das, was er selbst erzählt hat. Und das ließ darauf schließen, dass er auf Mallorca eine Freundin hat. Ob es aber wirklich eine Liebe oder nur eine Bekannte ist …«, der Galerist hob fragend die Schultern, »weiß ich beim besten Willen nicht. Tatsache ist, dass er, es ist vielleicht ein Dreivierteljahr her – von seinem *Schatz* auf Mallorca redete. Aber Sie wissen ja selbst: Wenn man weiß, dass man nicht nachfragen soll, lässt man es auch. Sebastian Pakulla ist ein von mir sehr geschätzter Künstler, der über seine Arbeit hinaus jedoch nur so viel Einblick in sein Leben gewährt, wie er es selber will. Und das respektiere ich.«

»Er hat seine Motive geändert«, fiel Knobel ein. »Können Sie mir das erklären?«

»Sie meinen die Stadtmotive?«

Der Galerist schien wenig überrascht und drehte sich um.

»Sehen Sie, hier ist eines seiner Stadtbilder. Die haben ihren eigenen Charme und stehen nicht so sehr im Gegensatz zu den Landschaftsbildern, wie man zunächst vermuten könnte. So wie die Landschaften leben, leben auch die Städte. Es sind durchweg Altstadtmotive, und ich würde vermuten, es handelt sich um abstrahierende Ansichten von Gassen aus der Innenstadt von Palma. Sehen Sie hier die Wandlaternen …«

Herr Möller zeichnete mit dem Zeigefinger Konturen auf dem Bild nach. »Wandlaternen gibt es in dieser Form in Palma. Und auf einem anderen Bild …«, er drehte sich wieder um, und Knobel folgte ihm zur anderen Wand, »… sehen Sie abstrahiert ein Gebilde, das die Kathedrale von Palma, die *Catedral La Seu*, darstellen könnte. Wobei die Kathedrale aus ungewohnter Perspektive, nämlich wohl von hinten, also von der Stadtseite aus, gemalt worden ist. Wie gesagt: Könnte, könnte, könnte. Der Kunde hinterfragt das nicht. Ihn interessieren die warmen Farben, die in sein Wohnzimmer oder wohin auch immer passen könnten. Das ist das *Könnte*, wo meine Beratungstätigkeit einsetzt. Ganz sicher ist, dass Pakullas Städte dieselbe Lebensfreude darstellen wie seine Landschaftsbilder. Er würde gewiss nie ein Bild von Dortmund malen. Grau vermittelt wenig Freude, da werden Sie mir recht geben.«

Knobel gab ihm recht.

»Er hat noch ein ganz anderes Bild gemalt«, fuhr Knobel fort, berichtete von seinem Besuch in Sebastians Wohnung und schilderte das Bild, welchem Marie den Titel *Das gefangene Herz* gegeben hatte.

»Das ist ja nun wirklich etwas ganz anderes«, überlegte der Galerist. »Ich vermute, es handelt sich um ein Nonsensbild.«

»Ein Nonsensbild?«, wiederholte Knobel fragend.

»Das ist ein Begriff von mir«, erklärte der Galerist. »Sie können sich vorstellen, dass ein Maler selbst bei sorgfältiger Dosierung und reichlicher Übung schnell zu viel Farbe anrührt. Ölfarbe ist teuer, auch wenn Pakulla sie in großen Mengen günstig über den Großhandel bezieht. Und da stets Farbe übrig bleibt, wird diese auf einem gesonderten Bild verwertet, der Pinsel oder die Farbe eben ausgestrichen. Meistens sind es aber keine wirklichen Bilder, sondern Skizzen oder Nonsensmotive, und was Sie mir beschreiben, scheint in diese Kategorie zu gehören. Sie sagten ja, dass auf dem Bild, abgesehen von dem roten Herz, viel gelbe Farbe ist. Gelb ist, wie Sie sehen, wie rot eine seiner häufigsten Farben. Es ist also denkbar, dass er auf diesem Bild überschüssige gelbe und rote Farbe verstrichen hat. Aber wer weiß: Vielleicht hat das Bild auch einen tieferen Sinn. Das schwarze Raster könnte Gitterstäbe darstellen, die schwarze diagonale Linie einen Dolch, der auf das Herz zustoßen will. Wer weiß? Künstler haben manchmal skurrile Gedanken. Und mein Sebastian Pakulla ganz bestimmt. Stellen Sie sich das vor: Ich kenne ihn seit Jahren und eigentlich kenne ich ihn gar nicht. Das ist aber typisch für Sebastian Pakulla. An den kommen Sie nicht ran. Von seiner Liebe auf Mallorca weiß ich nicht mehr als das Wenige, was ich Ihnen gesagt habe. Von einem Bruder hat er übrigens auch nie etwas erwähnt. Aber das ist vielleicht auch nicht ungewöhnlich bei einem Menschen, der kaum etwas Privates von sich preisgibt.«

14

Am Abend besuchte ihn Marie in der Varziner Straße. Knobel führte sie durch eine Wohnung mit fremden Möbeln, präsentierte den nächtlichen Ausblick auf die blauen Neonröhren an den dunklen Kokereigebäuden und zeigte ihr die Küche mit den alten Elektrogeräten. Herd, Kühlschrank und den Oberschränken darüber, deren Oberfläche im Laufe der Jahre fettigen Glanz über den Kochplatten gebildet hatte. Dazu eine kreisrunde Neonröhre über dem einfachen Küchentisch, Zwiebeln in einem Netz unter einem Anbauregal hängend, dann das Schlafzimmer mit einem schlichten Bett mit Kieferrahmen, zwei nicht zueinander passende Kleiderschränke, ein Wohnzimmer mit einer abgenutzten Ledercouch, darüber der beleuchtete Wasserfall, das Bad mit abgenutzter stumpfer Wanne, hellgrünen Fliesen, einem schlichten Porzellanregal über dem Waschbecken, darauf seine ersten Utensilien: Zahnpasta, Zahnbürste, Seife und Rasierzeug. In der Diele auf einem Bügel der neue Anzug, darunter Tüten mit den neuen Hemden und Krawatten. Unter der Heizung, auf Zeitungspapier stehend, die neuen Schuhe, aufgespannt.

»So ists hier also«, nickte Marie und ihm fiel ein, dass sie dieselben Worte benutzt hatte, als sie vor vielen Monaten erstmals sein Büro in der Kanzlei in der Prinz-Friedrich-Karl-Straße gemustert hatte.

Die Freizeitkleidung bestand zunächst aus dem, was er bei seinem Einzug vorgestern getragen und jetzt wieder am Leib hatte.

»Abwechslung täte gut«, meinte Marie.

Dann lud er sie zum Essen ein und bot türkisch oder italienisch an. Sie entschieden sich für italienisch, und kurz darauf saßen sie, seiner Wohnung schräg gegenüber, in der Pizzeria *Tre-Palme*. Ein kleiner Raum, holzverkleidet, zwei kleine schlichte Tische für die Gäste. In den Raum hineingebaut, durch Theken abgeteilt und nach oben mit Holzbögen verkleidet, der kleine Arbeitsraum des Pizzabäckers, ein Arbeitstisch mit Teig und Mehl, gegenüber der Pizzaofen und übereinander gestapelte Pappschachteln für die Außerhauslieferungen. Knobel setzte sich mit Marie an einen der beiden Tische, über ihnen ein unter die ganze Decke gespanntes Fischernetz und darin eine leuchtend bunte Lichterkette und Plastikhummer, Plastikkrebse und Plastikseesterne. Oben in der Ecke über der Eingangstür, schräg gegenüber des Pizzaofens und von dort gut zu sehen, ein laufender Fernseher. Sie bestellten Pizza und Lambrusco, und der Wein schmeckte Knobel besser als jeder *Grand Cru* jemals geschmeckt haben konnte. Er fühlte sich von wohltuender Normalität umgeben. Knobel genoss die schlichte Schönheit des Augenblicks, mit Marie hier zu sitzen und zu essen. Sie blieb bei ihm in dieser Nacht, und als sie keine Kerzen in der Wohnung fanden, liebten sie sich im Wohnzimmer unter dem leuchtenden Wasserfall.

Erst beim Frühstück erzählte er ihr von dem Gespräch mit dem Galeristen und schloss mit dem Gedanken, dass sie Sebastian Pakullas Freundin finden müssten.

»In den nächsten Tagen machst du gar nichts in der Sache Sebastian Pakulla, sondern das, was eure Kanzlei im Kern zusammenhält: *Zum Gelde, ach zum Gelde strebt doch alles*.

Knobel blickte sie irritiert an.

»Du musst nicht sein wie sie, aber du kannst auch keinen Weg gegen sie gehen«, erklärte Marie.

»Letztlich fühlst du dich wohl in der Kanzlei. Dann steh auch dazu. Du wirst keine täglichen Kämpfe gegen deinen Erzfeind Löffke führen können. Auf Dauer wirst du gegen ihn verlieren, wenn du so weiter machst. Er ist eben nicht nur eine Fleischwurst, die du verspeisen kannst. Löffke wird dir im Halse stecken bleiben. Für eine solche Form von Macht bis du zu sensibel.«

Als Knobel an diesem Tag im Büro erschien, war er so, wie er früher immer war, tauschte Artigkeiten mit Frau Klabunde aus, pflegte mit ihr gemeinsam den Bonsaibaum in seinem Büro, nahm dankbar ihre Ratschläge für eine bessere Aktenverfristung entgegen, gab sich geschäftig und leutselig und fand anerkennendes Lob seiner Sekretärin:

»Heute gefallen Sie mir ja richtig!«

Er nickte, ohne ihre Einschätzung teilen zu können.

Er merkte, dass er anders geworden war.

15

Natürlich ließ Knobel den Fall Sebastian Pakulla nicht ein paar Tage auf sich beruhen. Allein seine Wut darüber, dass sein Mandant über die Artikel in den örtlichen Zeitungen dem Leser nahe legte, dass sich die Kanzlei nicht ausreichend um den Fall kümmere, trieb ihn dazu, Gregor Pakulla anzurufen.

»Sie sollten das nicht persönlich nehmen!«, beschwichtigte sein Mandant. »Ich habe Ihnen gesagt, dass ich meinen Bruder unbedingt finden muss. Deshalb habe ich Ihre Kanzlei beauftragt, weil sie einen ausgezeichneten Ruf genießt. Und deshalb habe ich mich zusätzlich an die Zeitungen gewandt, weil man potenzielle Informanten erreichen kann, über deren Existenz man gar nichts weiß und die man deshalb nicht aufsucht. Ich weiß ja, dass Sie mich nicht recht leiden können, Herr Knobel, aber Ihr Vorwurf ist nun wirklich aus der Luft gegriffen! Eher könnte ich fragen, warum Sie selbst nicht auf die Idee gekommen sind, die Zeitungen einzuschalten.«

»Weil die Zeitungen erst Sinn machen, wenn wir einen Vermissten suchen«, erwiderte Knobel. »Und bislang haben wir Lebenszeichen und Spuren Ihres Bruders gefunden, nur er selbst ist uns noch nicht begegnet.«

»So, so«, resümierte Gregor Pakulla, und Knobel hörte einen ironischen Unterton heraus.

»Hat Ihre Vermisstensuche über die Zeitungen denn Erfolg gebracht?«, erkundigte sich Knobel. »Nebenbei bemerkt: Natürlich schweigen sich die Artikel über das wahre Motiv Ihrer Suche aus, weil Sie den Redakteuren vorgegaukelt haben, dass Sie Sebastian aus fürsorglicher Bruderliebe suchen, nicht aber, dass er Ihnen menschlich völlig egal ist und dass es Ihnen einzig und allein um die Erbauseinandersetzung geht. Also – können *Sie* mir Ergebnisse liefern?«

»Herr Knobel!« Gregor Pakulla seufzte widerwillig am anderen Ende der Leitung. »Ich habe Ihnen bereits viel Geld gezahlt. Und ich zahle, wenn es sein muss, auch noch mehr! Ja, es geht nur darum, Tante Esthers Erbschaft zu teilen, und Sie sollten froh sein, dass ich Ihnen mein Motiv ganz offen dargelegt habe! Sebastian ist mein Bruder, aber er ist ein Mensch, der mir zu keinem Zeitpunkt nahe gestanden hat. So etwas kommt, wie Sie wissen werden, häufig vor. Verwandtschaftliche Verhältnisse sucht man sich nicht aus. Wäre Sebastian nicht mein Bruder, hätte ich ihn draußen im Leben sicherlich nicht kennengelernt. Er wäre kein Bekannter von mir, erst recht kein Freund. Punkt. Ich verstehe nicht, womit Sie ein Problem haben. Sie sollen meinen Bruder finden, den ich für die Erbauseinandersetzung brauche. Mehr nicht.«

Knobel konnte seinem Mandanten mit keinem Argument entgegentreten.

»Nochmals«, setzte Knobel erneut an und seine Stimme hatte ihren aggressiven Unterton verloren:

»Haben die Zeitungsartikel etwas gebracht?«

»Ein älteres Ehepaar hat sich gemeldet, das vor etwa einem Jahr zwei Bilder von Sebastian gekauft hat. Unergiebig. Und ein Herr Theodoridis hat sich gemeldet. Das ist ein unmittelbarer Nachbar von ihm. Von ihm weiß ich, dass Sebastian in der Adlerstraße wohnt.«

»Das ist etwas, was ich Ihnen vor einigen Tagen bereits hätte mitteilen können«, antwortete Knobel.

»Bemerkenswerterweise haben Sie nicht mal nach der Adresse Sebastians gefragt!«

»Ach, Herr Knobel! Die Frage erübrigt sich doch bei näherer Betrachtung. Es ist mir klar, dass Sebastian eine Adresse hat,und dass Sie die Adresse ausfindig gemacht haben. Aber ist dadurch mein Bruder gefunden worden? Hätte ich fragen sollen: Wo wohnt er denn? Hätte ich auf Ihre Antwort sagen sollen: Ganz ausgezeichnet, Herr Rechtsanwalt! Bitte unterrichten Sie mich weiter! Ich gratuliere Ihnen, dass Sie auf die Idee gekommen sind, das Einwohnermeldeamt zu fragen! Herr Knobel, Sie sind doch Profi. Sie verdienen mit Ihrem Beruf gutes Geld. Ganz zu Recht. Aber brauchen Sie darüber hinaus auch noch kleine Streicheleinheiten?«

Gregor Pakulla hielt kurz inne.

»Nein, antworten Sie nicht! Ich weiß, dass Sie Streicheleinheiten brauchen. Ich glaube, Sie sind so strukturiert. Psychologisch finde ich das interessant. Ich weiß, dass Sie mich nicht mögen. Aber Sie hängen sich in diesen Fall rein. Sie wollen glänzen, wollen mich vielleicht noch übertrumpfen. Manchmal meine ich, Sie sind mein Gegner. Aber wissen Sie was: Ich finde das gut! Wenn ich mir das alles überlege, kann ich mich nur beglückwünschen. Wenn einer meinen Fall löst, dann sind *Sie* das, Herr Knobel. Und sei es nur, weil Sie mich nicht richtig leiden können und deshalb besonders gut sein wollen.«

»Herr Pakulla …«

»Ist schon gut, war nicht so gemeint! Nein, ehrlich nicht! Ich möchte Sie doch nicht beleidigen. Wir sind beide so, wie wir sind. Aber ich erzähle Ihnen noch etwas: Sebastian plant eine Party. Das weiß ich von Herrn Theodoridis. Vor ein paar Tagen war ein Pärchen da, das schon Gläser gebracht hat. Was sagen Sie dazu?«

»Sie meinen, ich sollte mich mal mit Herrn Theodoridis unterhalten?«

»Meinen Sie nicht?«

»Was mich stutzig macht, Herr Pakulla: Wir unterhalten uns schon wieder lang und breit über unser Mandatsverhältnis, über das Verhältnis zu Ihrem Bruder, und die wesentliche Botschaft liefern Sie erst ganz zum Schluss! Wie es sich anhört, ist es doch absehbar, dass Ihr Bruder in Kürze auftaucht. Sie präsentieren doch fast die Falllösung, Herr Pakulla. Warum also dieser Umweg?«

»Ganz einfach: Weil ich mir nicht vorstellen kann, dass Sebastian eine Party gibt.«

»Weil er verschwunden ist?«

»Nein, weil eine Party nicht zu ihm passt. Sebastian hat noch nie eine Feier ausgerichtet, zu keinem Geburtstag – und zu keinem sonstigen Anlass. Sebastian lebt in seiner Welt mit seinen Bildern. Ich kann mir nicht einmal vorstellen, dass er Freunde hat. Dieses Paar, das Gläser in seine Wohnung gestellt hat … – Diese Geschichte ist doch krumm.«

»Hat er eine Freundin?«

Gregor Pakulla lachte auf.

»Wie soll das gehen, wenn man sich ausschließlich in die Malerei vergräbt und nur mit Farben und Pinseln lebt? Soweit ich weiß, ist er nicht einmal bei der Präsentation seiner Bilder auf Ausstellungen länger anwesend geblieben. Es war ihm langweilig, mit Menschen zu sprechen, die sich für seine Bilder interessieren. Die fragten nämlich nicht nach seinen Gefühlen, als er die Bilder malte, sondern lobten: was für ein leuchtendes Gelb, was für ein kräftiges Rot, welch schöne Farben! Und so weiter.«

»Ihre Tante Esther mochte ihn sehr«, wandte Knobel ein.

»Ich habe nicht gesagt, dass er ein schlechter Mensch ist. – Nochmals: Er ist nur nicht mein Fall.«

»Sie haben mich in einem Punkt belogen!«, hielt ihm Knobel unvermittelt vor.

»Wie immer von vornherein negativ eingestellt«, konterte Pakulla. »Nun sagen Sie schon: Welches Ihrer Missverständnisse darf ich jetzt aufklären?«

»Das Foto!«, sagte Knobel knapp.

»Welches Foto?«

»Das Foto Ihres Bruders Sebastian, das Sie an die Zeitungen weitergegeben haben. Sie hatten mir zu Beginn des Mandats ein Foto vom Schulabschluss Ihres Bruders gegeben und gesagt, Sie hätten kein neueres. Offensichtlich stimmte das nicht. Das Foto in der Zeitung ist eindeutig ein aktuelleres Bild.«

»Ach ja, das Foto. Sie überbewerten das. Als ich mich entschloss, an die Presse zu gehen, habe ich noch einmal alles bei mir durchgesehen. Das Abiturfoto hatte ich Ihnen ja gegeben. Ich konnte also der Zeitung nicht das Foto geben, was mir aus meiner Erinnerung heraus als letztes Foto von Sebastian präsent war. Also habe ich meine Sachen durchforstet und dabei dieses Bild gefunden. Ich glaube, er hatte es mir von ein paar Jahren einmal mit einem Galerieprospekt geschickt. Es ist keine neue Aufnahme.«

»Aber ich schätze, Sebastian sieht heute noch so aus«, vermutete Knobel. »Er hat tatsächlich Ähnlichkeit mit Ihnen.«

»Kunststück, Herr Knobel! Er ist mein Bruder. Aber so wie ich aussehe und wie Sebastian zumindest damals aussah, ist wenig individuell: Extremer Kurzhaarschnitt, glatt rasiert, und wir haben beide eine ähnliche Gesichtsform. So sehen viele aus. Ich könnte ketzerisch sagen: Das alleine macht uns ähnlich, aber nicht zu Brüdern.«

»Haben Sie eine Ahnung, wo das Bild aufgenommen worden sein könnte?«

»Irgendwo im Süden, vermute ich«, sagte Pakulla. »Italien vielleicht.«

»Oder Mallorca?«

»Wieso Mallorca?«

»Es gibt Hinweise, dass er sich dort aufgehalten hat«, erwiderte Knobel.

»Ach, Herr Knobel!« Gregor Pakulla seufzte wieder. »Das sind die Informationen, die ich von Ihnen erhalten möchte! Und Sie streuen sie in unser Gespräch, lauern auf meine Reaktionen, als würden Sie mich verhören. Vielleicht muss ich mich doch fragen, ob es richtig war, Sie zu beauftragen! Wenn Sie Hinweise haben, dass das Foto auf Mallorca aufgenommen worden ist, dann verwerten Sie doch bitte die Hinweise! Ich assoziiere die Zypressen im Hintergrund spontan mit Italien. Vielleicht die Toskana. Aber es ist eben nur ein Gefühl, spontan von mir zum Ausdruck gebracht. Nicht objektiv begründet und auch nicht objektiv begründbar.«

Pakullas Stimme klang ungeduldiger.

»Verdammt, Herr Knobel, wir reden von ein bisschen sichtbarem Bildhintergrund auf einem kleinen Foto, auf dem ganz wesentlich nur das Gesicht meines Bruders zu sehen ist! Nichts weiter! Vielleicht steht er auch nur vor einer Fototapete. Das zu beantworten ist Ihre Aufgabe, für die ich Sie bezahle, Herr Knobel! – 21.200 Euro bis jetzt! Eine Arbeit, die ich reichlich bevorschusst habe! Darf ich jetzt nach Ihren Erfolgen fragen, außer dem von mir parallel gewonnenen Ergebnis, dass Sebastian in der Adlerstraße wohnt? Sollten Sie mir nicht dankbar sein, dass ich selbständig eine weitere Informationsquelle nutze, deren Ergebnis ich Ihnen zur Verfügung stelle? Ich darf ergänzen: Ohne Honorar zurückzufordern?«

»Ich werde Ihre Informationen verarbeiten«, versprach Knobel und beendete das Gespräch, weil er merkte, seinem Mandanten nicht gewachsen zu sein.

Gregor Pakulla hatte auf alle Fragen schlüssig geantwortet und Zweifel zerstreut.

Scheinbare Ungereimtheiten wie das in der Zeitung veröffentlichte Foto waren auf einmal bedeutungslos. Die menschliche Distanz zwischen den Brüdern mochte ganz normal sein und entzog sich jeder Bewertung in dem zu lösenden Fall. Die offen eingeräumte Gier seines Mandanten nach der Aufteilung der von Esther van Beek hinterlassenen Erbschaft war vielleicht moralisch anrüchig, erklärte aber glaubhaft den Ehrgeiz des Mandanten, seinen Bruder Sebastian zu finden.

Die Habgier seines Mandanten zu bewerten, stand Knobel nicht zu. Und dies um so weniger, als er selbst gierig Honorarvorschüsse angefordert und auch von Gregor Pakulla bereitwillig erhalten hatte. Der eigentliche Knackpunkt des Falles, der Grund seines Misstrauens und seiner lauernden Fragen lag letztlich genau hier: Ihn störte das Missverhältnis zwischen dem Mandatsauftrag und dem Aufwand, den Gregor Pakulla betrieb. Nicht, dass die Suche nach Sebastian vor dem Hintergrund des durch die Erbschaftsauseinandersetzung zu erzielenden Vermögens für Gregor Pakulla nicht nachvollziehbar wäre. Aber sein Mandant investierte mit auffällig hohem Aufwand in kleine Schritte, deren absehbare Erfolge hierzu nicht im Verhältnis standen. Warum zahlte er ohne Murren über 20.000 Euro Vorschuss für einen Auftrag, der sich zunächst in banaler örtlicher Recherche erschöpfte?

Warum beauftragte er eine Anwaltskanzlei und nicht einen Privatdetektiv, der bei der Suche nach Sebastian effektiver arbeiten könnte?

Warum schließlich schaltete Gregor Pakulla die örtliche Presse ein, um bei der Suche nach Sebastian jene Resultate zu erzielen, die den Ergebnissen entsprachen, die Knobel mit Marie selbst gewonnen hatte, die sein Mandant aber nicht einmal nachfragte, als sie ihm präsentiert wurden?

Konnte es einen vernünftigen Grund geben, anzunehmen, dass die Zeitungsrecherche einen Aufenthaltsort Sebastians offenbaren würde, den man nicht so hätte ermitteln können?

Sollte sich über die Zeitungsrecherche ernsthaft eine andere Adresse ermitteln lassen als jene in der Adlerstraße, die Sebastian der ihm zugehenden Post nach zu urteilen immer noch innehatte?

Knobel stellte sich diese Fragen und fand keine plausiblen Antworten. Gregor Pakullas Vorgehen war aus seinem Motiv heraus simpel und klar: Ihm war jedes Mittel recht, Sebastian zu finden.

Und warum sollte sich nicht auf die Zeitungsartikel hin jemand melden, der zu Sebastians Verbleib eine Aussage machen konnte?

Bestand zwischen dem von Gregor Pakulla betriebenen Aufwand und dem Gegenstand seines Mandatsauftrages wirklich ein Missverhältnis, das zu Zweifeln Anlass gab?

Knobel fand keine Antwort, und nebenbei erinnerte er sich daran, dass er es dem von Gregor Pakulla geleisteten Honorarvorschuss von weiteren 20.000 Euro zu verdanken hatte, seinen Erzfeind Hubert Löffke mit der Gutschrift dieses Betrages zunächst matt gesetzt zu haben.

16

Wie immer, wenn er sich seiner Sache nicht sicher war, berichtete Knobel Marie alles im Detail, bemühte sich um eine Schilderung, die der eines guten Journalisten glich, brachte wertungsfrei alle Einzelheiten, achtete auf konkrete Wiedergabe des chronologischen Ablaufs der Ereignisse, hob durch seine Stimme nichts hervor oder drängte es in den Hintergrund. Er repetierte gegenüber Marie protokollhaft den Inhalt seines Gesprächs mit Gregor Pakulla, behielt seine zweifelnden Fragen für sich, gab am Ende nur preis, was ihn nachhaltig beschäftigte:

»Kein Mandant hat uns jemals für einen solch lapidaren Fall über 20.000 Euro Vorschuss geleistet«, und er konkretisierte, dass sich das Adjektiv *lapidar* nicht auf die Bedeutung der Suche nach dem Bruder an sich bezog.

»Es ist nur so«, erklärte er, »dass dieser Fall, wie Gregor Pakulla zu Beginn des Mandats richtig bemerkte, eigentlich gar kein Rechtsfall ist und überdies keinen Streitwert bildet, den man nach den gesetzlichen Vorschriften annähernd in eine Höhe puschen könnte, die ein solches Honorar rechtfertigt.«

Marie ignorierte wie stets seine Hinweise auf juristische Einzelheiten. Wenn nicht die Rechtswissenschaft an sich, so waren ihr erklärtermaßen Bezeichnungen irgendwelcher Vorschriften zuwider, deren Sinngehalt sich für Außenstehende ohnehin nicht erschließen und deshalb auch nicht durch die Nennung von Paragrafenzahlen ersetzen lassen konnte. Als Knobel aus seinen theoretisierenden Gedanken zurück in der Wirklichkeit angelangt war, schlug sie vor, zunächst noch einmal Herrn Theodoridis aufzusuchen.

»Denn«, so erklärte sie, »dein Mandant hat uns ja förmlich eine Eintrittskarte in Sebastians Wohnung geliefert.«

Knobel verstand nicht recht, wollte angesichts seiner Paragrafenförmelei nun nicht auch noch begriffsstutzig erscheinen, und sie machten sich noch am Abend auf den Weg in die Adlerstraße.

»Sie erinnern sich bestimmt an uns«, eröffnete Marie, als Herr Theodoridis die Tür öffnete, und jeder Frage zuvorkommend, erklärte sie:

»Sie haben sich auf den Artikel in der örtlichen Presse hin ja bereits bei Sebastians Bruder gemeldet und von uns berichtet«, meinte sie.

»Gregor konnte nicht wissen, dass es sich um uns handelt. Wir haben heute mit ihm telefoniert, der, wie Sie wissen, in Hessen wohnt. Sebastian hat nicht viel Kontakt zu seinem Bruder. Wir waren von den Zeitungsartikeln natürlich überrascht. Sebastian hatte uns erst vor knapp zwei Wochen angerufen und uns gebeten, ihm für die geplante Feier die Gläser zu leihen und vorbeizubringen. Deshalb wundert es uns natürlich, dass Gregor seinen Bruder vermisst, obwohl er hier doch lebt. Können Sie sich das erklären?«

Herr Theodoridis versuchte sichtlich die Informationen zu ordnen, die Marie in einem Redeschwall über ihn ergossen hatte, wusste weder mit den Zeitungsartikeln etwas anzufangen noch mit den beiden Personen, die zum zweiten Mal unvermittelt vor ihm standen und aufdringlich wirken mussten. Marie sah dem Griechen forschend in die dunklen Augen. Knobel, mit Anzug und Krawatte bekleidet, blieb abwartend im Hintergrund.

»Hat uns denn ein Geist den Auftrag erteilt, hier Gläser hinzubringen?«, fragte sie und schüttelte verständnislos den Kopf. »Wir machen uns natürlich Sorgen! Gesehen haben wir Sebastian auch schon lange nicht mehr. Aber das ist nichts Besonderes! Er ist sehr verschlossen. Deshalb sind wir selbst ganz überrascht, dass er nun für seine Freunde eine Feier geben will.«

»Feier, ja, das ist komisch«, sagte der Grieche.

»Ich weiß, eine Feier hat es in dieser Wohnung noch nicht gegeben«, tastete sich Marie vor und lag mit ihrer Vermutung richtig, denn der Grieche schüttelte den Kopf.

»Ihnen liegt doch auch etwas an Sebastian! Auch wenn Sie nur sein Nachbar sind! Sonst hätten Sie gewiss nicht so schnell bei seinem Bruder angerufen! Wir müssen noch mal in die Wohnung, bitte!«

In Maries Betteln schwang glaubhafte Verzweiflung mit. Der Grieche konnte nicht ablehnen.

»Sie kommen natürlich mit!«, zerstreute sie letzte Bedenken. »Es ist für Sebastian, bitte!«

Herr Theodoridis holte aus seiner Wohnung den Schlüssel zur Nachbarwohnung, schloss Sebastians Wohnung auf und machte in allen Zimmern Licht an.

»Es ist hier so wie immer«, sagte er.

»Wie lange gießen Sie denn schon die Blumen?«, wollte Marie wissen.

»Seit vielen Monaten. Sebastian hat mich selbst darum gebeten. Er hatte eines Abends bei mir geschellt und gesagt, er würde jetzt für längere Zeit weg sein. Wie lange, wusste er nicht. Vielleicht Wochen, vielleicht länger.«

»Hat er gesagt, warum er weggeht und wohin?«

»Nein. Ich habe auch nicht gefragt. Sebastian hat unentwegt geredet. Er war richtig aufgekratzt. Ich hatte bis dahin ohnehin nur wenige Worte mit ihm gewechselt. Wir waren Nachbarn und hatten kaum Kontakt zueinander. Sebastian Pakulla kannte auch niemanden im Haus und wollte niemanden kennenlernen! Er war lediglich vor zwei Jahren bei mir auf einer Geburtstagsfeier, zu der ich auch alle Nachbarn eingeladen hatte. Seitdem duzen wir uns.«

»Waren Sie überrascht, als er damals auf Sie zuging?«

»Nicht wegen des Blumengießens. Das ist das, was man unter Nachbarn so macht. Aber Sebastians vieles Reden. Er war«, Herr Theodoridis suchte nach den passenden Worten, »er war voll Freude, das kann man sagen. Dann ist er mit mir durch die Wohnung gegangen und hat mir gezeigt, wie jede Pflanze zu gießen ist. Und natürlich sollte ich den Briefkasten leeren und mal lüften. Was man so macht, wenn jemand weg ist.«

»Wann war das Gespräch – ungefähr?«, wollte Marie wissen.

»Ich würde sagen, letztes Jahr, Ende September. Ich erinnere mich, dass der Tag der Deutschen Einheit bevorstand und wir kurz darauf zu sprechen kamen. Unser Vermieter wollte an dem Feiertag irgendwelche Reparaturen durchführen lassen und keiner wollte an diesem Tag seine Schwarzarbeiter im Haus haben. Sebastian sagte, dass es ihm egal sei, er feiere einen ganz besonderen Tag der Einheit.«

»Und Sie haben nicht nachgefragt?«, fragte Marie ungläubig.

»Sie müssen sich vorstellen: Der Nachbar, mit dem Sie sonst nie Kontakt haben, kommt herüber, holt Sie in seine Wohnung und redet und redet und redet. Hätten Sie Lust, immer nachzufragen? Dinge, die Sie nicht wirklich interessieren. Bloß, weil einer ausdauernd redet, Sie mit Worten überschüttet, interessiert Sie das Ganze nicht wirklich. Ich wollte nicht plötzlich Sebastians Freund werden.«

»Das kann ich verstehen«, trug Knobel jetzt zur Unterhaltung bei und nahm die Rolle desjenigen ein, der für Theodoridis' Passivität Partei ergriff.

Marie blieb die Neugierige. »Und seither gießen Sie Blumen, nehmen die Post aus dem Kasten und lüften gelegentlich die Wohnung. Seit rund fünf Monaten?!«

»Er hat zwischendurch mal angerufen«, erwiderte Theodoridis.

»Wann?«

»Ungefähr zwei oder drei Wochen später. Ich solle nur weiterhin jeden Montag und jeden Freitag die Blumen gießen, sagte er. Post aus dem Kasten holen usw. wäre nicht mehr nötig. Das würde ein Freund erledigen, der immer mal vorbeikomme. Weil er Geschäftspost von Galerien und so erwarte. Die Post müsse er beantworten. Und sein Freund würde die Post abholen und nachsenden. Ich sollte nicht so viel Arbeit mit ihm haben. Und keine Kosten«, sagte Theodoridis.

»Wer war der Freund?«

»Weiß nicht.«

»Haben Sie ihn jemals gesehen?«

Der Grieche schüttelte den Kopf.

»Aber er muss da gewesen sein. Reklame und so hat er aus dem Briefkasten gezogen. Gehen Sie in die Küche, da liegt der ganze Kram auf einem Regal.«

»Hat Sebastian noch einmal angerufen?«

»Ein oder zwei Mal noch. Auch noch nach Neujahr. Er hat mir ein gutes Neues Jahr gewünscht und gefragt, ob in der Wohnung alles okay sei.«

»Sonst nichts?«

»Sonst nichts«, bestätigte Theodoridis. »Ich sagte ja: Er ist mein Nachbar, nicht mein Freund.«

»Das ist ja auch sehr verständlich«, pflichtete ihm Knobel bei.

»Dann wissen Sie bestimmt auch nicht, ob er eine Freundin hatte?«

Maries Frage war ungeschickt.

»Ich denke, Sie sind seine Freunde. Sie stellen Fragen, auf die seine Freunde doch eine Antwort haben müssten.«

Theodoridis' Misstrauen war entfacht.

»Ich bin Rechtsanwalt«, erklärte Knobel und fingerte umständlich den Anwaltsausweis der Anwaltskammer Hamm aus seinem Portemonnaie, zeigte ihn flüchtig, wobei er mit dem Daumen seinen Namen verdeckte.

»Wenn wir sagen, dass wir Sebastians Freunde sind, ist das so zu verstehen, dass wir gute Bekannte sind. Ich bin ein Schulfreund Sebastians. Und Sie wissen ja, wie das mit Schulfreunden ist. Man sieht sich nicht häufig. Manchmal nur ein oder zwei Mal im Jahr. Da bekommt man nicht alles mit, was der andere macht und plant.«

»Weshalb will er feiern?«, fragte der Grieche.

»Er hat allen nur gesagt, dass es etwas Großes zu feiern gebe, wenn er wiederkomme«, spann Knobel die Geschichte fort, die sich aus der Erzählung des Griechen ergab.

»Alles ist doch ganz normal«, meinte Theodoridis. »Sebastian ist ein paar Monate weg, er hat hier alles organisiert, alles funktioniert, und bald macht er eine große Wiedersehensfeier, und nur sein Bruder vermisst ihn und macht großes Theater.«

Herr Theodoridis schnaufte überdrüssig. Ohne Zweifel wollte er auch nicht weiter mit Knobel und Marie debattieren.

»Bitte nur noch einen Blick auf seine Bilder!«, bat Marie.

Der Grieche verdrehte die Augen, doch Marie wartete keine Antwort ab und ging ins Atelier und zückte unversehens ihre Digitalkamera.

»Was soll das jetzt?«

Die Stimme des Griechen verriet aufkeimende Wut.

»Wir machen für Sebastian einen Prospekt«, erklärte sie, während sie darauf achtete, dass die Kamera das Motiv richtig erfasste, bevor sie auslöste.

»Einen Prospekt, in dem alle Bilder enthalten sind, die wir im Moment auffinden können«, erklärte sie.

»Und das sind natürlich nicht nur diese hier«, wobei sie das nächste Motiv ins Visier nahm, »sondern auch die, die es in Galerien zu kaufen gibt. Sebastian hat bald Geburtstag«, fabulierte sie, »und da werden wir eine Collage aus seinen Bildern basteln. Motive aus seinen Bildern und darin Fotos von all seinen Freunden.«

Marie fotografierte nun auch das Nonsensbild, wandte sich dem Griechen zu und lächelte.

»Sie haben uns sehr geholfen, danke!«, sagte sie.

»Wir haben Ihre Geduld überstrapaziert. Entschuldigen Sie bitte!«, fügte Knobel hinzu.

17

Am nächsten Morgen wurde Knobel erstmals Postkönig.

Dr. Hübenthal bemerkte es mit anerkennenden Worten, Löffke quittierte es mit einem abfälligen Zischen und dem dieser Gelegenheit vorbehaltenen Hinweis, dass er in den nun zurückliegenden ersten drei Monaten des Jahres im Vergleich zu allen anderen die größten Umsätze verbuchen konnte. Was so formuliert auch einen Angriff auf den Senior bedeutete, der die Stirn runzelte und Löffke mit einem Augenblitzen strafte.

»Es ist für uns alle«, bekräftigte Löffke, der wie stets sein Streben in die Dienste der Sozietät stellte.

»Jeder für alle, alle für jeden«, fügte er hinzu und merkte, mit diesem abgenutzten Vers seinen Fehltritt nicht ausbügeln zu können.

Knobel wäre über diese Begebenheit erfreut gewesen, hätte ihm nicht ein flüchtiger Blick durch die für ihn bestimmten Posteingänge verraten, dass sein Schwiegervater an *Herrn Rechtsanwalt Knobel, persönlich/vertraulich* geschrieben hatte.

Knobel eilte in sein Büro und las den in der Kanzlei seines Schwiegervaters geschriebenen Brief mit dem Betreff *Knobel ./. Knobel, Trennung und Scheidung*, sorgfältig mit Diktatzeichen und Aktennummer versehen.

Stephan!, stand in der Anrede, nicht *Lieber Stephan* oder *Sehr geehrter Stephan*, immerhin aber nicht *Herr Knobel.*

Ich zeige dir hiermit an, dass ich Lisa und ihre Tochter Malin vertrete. Auf die Vorlage einer Vollmacht, denke ich, kann ich verzichten. Wir kennen ja die Gepflogenheiten.

Du hast dich von Lisa und Malin getrennt. Wir nehmen es zur Kenntnis. Menschlich diesen Schritt zu bewerten, steht mir an dieser Stelle nicht zu. Ich konzentriere mich auf die rechtlichen Fragen, die da sind:

1. Unterhalt für Malin

a) Du wirst bitte ab sofort den Unterhalt nach der höchsten Einkommensstufe der ersten Altersklasse der Düsseldorfer Tabelle zahlen und darüber eine Unterhaltsverpflichtungsurkunde beim Jugendamt erstellen lassen. Du wirst wissen, dass dies kostenfrei erfolgen kann. Lisa bezieht das Kindergeld. Die Hälfte des Kindergeldes mag auf die Zahllast angerechnet werden, wenn du darauf bestehst. Rechtlich steht dir dieser Abzug zu. Aber ich denke, du wirst um die paar Euro nicht streiten.

b) Umgang mit Malin hast du bislang nicht eingefordert. Du hast dich ja ohnehin nie um das Kind gekümmert. Einstweilen wird es deshalb keinen Umgang geben. Malin ist ja auch noch zu klein. Was soll der kleine Wurm bei dir? Oder willst du meiner Lisa zumuten, sogenannten begleiteten Umgang auszuüben? Lisa, die du so sehr verletzt hast?

2. Unterhalt für Lisa

Lisa verdient, wie du weißt, in meiner Kanzlei sehr gut. Es ist mir nicht Pflicht, aber Ehre, meine Tochter mit einem Lohn auszustatten, der deine Einnahmen aus selbständiger Tätigkeit in der Kanzlei Dr. Hübenthal noch übertrifft. Es gibt also keine 3/7-Differenz, die du an

Lisa ausbezahlen müsstest. Dafür wirst du mir dankbar sein.

3. Das im Miteigentum der Eheleute Lisa und Stephan Knobel stehende Haus Dahmsfeldstraße

Du weißt, Stephan, dass die grundbuchliche Eintragung des hälftigen Miteigentums nicht der wirtschaftlichen Realität entspricht. Es ist mein Geld, das in dieser Immobilie steckt, jedenfalls zum ganz überwiegenden Teil. Dein Eigenanteil ist unbedeutend. Du kannst ihn zurückhaben. Soweit ich dir durch meine Zuwendungen (und die waren reichlich) Geld geschenkt habe, widerrufe ich meine Schenkung gemäß § 530 BGB. Lass uns nicht darüber streiten, ob nach der Rechtsprechung des Bundesgerichtshofs die Voraussetzungen des § 530 BGB, also der Widerruf einer Schenkung wegen groben Undanks, erfüllt sind oder nicht. Du wirst nicht ernstlich über diese Frage mit mir vor dem Dortmunder Landgericht einen Rechtsstreit führen wollen, jenem Gericht, bei dem du tagtäglich ein- und ausgehst. Denk an deinen Ruf, Stephan!

4. Hausrat

Du hast einige wenige Einrichtungsgegenstände in euer Haus eingebracht, insbesondere das dekorative IKEA-Regal. Waren es noch mehr Gegenstände? Ich vermag es im Moment nicht zu sagen.

Hol deine Möbel baldmöglichst ab, damit die freiwerdenden Plätze schnell gefüllt werden (soweit dein abgeholtes Inventar überhaupt Lücken hinterlässt). Alles Übrige hat Lisa mit in die Ehe eingebracht. Insoweit bestehen also keine Ansprüche. Das dürfte unstrittig sein. Deine Kleidung holst du bitte mit den wenigen dir zustehenden Möbelstücken nach vorheriger telefonischer Terminvereinbarung ab.

Ich gehe davon aus, dass die mit der Trennung verbundenen wirtschaftlichen Fragen unstrittig zu lösen sind, unbürokratisch und schnell also, wie man so sagt.

Nach Ablauf des Trennungsjahres werde ich für Lisa die Scheidung einreichen. Denk bitte daran, dass du ab dem kommenden Jahreswechsel dich steuerlich getrennt veranlagen musst. Dies wird bei dir natürlich zu finanziellen Einbußen führen, aber der Gesetzgeber hat diese bedauerliche Folge nun einmal so gewollt.

Ich denke, dass mit diesem Schreiben die wichtigsten Fragen für den Augenblick geklärt sind. Das Thema Zugewinn habe ich nicht eigens behandelt. Das werde ich klären, wenn Scheidungsantrag gestellt ist. Überschlägig dürftest du ausgleichspflichtig sein. Das interessiert im Moment jedoch nicht.

Gern hätte ich meinen Brief an dein neues Heim gesandt, doch leider ist mir – und auch Lisa – die genaue Adresse deiner Huckarder Unterkunft nicht bekannt.

Helmut.

Knobels Wut über diesen Brief hatte ihn puterrot anlaufen lassen und trieb ihn sofort in das Büro von Kollegin Meyer-Söhnkes. Die Kühle, die nach seinem Empfinden die blasse Frau mit dem Sommersprossengesicht ausstrahlte, wirkte in diesem Augenblick als die einzig richtige Emotion, die seine Wut zu neutralisieren vermochte.

Frau Meyer-Söhnkes brütete über dicken Akten, die zum Teil bereits zu mehreren Aktenordnern angewuchert waren, die mit Gürteln zusammengebunden waren.

»So sind Familiensachen«, erklärte Frau Meyer-Söhnkes und benannte die Akten, die im Laufe der Jahre zu mehrbändigen Vorgängen herangewuchert waren und Frau Meyer-Söhnkes auf gewisse Weise stolz machten:

Grundner gegen *Grundner*, *Dürfeld* gegen *Dürfeld*, *Patberg* gegen *Patberg* und *Zaiczek ./. Zaiczek*.

»Jeder dieser Fälle umfasst bereits mehr als fünf Aktenordner!«

Dann überflog sie den Brief seines Schwiegervaters und schien eigentümlich beglückt. »Ich sehe ja, da kommt Feindschaft auf«, und ihre Stimme hob sich triumphierend.

»So sind Familiensachen«, wiederholte sie. »Da werden wir alle Register ziehen, lieber Kollege«, und es folgte ein Schwall von rechtlichen Strategien. Die unerträgliche Stimme von Frau Meyer-Söhnkes mündete nun fast in ein Kreischen.

»Einstweilige Anordnung«, wiederholte sie immer wieder, und Knobel, innerlich dem Gespräch fern, registrierte allmählich, dass er um Malin kämpfen solle.

»Einstweilige Anordnung«, riet Frau Meyer-Söhnkes eindringlich.

»Ach nein«, schloss er, »ich möchte nur, dass Sie dieses Papier nehmen und eine Akte *Knobel, Beratung* anlegen. Wenn möglich, verstauen Sie die Akte in Ihrem Büro. Der Inhalt geht hier keinen etwas an. Aber ich möchte einfach«, und jetzt stiegen ihm doch Tränen in die Augen, »ich möchte diesen Kram nicht lesen müssen.«

»Aber Sie werden sich der Sache stellen müssen«, erwiderte Frau Meyer-Söhnkes und versicherte hastig: »Sie sind bei mir in den besten Händen.«

Für Knobel klangen diese Worte nicht verheißungsvoll, sondern fast wie eine Drohung.

»Zumindest wegen Malin«, meinte Frau Meyer-Söhnkes, und ihre Stimme wurde unerwartet sanft. Knobel erinnerte sich an ihren unerfüllten Kinderwunsch.

»Sie lieben doch Ihr Töchterchen«, fügte sie hinzu.

18

Abends war Knobel bei Marie.

»Mit Malin hat deine Kollegin schon recht«, meinte sie. »Du erzählst nie von ihr. Ich weiß nicht einmal, ob du sie vermisst.«

Ja, sicher vermisste er Malin, und hatte doch zu keinem Zeitpunkt so empfunden, wie es wohl bei anderen jungen Vätern war. Knobel erinnerte sich, in der kurzen Zeit ihrer Ehe eilig all jene Schritte vollzogen zu haben, die zu tun erstrebenswert erschienen, weil sie andere genauso machten. Ein Haus, ein Kind. Wie lohnenswert erschienen diese Ziele! Ihre Hochzeit wurde schon von diesen Zielen geprägt, ohne dass Lisa damals bereits schwanger oder ihr eigenes Haus an der Dahmsfeldstraße konkret geworden war. Aber dass ihr Weg in Kürze zu Nachwuchs und zu einer eigenen Immobilie führen würde, war unzweifelhaft und fand in den Wünschen der Hochzeitsgäste, den Tischreden, in dem einen oder anderen Hochzeitsgeschenk und in der unausgesprochenen Erwartung aller Ausdruck, mit denen sie familiär oder freundschaftlich in Kontakt standen.

Knobel hatte sich, das wurde ihm immer klarer, keine Gedanken gemacht. Er tat, was man für gewöhnlich in seiner Situation tat, und dieses Tun war allgemein anerkannt und deshalb normal. Unauffällig und in den Konturen weit nach vorne gezeichnet. Ohne Fehl und Tadel, auf Fortgang ausgerichtet, eingebettet in soziale Anerkennung, eingeschliffene Rituale, die in ein

Leben führten, das wie ein Kindermalbuch vom Autor vorgezeichnet und nun nur noch farbig ausgemalt werden musste. Knobel erinnerte sich, dass er das Ende der Schulzeit am meisten deshalb betrauert hatte, weil er sich für einen konkreten Beruf entscheiden und viele andere Fachgebiete aufgeben musste, die in der Schule sein Interesse geweckt hatten. Als er mit dem Jurastudium begonnen hatte, dachte er lange über die Berufe nach, die er auch hätte erlernen können. Und im Grunde war es dabei geblieben, dass er eine verbindliche und vielleicht irreversible Struktur scheute und danach trachtete, an einer Schwelle verharren zu können, die ihm ohne Opfer gestattete, einen anderen Weg einzuschlagen. Plötzlich fiel ihm auf, dass seine Liebe zu Marie diese Vorbehalte ausleben ließ, ohne dass er sich dessen bislang bewusst geworden war. Die Enklave in der Brunnenstraße, die er bis vor kurzem beliebig aufsuchen und verlassen konnte, wann er wollte, und insbesondere der Umstand, dass Marie als Studentin eben noch nicht in eine Lebensphase eingetreten war, in der man dauerhafte soziale Entscheidungen treffen musste. Marie konnte sich vorstellen, später als Deutschlehrerin an einem Gymnasium zu arbeiten. Aber ob es dazu kam oder nicht, war derzeit keine drängende Frage, und insbesondere war nicht zu entscheiden, in welcher sozialen Struktur Marie leben würde. Ehe, Kinder, Haus, ja oder nein, das waren Fragen ohne wesentliche Bedeutung. Und umgekehrt musste Marie an seinem in dieser Hinsicht unruhigen Geist Gefallen finden. Der Anwalt, der sozial situiert schien, aber auf Konvention keinen Wert legte, gerne zuhörte, wenn sie von *Goethe*, *Brentano* und anderen Größen erzählte, mit ihr Pizza in dem alten Ofen in ihrer Wohnung in der Brunnenstraße backte, Rotweinflaschen von der nahen Trinkhalle holte, die sie austranken, während sie sich im

Bett streichelten, erzählten oder auch mal nur Fernsehen schauten. Nicht, dass der in der Dahmsfeldstraße gereichte *Grand Cru* nicht schmeckte. Aber er musste es nicht sein. Knobel wollte sich nicht festlegen, aber nicht, weil er Beliebigkeit wollte, sondern weil in vielen Lebensfragen das *sowohl-als auch* keine Verlegenheitslösung war, sondern größtmöglichen Genuss versprach. Das konnte man negativ sehen und ihm vorwerfen, dass er sich nicht entscheiden wollte oder positiv, weil Knobel offen blieb und deshalb allem Neuen zugänglich. Hätte man ihm vorhergesagt, dass er einst zweiter Chef einer angesehenen Anwaltskanzlei sein würde, hätte er das wie vermutlich jeder andere, der sich für diesen Beruf interessierte, als erstrebenswertes Ziel angesehen. Viele andere hätten dieses Ziel fokussiert und hätten es, einmal erreicht, eisern verteidigt, ihr Leben rundherum entsprechend gestaltet, eingerichtet und gesichert. Er hingegen konnte Alternativen zulassen. Sein Leben konnte, aber es musste nicht unbedingt seinen vorgezeichneten Weg gehen. Eine Wohnung in Huckarde in der Nähe von *Anadolugrill* und Pizzeria *Tre-Palme* widersprach dem nicht, aber es passte durchaus zu seinem Wesen, dass er noch keinen Mietvertrag für diese Wohnung unterschrieben hatte. Knobel wollte sich nicht festlegen, aber er konnte keinem begreiflich machen, dass das, was nach außen – und manchmal mit Recht – als Egoismus ausgelegt wurde, nichts anderes war als Ausdruck seines Bestrebens, keiner Alternative den Weg zu versperren, die sein Leben bereichern könnte.

Den bisherigen Weg zu verlassen, konnte in der gefügten Welt seines Schwiegervaters Marie nur zur bitch geraten lassen: Eine Irrfahrt in die Unmoral, abgekommen von einem sicheren Damm, den rechts und links nur übler Sumpf umgab. Knobel hätte gern erklärt, dass er bei Marie etwas gefunden hatte, was er bei Lisa vermisste, ohne dass er ihr dies jemals zum Vorwurf machen würde: Marie war wie er ein tastender Mensch, und ihre Liebe blieb ein zitterndes und immer neues Erkunden, ein immer neues Aufeinandereinlassen. Man liebt anders und intensiver, wenn man sich des nächsten Tages nicht gewiss ist. Liebe stirbt, wenn man sich ihrer sicher ist, so glaubte er.

Warum liebte Knobel seine Tochter nicht, wie man sein Kind liebt? Knobel war das Kind zu gewaltig. Es kam aus einem gebundenen Leben. Vielleicht hatte er Angst davor, sich auf das Kind einzulassen. *Das kleine Wesen kann nichts dafür*, würde jeder sagen. Und Knobel wüsste darauf nichts zu erwidern.

Marie saß auf seinem Schoß, küsste seine Stirn und streichelte durch seine Haare.

»Ich weiß es nicht«, antwortete er auf ihre weit zurückliegende Frage. Und als ihn Marie weiter streichelte, wusste er, dass ihre Frage zunächst in einem Fach abgelegt war, und erst wieder hervorgezogen werden würde, wenn sie erneut die Frage stellen und er sie beantworten wollte. Knobel massierte sanft Maries Rücken, und er dachte dabei auch an Lisa, mit der er sich solche Momente gewünscht hätte. Dann schlief er gemeinsam mit Marie ein.

19

Bevor Knobel am anderen Morgen Maries Wohnung verließ, rief sie ihn an ihren Computer. Die Digitalfotos von den Ölbildern aus Sebastians Wohnung erschienen in leuchtenden Farben auf dem Bildschirm.

»Mallorca ist unser einziger Ansatzpunkt für Sebastians Aufenthaltsort«, meinte sie.

Marie wechselte zwischen seinen Landschafts- und Stadtbildern hin und her. »Wenn er Szenen aus der Innenstadt von Palma gemalt hat, wie der Galerist behauptet, spricht viel dafür, dass er sich in Palma oder der Umgebung aufhält«, fuhr sie fort.

Sie betrachteten eines seiner Stadtmotive. »Die Bilder sind, obwohl abstrahierend, so konkret, dass man eine bestimmte Örtlichkeit wahrscheinlich wiedererkennen würde«, vermutete sie, »und das bedeutet, dass er sich konkret mit seinem Motiv beschäftigt, es genau studiert oder vielleicht sogar vorher skizziert hat. Er hat nicht bloß eine Stimmung einfangen wollen.«

»Er könnte in Palma fotografiert und an einem anderen Ort das Motiv gemalt haben«, hielt Knobel dagegen.

»Wir müssen Sebastian Pakulla nicht unbedingt in Palma finden! Mal davon abgesehen, dass es nur den unsicheren Hinweis des Galeristen gibt.«

»Solange wir nichts anderes haben, ist Palma unser Ansatzpunkt. Erinnere dich daran, dass der Galerist sich ziemlich sicher war, die Kathedrale von Palma erkannt zu haben. Wobei ihm was auffiel?«

Knobel rollte die Augen. Marie würde tatsächlich eine gute Lehrerin abgeben.

»Was fiel auf?«, fragte er gedehnt.

»Sebastian hat die *Catedral La Seu* aus einer ungewohnten Perspektive gemalt. Meistens dient sie nämlich auf Fotos oder Gemälden dem Hafen als Hintergrundkulisse. Sie liegt quer zum Wasser. Viele Bilder zeigen deshalb vorn Schiffe und Boote und die Kathedrale erhöht im Hintergrund. Sebastian jedoch malt sie von der Stadtseite aus. Ungewöhnlich. Und weil es sich nicht um ein typisches Touristenmotiv handelt, glaube ich, dass Sebastian keine Postkarte oder ähnliches nachgemalt hat, sondern vor Ort war und selbst skizziert hat. Und ich glaube auch nicht, dass es das Nachmalen eines Fotos ist.«

»Warum?«

»Sebastian abstrahiert. Ich vermute einfach, dass man seinen Gedanken keinen freien Lauf lassen und abstrahieren kann, wenn man eine konkrete Bildvorlage hat. Zumindest kann ich mir das nur schwer vorstellen. Andererseits finden sich auf dem Bild etliche Details, die in Wirklichkeit so vorhanden sein könnten.«

Knobel erschienen Maries Gedanken zu spekulativ.

»Also?«, fragte er ungläubig.

»Ich denke, er hat sich das Motiv in der Realität intensiv, vielleicht auch mehrfach, angesehen und dann aus dem Gedächtnis heraus gemalt. Nur so erklärt sich der Detailreichtum auf der einen und die Abstraktion auf der anderen Seite.«

Sie schaute ihn belustigt an. »Du fragst ja nicht …«

»Du wirst es erklären, meine Lehrerin.«

»Ich glaube, dass Sebastian sich in Palma oder in nächster Umgebung aufhält, weil er immer wieder zu seinen Motiven muss. Er lebt nicht von Fotos oder vom flüchtigen Sehen. Er wird immer wieder die Orte aufsuchen müssen, die er malt. Deshalb hat er sein Quartier in Palma oder Umgebung.«

»Und die Landschaftsbilder?«, fragte Knobel.

»Sie helfen uns nicht wirklich weiter«, befand Marie. »Hügel, Felder, Pinien, Zypressen, das kann wirklich überall im Süden sein! Wenn du die Landschaftsbilder miteinander vergleichst, die in Sebastians Wohnung stehen«, und sie holte die Bilder der Reihe nach auf den Bildschirm, »dann fällt doch auf, dass sie aus denselben Elementen bestehen, aber jeweils anders zusammengesetzt sind.«

Knobel blickte verständnislos auf den Bildschirm.

»Vergleiche diese beiden«, sagte Marie und sie wechselte zwischen den letzten Bildern hin und her. Und indem schnell das eine das andere Bild und umgekehrt ablöste, fiel es Knobel auf: Die beiden Zypressen hüpften vom rechten auf den linken Hügel und zurück, die Ebene im Vordergrund wechselte zwischen gelb und rot, das sich durch das Bild schlängelnde Wasser wechselte zwischen stiller, den Himmel spiegelnder und gekräuselter Oberfläche.

»Das heißt: Dieses Motiv gibt es nicht wirklich«, folgerte er. »Oder es gibt eines, und Sebastian variiert es. Aber es spricht viel dafür, dass er nur mit Elementen spielt, die man mit dem Süden verbindet. Es ist nicht von ungefähr, dass man seine Stadtbilder mit Palma de Mallorca, aber seine Landschaftsbilder nur mit dem Süden im Allgemeinen assoziiert. Die Landschaftsbilder sind beliebig, die Stadtbilder konkret.«

»Dann bleibt noch das sogenannte *Nonsensbild*«, erklärte sie und rief es im Computer auf.

Knobel fand nun erstmals Gelegenheit, das Bild eingehender zu betrachten. Marie sah ihn erwartungsvoll an, dann meinte er:

»Nach einem Nonsensbild sieht es eigentlich nicht aus.«

»Genau«, rief Marie begeistert aus.

»Warum?!«

»Weil Sebastian auf dem Bild eine Menge teurer Ölfarbe verstrichen hat und ich mir nicht vorstellen kann, dass er dies einfach so tut.«

»Das erscheint mir noch nachvollziehbar«, entgegnete sie. Sie wechselte zu den Stadtbildern zurück. »Alle Bilder haben viele Gelbanteile, sodass beim Malen viel gelbe Farbe übrig bleiben dürfte. Zumal der gelbe Untergrund nicht die überschüssige Farbe nur eines einzigen anderen Bildes sein muss. – Was aber sicher auffällt: Die schwarzen Linien sind nicht mit Restfarbe gestrichen worden. Denn es handelt sich um reines, tiefes Schwarz, welches sich in den uns bekannten anderen Bildern Sebastians nur ganz selten findet. Soweit Sebastian dunkle Töne in seinen anderen Bildern verarbeitet hat, handelt es sich um Mischtöne. Reines Schwarz findet sich nur ganz selten. Und er hat es auch nie in größeren Mengen gebraucht. Das Schwarz ist so intensiv, dass es schnell in jeder Mischung dominiert. Also hat Sebastian für seine Bilder die schwarze Farbe in nur ganz geringen Mengen gebraucht. Niemals wäre so viel schwarze Farbe übrig geblieben, dass sie für das Gitternetz auf diesem Bild gereicht hätte. Er hat also die Farbe nur und von Anfang an für dieses Bild gebraucht. Und schließlich: Das rote Herz ist so sorgfältig und geradezu plastisch gemalt! Alles in allem: Ich glaube nicht, dass es sich um ein *Nonsensbild* handelt! Sebastian hat sich dabei etwas gedacht und nicht nur überschüssige Farbe verstrichen. Er wollte genau dieses Motiv malen.«

»Warum ist es eine Liebe hinter Gittern?«, fragte Knobel.

»Genau genommen ist das Herz nicht *hinter*, sondern *vor* dem Gitter«, erwiderte Marie. »Jedenfalls aus Sicht des Betrachters.«

»Also doch nicht *Das gefangene Herz*?«

»Wir müssen nach Mallorca!«, meinte Marie, und Knobel spürte ihre Lust, unter dem Vorwand der aufklärungsbedürftigen Fragen mit ihm die ersten gemeinsamen Tage außerhalb Dortmunds zu verbringen.

20

Knobel saß morgens kaum wieder in seinem Büro, als Gregor Pakulla unangemeldet in der Kanzlei erschien. Frau Klabundes Lesebrille war bis auf die Nasenspitze heruntergezogen, als sie in Knobels Büro zur Seite trat und mit knappen Worten Herrn Pakulla hineinbat.

»Der Herr Pakulla hat es ganz dringend gemacht«, bemerkte sie spitz, sah Knobel über ihre Brillengläser an und ließ unausgesprochen wissen: *Er ließ sich nicht abwimmeln, nicht einmal vertrösten.*

»Aber meine liebe Frau Klabunde«, gab Knobel freundlich zurück, »es macht ja nichts! Seien Sie doch so lieb und bringen Kaffee und etwas Gebäck!«

Diese Worte erzürnten sie sichtlich. Sie hatte auf ihren verschwörerischen Einleitungssatz eine Antwort erwartet, die sie versteckt bestätigte, etwa ein gedehntes *Ja, wenn es denn sein muss.*

»Wenn Sie da sind, sind Sie da!«, eröffnete Knobel stattdessen lächelnd, bat höflich seinen Mandanten, Platz zu nehmen, und Gregor Pakulla glitt auf einen der Besucherstühle vor seinem Schreibtisch.

»Ich habe Sebastian jetzt bei der Polizei als vermisst gemeldet«, eröffnete sein Mandant, »verzeihen Sie, aber ich konnte nicht mehr länger warten.«

Knobel lehnte sich in seinen Sessel zurück. Frau Klabunde erschien in diesem Augenblick in seinem Büro, servierte mit heimlicher Wut Kaffee und Gebäck und demonstrierte ihren Unmut, indem sie die gefüllten Kaffeetassen so hart abstellte, dass das Getränk geringfügig überschwappte.

»Das ist lieb!«, antwortete Knobel, und er zwinkerte Frau Klabunde vertraulich zu, was diese nicht bemerkte und sich deshalb noch mehr erzürnte. Die Zimmertür schlug deutlich hörbar zu, und Knobel bat seinen Gast, doch erst einmal einen Schluck Kaffee zu trinken.

»Sie haben Sebastian also als vermisst gemeldet«, wiederholte er. »Wo?«

»Beim Polizeipräsidium Dortmund«, antwortete sein Mandant. »Es tut sich ja nichts in dem Fall. Irgendetwas musste passieren!«

»Sie sind also aus Limburg angereist, um Ihren Bruder als vermisst zu melden?«

»Gleichermaßen schlimm wie wichtig genug!«, antwortete Pakulla.

»Ich war gestern bei Herrn Theodoridis«, erwiderte Knobel. »Und der sagte etwas, was mir im Gedächtnis geblieben ist: Theodoridis meint nämlich, dass alles normal läuft. Er sagte, dass sich Ihr Bruder für Monate verabschiedet und seinen Haushalt geordnet hinterlassen hat und ihn während seiner Abwesenheit bewirtschaften lässt. Es gibt nur einen, der diese geplante und organisierte Ruhe gehörig aufmischt, und das sind Sie, Herr Pakulla! Und nun melden Sie Ihren Bruder sogar als vermisst, nachdem Sie erst vor ein paar Tagen die Presse für eine Suchaktion instrumentalisiert haben!«

Gregor Pakulla blickte ihn verwirrt an, und Knobel wiederholte die wichtigsten Aussagen, die er aus dem neuerlichen Gespräch mit dem Nachbar Theodoridis gewonnen hatte.

»All das weiß ich ja gar nicht!«, erboste sich Pakulla, überlegte kurz und fuhr laut fort:

»Aber das macht die Geschichte um so rätselhafter! Ein Freund, der Sebastians Post abholt. Wer soll das denn sein?«

»Ich weiß es nicht, Herr Pakulla.«

»Und was ist mit der vermeintlichen Party, die mein Bruder geben soll?«

»Das war eine Sackgasse in unseren Ermittlungen«, beschwichtigte Knobel. »Vergessen Sie das einfach!«

»Wir haben nur Spuren, die ins Nichts führen«, resümierte sein Mandant. »Da ist meine Vermisstenanzeige nur folgerichtig. Was ist, wenn Sebastian nie gefunden wird?«

»Daran müssen wir nach dem Stand der Dinge nicht denken.«

»Wenn er nie gefunden wird, muss er für tot erklärt werden, das ist doch richtig? Man nennt das ›Todeserklärung‹, nicht?«

Knobel erinnerte sich an das erste Gespräch mit Gregor Pakulla, als dieser den Rechtsbegriff der *Kommorienten* richtig benutzte. Jetzt war es der Begriff der ›Todeserklärung‹, dessen richtige Anwendung durch einen Laien verwunderte.

»Es gäbe für diesen Fall ein Verfahren nach dem Verschollenheitsgesetz«, erklärte Knobel.

»Ja, so etwas ist es doch!«, rief Pakulla erregt. »Ist er denn nicht verschollen?«

Knobel stand auf und trat an die Bücherregalwand seines Büros, in der er die für ihn wichtige Kommentarliteratur, Gesetzessammlungen, aber auch viele Fachbücher, die er selten oder nie benutzt hatte, publikumswirksam nach Farben geordnet zusammengestellt hatte.

»Sie werden sich denken können, dass solche Fälle nicht alltäglich sind«, erklärte Knobel und zog eine der dicken roten Gesetzessammlungen hervor, suchte nach der Ordnungsnummer des Verschollenheitsgesetzes und musste die zusammenpappenden Blätter dieses noch nie von ihm eingesehenen Gesetzes durch behutsames Pusten voneinander trennen.

»Verschollenheitsgesetz vom 4. Juli 1939«, las er vor.

»Ja, ja, es geht natürlich auf ein Nazigesetz vor dem Krieg zurück, aber es gilt noch heute«, erläuterte Gregor Pakulla ungeduldig, und Knobel stutzte ein weiteres Mal ob der Kenntnisse seines Mandanten.

»Das begreift doch jeder Laie!«, half Pakulla über das Staunen Knobels hinweg. »An solchen Gesetzeswerken sieht man, dass die Nazis den Krieg vorbereitet haben. Man wusste doch, dass es viele Opfer geben würde, die man niemals findet. Deshalb dieses Gesetz, oder irre ich mich, Herr Knobel? Um die Zusammenhänge zu begreifen, muss man weder Jurist noch Historiker sein!«

»Hier ist die Definition«, sagte Knobel. »Direkt am Anfang, § 1, Absatz 1:

Verschollen ist, wessen Aufenthalt während längerer Zeit unbekannt ist, ohne dass Nachrichten darüber vorliegen, ob er in dieser Zeit noch gelebt hat oder gestorben ist, sofern nach den Umständen hierdurch ernstliche Zweifel an seinem Fortleben begründet werden.«

»Ja, so ist es doch«, rief Pakulla erregt. »Natürlich ist Sebastian verschollen. Seit wann hören wir nichts mehr von ihm, Herr Knobel? Spätestens seit seinem letzten Anruf bei diesem Herrn Theodoridis, von dem Sie mir berichteten. Oder haben Sie andere Erkenntnisse?«

»Nein«, bekannte Knobel.

»Alles andere sind Zeichen, die nicht wirklich etwas über Sebastian aussagen: Dieser Freund, der die Post abholen soll. Oder die Freunde, die Gläser für eine Party anliefern. Alles Mumpitz! Von Sebastian keine Spur«, stellte er fest.

»Die Vermisstenanzeige ist das einzig Richtige«, bekräftigte Pakulla. »Sie werden sehen, es läuft auf ein ›Todeserklärungsverfahren‹ hinaus.«

»Da gibt es sehr lange Fristen«, erklärte Knobel, und er überflog den Gesetzestext und zitierte § 3 Absatz 1: *Die ›Todeserklärung‹ ist zulässig, wenn seit dem Ende des Jahres, in dem der Verschollene nach den vorhandenen Nachrichten noch gelebt hat, 10 Jahre oder, wenn der Verschollene zur Zeit der ›Todeserklärung‹ das 80. Lebensjahr vollendet hätte, 5 Jahre verstrichen sind.* – Also mindestens 10 Jahre, Herr Pakulla!«

»Wir werden also noch lange miteinander zu tun haben.«

Gregor Pakulla stand auf und sah auf die Uhr.

»Mein Zug fährt in 20 Minuten. Es gibt nur wenige ICE-Züge am Tag, die von Dortmund aus fahren und in Limburg halten. Montabaur und Limburg werden von den meisten Zügen ohne Halt bis Frankfurt-Flughafen durchfahren. Also, nichts für ungut, danke für die Zeit, die Sie mir geschenkt haben, vielmehr die Zeit, die ich bereits teuer bevorschusst habe.«

Der Mandant lächelte verschmitzt. »Ich denke, Herr Knobel, wir sollten uns auf dieses ›Todeserklärungsverfahren‹ einstellen, wenn die Vermisstenanzeige keine neuen Erkenntnisse bringt. Auf die Zeitungsanzeigen hat sich niemand mehr gemeldet.«

Pakulla stand auf, reichte Knobel die Hand und eilte hinaus.

21

»Er gibt uns die Richtung vor«, stellte Marie fest, als Knobel ihr von seinem Gespräch mit Gregor Pakulla berichtet hatte. Sie saßen in ihrem Wohnzimmer, auf dem verschlissenen Teppichboden lagen Bücher und Ordner. Knobels Blicke irrten durch die ungewohnte Unordnung.

»Vorbereitungen für eine Seminararbeit«, erklärte sie. »Thema: *Das Prinzip der Spiegelung in Goethes Faust.*«

»Aha. Und Frau Klingbeil wird Mitautorin?«

Marie lächelte. »Ich weiß nicht, ob sie zu dem Thema etwas sagen könnte. Aber es macht Spaß, mit ihr zu reden. Sie wirkt doch gleich Jahre jünger, wenn man mit ihr über solche Dinge spricht.«

»Eine soziale Aufgabe also?«

»Ein Blick aus anderer Perspektive. Mich interessiert ihr Lebensrückblick. Es geht nicht so sehr um *Goethe*. Der ist vielleicht ein Gesprächsbindeglied. Aber in ihr spiegelt sich ein ganzes Leben. Und es gibt, glaube ich, nur wenige alte Menschen, die diesen Einblick zulassen, ohne dass sich der Altersunterschied dazwischenstellt. Verstehst du, was ich meine? Ich fühle mich ihr ähnlich, ohne dass ich das im Einzelnen begründen könnte. Sie kann auf das Leben aus einer anderen Perspektive schauen, ohne dass die gelegentlichen Gespräche zu mehr verpflichten.«

Knobel konnte ihre Worte nicht recht nachvollziehen, und sie sah es ihm an.

»Sagen wir es so: Wenn ich Frau Klingbeil besuche, besuche ich keine alte Frau in einem Wohnstift, und wenn ich gehe, tue ich es nicht in dem Gefühl, einen Besuch absolviert zu haben. Frau Klingbeil schaut auf ihr Leben zurück und ich auf ein hoffentlich langes Leben nach vorne. Aber wir treffen uns trotzdem auf einer Ebene. Und das finde ich spannend.«

Knobel staunte darüber, welchen Eindruck Frau Klingbeil bei Marie hinterlassen hatte. Er hatte sich dem Gespräch mit der alten Frau im Wohnstift entzogen, weil er bei dem Thema *Goethe* nicht mitreden konnte. Knobel entzog sich stets, wenn er fürchtete, nicht mithalten zu können. Er blieb auf Distanz, wenn er nichts beizutragen wusste. Marie lehrte ihn, Nähe aus Lust zu suchen und dadurch wissender zu werden.

»Dein Mandant hat uns eine neue Perspektive vorgegeben«, fuhr sie fort und knüpfte an den Beginn ihres Gesprächs an.

»Wieso? Wir suchen noch immer Sebastian Pakulla.«

»Richtig. Aber bislang suchten wir den *lebenden* Sebastian Pakulla. Unser Auftrag ist nunmehr die Suche nach dem *toten* Sebastian Pakulla. Das ist zumindest der Auftrag deines Mandanten. Und wenn du an alle Gespräche mit Gregor Pakulla zurückdenkst, ging es unausgesprochen stets um diesen Punkt. Aber wir sind ganz selbstverständlich davon ausgegangen, Sebastian lebend zu finden, weil er ja für die Erbauseinandersetzung gebraucht wird. Dein Mandant hingegen hat sich für die Ergebnisse der Spuren des lebenden Sebastian Pakulla nie wirklich interessiert! Erinnere dich nur: Du hattest ihm mitgeteilt, Sebastians Adresse herausgefunden zu haben, und Gregor Pakulla hat nicht einmal nachgefragt! Er ist doch gebürtiger Dortmunder! Er hätte mit der Adresse Adlerstraße etwas anzufangen gewusst! Je mehr ich darüber nachdenke, desto mehr meine ich, dass aus diesen unterschiedlichen Perspektiven auch das von dir so beschriebene Missverhältnis in dem Mandat begründet ist, das du selbst nicht genau greifen kannst: Aus unserer bisherigen Sicht (wir suchen den lebenden Sebastian) wirken die Beauftragung eurer Kanzlei unnötig und der enorme Honorarvorschuss unangemessen. Ebenso erscheinen uns die Zeitungsartikel nicht nachvollziehbar, weil wir immer Hinweise darauf gefunden haben, dass Sebastian noch lebt. Derzeit nicht hier in Dortmund, aber irgendwo und stets mit der Perspektive, dass er zurückkehren wird. Wir haben Sebastians Abwesenheit aus dem Blickwinkel eines Herrn Theodoridis beleuchtet. Dein Mandant hat sich hingegen von Anfang an auf andere Fallkonstellationen eingerichtet und dir praktisch erst jetzt den Auftrag inhaltlich benannt: Ein ›Todeserklärungsverfahren‹! Jetzt macht die Beauftragung eurer Kanzlei Sinn, ebenso der Zeitungsartikel, der erhebliche Honorarvorschuss, um eure Kanzlei bei Laune zu halten, nämlich bei der Arbeit an einem Fall, den Gregor Pakulla zu Beginn selbst nicht als Fall für einen Anwalt bezeichnet hat.«

»Aber er bräuchte für ein ›Todeserklärungsverfahren‹ doch gar keinen Anwalt«, entgegnete Knobel. »Er ist doch nach dem Tod von Esther van Beek schon ein paar Mal beim Nachlassgericht gewesen. Jeder Rechtspfleger hätte ihm das erklären können! Außerdem hat er offensichtlich Rechtskenntnisse! Denk nur an die von ihm benutzten Begriffe der *Kommorienten* und *Todeserklärungsverfahren*! Gregor Pakulla braucht diesen Aufwand nicht, wenn es ihm wirklich um ein Verfahren nach dem Verschollenheitsgesetz geht.«

»Doch«, erwiderte Marie. »Er braucht diesen Aufwand, um das Verschollensein seines Bruders, wenn man so will, mit Leben zu füllen.«

Knobel lächelte über ihr Wortspiel.

»Wenn ich dieses Verschollenheitsgesetz richtig verstehe, kann jemand nur für tot erklärt werden, wenn er verschollen ist. Und das setzt voraus, dass man alle Anstrengungen unternommen hat, ihn zu finden. Man kann sozusagen nur dann jemanden rechtlich als tot betrachten, wenn man ihn unter den Lebenden vergeblich gesucht hat. Und das ist unser Auftrag, Stephan! Nur, dass wir Sebastian Pakulla bislang wirklich unter den Lebenden gesucht haben und dein Mandant unsere Tätigkeit von Anfang an in den übergeordneten Zusammenhang, ›Todeserklärungsverfahren‹, eingebettet hat. In diesem Zusammenhang spielt die Beauftragung der Kanzlei ebenso eine Rolle wie die Zeitungsartikel und jetzt die Vermisstenanzeige.«

»Aber das würde ja bedeuten …«, hob Knobel an.

»… dass dein Mandant weiß, dass sein Bruder tot ist oder fest davon ausgeht, dass es so ist«, vollendete sie.

»Denn sonst hätte er die Sache ja anders eingefädelt. Wenn er uns nicht glauben machen wollte, dass Sebastian noch lebt, hätte er sich offen von vornherein um ein ›Todeserklärungsverfahren‹ bemühen können und müssen.«

Knobel stand auf und ging an Maries Computer, klickte sich ins Internet, rief eine Suchmaschine auf und gab den Begriff *Verschollenheitsgesetz* ein. Kurze Zeit später lag ihnen der Gesetzestext vor.

»Ich dachte es mir doch!«, murmelte er.

»Was?«

»Hier! § 1 Absatz 1. Das ist die Textstelle, die ich Gregor Pakulla vorgelesen habe. Dann folgt § 1 Absatz 2: *Verschollen ist nicht, wessen Tod nach den Umständen nicht zweifelhaft ist*. Das würde bedeuten: Wenn Gregor Pakulla wirklich weiß, dass sein Bruder tot ist, wäre das ›Todeserklärungsverfahren‹ gar nicht zulässig!«

»Wenn das alles so ist, wie wir vermuten«, griff Marie seinen Gedankengang auf, »dann will er auf ein ›Todeserklärungsverfahren‹ hinaus, obwohl der Bruder nicht verschollen ist. Wenn er weiß, dass er tot ist, macht das nur Sinn, wenn er ihn selbst umgebracht hat.«

»Wir gleiten in wilde Spekulationen ab, Marie! Ich habe von Anfang an gesagt, dass ich Gregor Pakulla nicht sonderlich mag. Er ist habgierig und will deshalb unbedingt an Esthers Erbe. Aber das ist in der Konsequenz nicht verboten. Denk nur daran, wie lange es nach dem Gesetz dauert, bis jemand für tot erklärt wird. Pakulla müsste mindestens 10 Jahre warten, bis er die Erbauseinandersetzung weiter betreiben kann. Wenn Gregor Pakulla weiß, dass sein Bruder tot ist, wäre ein ›Todeserklärungsverfahren‹ von allem anderen abgesehen vor dem Hintergrund seiner Gier nach Esthers Erbe ja geradezu kontraproduktiv!«

»Eben!«, erwiderte sie. »Das Ganze macht nur Sinn, wenn er über das ›Todeserklärungsverfahren‹ aus einer Geschichte herauswill, in die er selbst verstrickt ist.«

»Es macht keinen Sinn!«, widersprach Knobel. »Wenn Sebastian tatsächlich tot sein sollte, wäre er länger tot als Esther van Beek. Sebastian ist, wie es aussieht, länger verschwunden als der Tod seiner Tante im *Wohnstift Augustinum* zurückliegt. Also hätte Gregor seinen Bruder Sebastian alleine beerbt und wäre nach Esthers Tod sogar deren Alleinerbe. Etwas Besseres kann Gregor doch gar nicht passieren! Nichts hätte unser raffgieriger Gregor Pakulla lieber als den kompletten Nachlass seiner Tante!«

»Eben!«, sagte Marie wieder.

»Aber er konnte mit Esthers Tod doch nicht kalkulieren«, hielt Knobel dagegen. »Esthers baldiger Tod war in den letzten Wochen oder Monaten ihres Lebens, insbesondere nach dem Schlaganfall, absehbar, aber vorher war sie doch in einem ordentlichen Zustand. Sie war blind, ja. Aber nichts deutete auf einen baldigen Tod hin. Sie hätte auch 100 Jahre alt werden können. Und sie ist ganz eindeutig eines natürlichen Todes gestorben.«

»Es könnte natürlich Sinn machen, wenn Gregor Pakulla ohnehin noch mit einer längeren Lebenszeit von Esther gerechnet hat. Dann wäre ein rasches Verschwinden von Sebastian aus Sicht seines Bruders geboten, um das lange ›Todeserklärungsverfahren‹ schon mal einzuleiten, um dann nach Esthers späterem Tod zügiger voranschreiten zu können«, argumentierte Marie.

»Aber dazu passt überhaupt nicht, dass Sebastian zu einem Zeitpunkt Esther im *Wohnstift Augustinum* aufgesucht hat, oder zumindest bei Frau Klingbeil war, als es Esther gesundheitlich bereits sehr schlecht ging und man zu diesem Zeitpunkt tatsächlich mit deren baldigem Tod rechnen konnte. Jetzt noch Sebastian umzubringen und sich den langen Fristen des ›Todeserklärungsverfahrens‹ auszusetzen, hätte aus Gregor Pakullas Sicht überhaupt keinen Sinn gemacht.«

Marie nickte. Das passte wirklich nicht zueinander!

»Wir verrennen uns in eine Geschichte«, meinte Knobel, »und ich sehe ja auch die Ungereimtheiten im Verhalten von Gregor Pakulla. Aber ich muss nach wie vor sagen: Alle seine Verhaltensweisen können auch schlüssig mit der Sichtweise begründet werden, mit der er selbst sein Verhalten erklärt. Nichtsdestoweniger: Ich werde ihm natürlich gründlicher auf den Zahn fühlen!«

»Vielleicht stellst du deine Fragen noch zurück«, bat Marie.

»Zuerst schaust du mal hierher«, und sie setzte sich selbst an den Computer, löschte das auf dem Bildschirm noch sichtbare Verschollenheitsgesetz, tippte eine andere Internetadresse ein, und es erschien ein Bild mit breiten nach hinten aufsteigenden Steinstufen, links und rechts Bruchsteinhäuser mit teils verschlossenen grünen Fensterläden, auf den Treppenstufen Blumenkübel aus Ton, darin Geranien oder an den Hauswänden hochrankende Grünpflanzen.

»Was ist das?«

»*Fornalutx*«, antwortete Marie, »und das liegt oberhalb von *Sóller*.«

Das Bild wechselte, es erschien eine Bucht mit tiefblauem Wasser, am Ufer im Hintergrund ein Städtchen, dahinter zunächst sanft aufsteigend grüne Hänge, die dann in schroffe Felsmassive übergingen.

»*Port de Sóller*«, erklärte sie. »Oder wir schauen uns mal hier um ...«

Erneuter Tastendruck, anderes Bild. Rechts türkis und kobaltblau das Meer, links terrassenförmig den Berg erklimmend streifenförmige braune Gärten oder Felder, deren Abtreppungen ellipsenhaft dem natürlichen Geländeverlauf folgten.

»*Banyalbufar*. Ein arabischer Name, der für *Der kleine Weinberg am Meer* steht. Und damit du weißt, worum es geht, letzte Ratechance bei diesem Bild ...«

Dann sah er die Kathedrale von Palma in abendlicher Stimmung, vor ihr viele hohe Palmen, darin versprenkelt gelb-grüne Punkte unzähliger Lampen, hinter der Kathedrale ein violett schimmernder Himmel.

»Mallorca«, stellte er fest.

»Und jenseits der Gebrüder Pakulla, dachte ich, sollten wir uns ein paar Tage auf dieser wunderschönen Insel gönnen. Gerade jetzt, zu Ostern ...«

»Das ist in zwei Wochen.«

»Ja. Und wahrscheinlich werden viele über die Ostertage dorthin fliegen und die Billigflüge ab Dortmund gar nicht mehr so billig sein. Aber es wäre unser erster kleiner

Urlaub, wenn auch nur für ein paar Tage, vielleicht von Gründonnerstag bis zum Dienstag danach.«

Knobel hatte über die Gestaltung der Ostertage noch gar nicht nachgedacht. Wie immer, flogen Feiertage, die für Kurztrips ideal waren, auf ihn zu, ohne dass er für diese Tage etwas Besonderes plante. Die Aussicht, an Weihnachten oder Ostern die Kanzlei für ein paar Tage in der Gewissheit schließen zu können, dass in dieser Zeit kein Geschäftsbetrieb stattfinden konnte, deshalb keine Post und keine Telefonate eingingen, die man nach Rückkehr abarbeiten musste, reichten ihm bisher aus. Marie, sollte sie denn eines Tages Lehrerin sein, wusste noch nicht zu würdigen, was mehrere Wochen Ferien am Stück bedeuten, die in der Gewissheit genossen werden durften, dass in dieser Zeit keine Fristen ablaufen, keine Mandate abwandern, keine Posteingänge sich stapeln können und kein ungeduldiger Mandant vertröstet werden musste. Ostern nach Mallorca? Alternative: Irgendetwas hier machen, im Hinterkopf die Trennung von Lisa, die Wohnung in Huckarde, die, wenn er sie behalten wollte, irgendeiner Einrichtung bedurfte. Oder ein Besuch bei seinen Eltern in Telgte im Münsterland, die er nur selten sah, aber nicht unbedingt dann sehen musste, wenn das katholische Münsterland im Osterfest schwelgte und allerorts die fetten Osterbraten in den Mündern schmatzten, die zu dieser Zeit mit Löffkes Essgewohnheiten im Wettstreit zu stehen schienen.

Ostern auf Mallorca? Ja! Sie suchten im Internet nach passenden Flügen von Dortmund nach Palma und zurück. Erwartungsgemäß waren die Platzkapazitäten um diese Zeit fast erschöpft und die Flüge alles andere als günstig. Aber das war jetzt zweitrangig. Sie fanden auch noch eine einfache Pension in der Innenstadt von Palma, die Marie von einem Urlaub mit einer Freundin vor zwei Jahren kannte. Und als alles per Internet gebucht und bestätigt, sogar für Karfreitagmorgen ein Auto gemietet war, schenkte er ihr diese Reise, und sie nahm das Geschenk mit leuchtenden Augen an. Knobel hatte für einen Augenblick befürchtet, sie würde das Geschenk zurückweisen, so wie Lisa jedes seiner Geschenke mit einem gleichwertigen Geschenk vergolten hatte, weil sie sich zwar einander beschenkten, aber unausgesprochen galt, dass sie einander nichts schenkten.

»Und in Bezug auf Herrn Pakulla«, meinte Marie, »wird er selbst uns den Weg weisen. Drei Bitten habe ich: Erstens: Nimm dir Gregor Pakulla nicht zur Brust! Stelle ihm keine Fragen, die sich mit den Punkten beschäftigen, die wir gerade erörtert haben! Zweitens: Fordere von deinem Mandanten weitere 10.000 Euro an! Und Drittens: Setz dich mit dem Galeristen in Verbindung und bitte ihn, Gregor Pakulla anzurufen und ihm das mitzuteilen, was er dir selbst erzählt hat, als du ihn neulich in seiner Galerie aufgesucht hast!«

Knobel versprach es. »Aber unsere Mallorcareise wird nicht mit der Suche nach Sebastian Pakulla gefüllt …!?«

Marie versprach es.

Knobel fuhr abends noch in die Varziner Straße zurück. Er aß im *Anadolugrill* einen Döner, besorgte sich an der Trinkhalle schräg gegenüber einen Weißwein, antwortete auf die unerwartete Frage *Lieblich oder trocken?* mit einem Schulterzucken, erstand sogar einen Block kariertes Papier und zog sich in seine Wohnung zurück, schaltete den leuchtenden Wasserfall ein und griff nach dem Kugelschreiber in seiner Anzuginnentasche.

Nachdem Knobel die Zellophanschutzhülle von dem Papier entfernt, den Döner verspeist und einen kräftigen Schluck aus der Weinflasche getan hatte, schrieb er:

Lieber Schwiegervater!, und kaum, dass er diese Worte geschrieben hatte, ersetzte er sie durch *Lieber Helmut*!, strich dann das Wort *Lieber*, sodass eine dem Brief des Schwiegervaters ebenbürtige Anrede, das nüchterne *Helmut* dastand, was ihm nach einem weiteren Schluck Weißwein als zu einsam erschien. Er setzte ein Fragezeichen dahinter, doch *Helmut?* war ja keine Anrede, und das Fragezeichen würde seinen Antwortbrief eher beschließen als einleiten. Des Schwiegervaters Brief lag abgeheftet in der von Frau Meyer-Söhnkes neu angelegten Akte, aber Knobel hatte sich nach nur einmaligem Lesen dieses Briefes dessen Inhalt genauestens eingeprägt. Er hätte einzelne Passagen wortgetreu wiederholen können. Mehr noch als der Inhalt verletzte die Wortwahl, die Herabwürdigung, die durchgängige Beleidigung. *Helmut, du Großmeister des Grand Cru*, fiel ihm als Anrede ein, dann *Helmut, du ›Schnittenstreicher‹*, ersetzte das Wort dann durch *›Tittenstreicher‹*.

Der Alkohol machte die Beleidigung einfach und schneidend, aber Knobel wurde, als er den Riesling ausgetrunken hatte, ernst und nüchtern.

Lieber Helmut, schrieb er.

Du magst schreiben, was du willst und dich rechtlich ausdrücken, wie du es kannst und ich es immer an dir beneidet habe, aber du hast nicht verstanden, worum es wirklich geht. Wenn ich mir etwas vorwerfe, dann ist es Folgendes: dass ich nicht hinter die Dinge geschaut habe, wie ich es hätte tun können, wenn ich reif genug dazu gewesen wäre. Und dass ich in meiner Naivität in dir ein Vorbild gesehen habe, dem ich beruflich nachgeeifert habe. Ich erinnere mich an deine steten Monologe über die Vorzüge des Anwaltsberufs, die nimmermüden Vorträge über deine brillanten Strategien, denen kein Gegner gewachsen ist. Ich habe dir gelauscht, lieber Helmut, so wie dir Lisa noch immer lauscht und glaubt. Ich bin aufgewacht, Helmut!

Trinke den Grand Cru, wenn er dir schmeckt, aber nicht, weil es Grand Cru als Wein sein muss. Ich weiß jetzt, dass deine Strategien auch nur mit Wasser gekocht werden. Heute ist mir klar, dass man sich als großer Stratege fühlen darf, wenn man einen Fall raffiniert zu Ende geführt hat. Aber ich weiß auch, dass es genau umgekehrt gehen kann, wenn man einen Fall verliert, weil man die nahe liegende Lösung nicht gesehen hat. Das sind die Schatten, lieber Helmut, und sie verfolgen dich genauso wie jeden anderen Anwalt auch. Aber du bist nur im Licht, Helmut. Und leider nicht nur als Anwalt. Du bist menschlich unfehlbar. Ein Papst aus der Dahmsfeldstraße. Kein Papstgewand, aber immer korrekt und steif. Anzug und Krawatte, die du auch in deiner Freizeit trägst. Aber ich will darüber nicht urteilen. Du sollst an Kleidung tragen, was du magst. Aber diese Dinge stehen für etwas, und du willst es auch so verstanden wissen. An unserem letzten Abend trugst du Anzughose und Krawatte und dennoch warst du plötzlich nackt. Soll ich die Begriffe wiederholen, die dir mühelos über die Lippen gingen?

Heute, lieber Helmut, weiß ich: Es sind deine Begriffe. Sie prägen deine Welt. Sag Lisa diese Begriffe, Helmut! Weihe sie in deine niedrigen Strategien ein! Öffne dabei den kostbarsten Rotwein, lass ihn atmen, bis er sich entfaltet hat, schwenke ihn und dann schenke ein, lieber Helmut! Aber nicht den Wein, sondern deine Wahrheit! Sei versichert, lieber Helmut: Ich habe Lisa nie wirklich geliebt! Das weiß ich heute. Aber ich achte sie. Und ich werde mich auf dieser Ebene mit ihr treffen. Eines Tages. Glaube es mir!

Die rechtlichen Dinge in Beantwortung deines Schreibens zum Schluss: Ich bin mit allem einverstanden! Bis auf den Umgang mit Malin. Ich werde Vater sein. Ich werde es lernen. Ein Wort, das du vielleicht nicht kennst, weil du immer schon alles wusstest.

Es grüßt dich Stephan.

Knobel nahm den Brief morgens mit ins Büro und bat Frau Klabunde, einen Briefumschlag mit der Adresse seines Schwiegervaters zu fertigen, dem Brief ein kurzes Anschreiben auf Kanzleibriefbogen beizufügen, das sie in Knobels Auftrag selbst unterschreiben solle. Frau Klabunde stutzte über diese komplizierte Vorgehensweise, insbesondere war ihr nicht klar, warum sie als Knobels Sekretärin ein Anschreiben an seinen Schwiegervater mit *im Auftrag* unterschreiben solle. Aber noch mehr erregte sie das Aussehen des gefalteten Schriftstücks, das ihr Knobel in die Hand drückte.

»Der Brief ist ja auf kariertem Papier geschrieben«, sagte sie mit Unverständnis und Erstaunen, sah genauer hin und setzte vorwurfsvoll hinzu:

»Und überall sind Fettflecken drauf!«

Knobel hielt seinen Brief gegen das Licht.

»Stimmt«, nickte er, »der Döner hat Spuren hinterlassen. Tüten Sie ihn trotzdem so ein!«

Frau Klabunde fügte sich wie immer mit missmutigem Ausatmen, wenn sie etwas tun sollte, was ihr widerstrebte. Knobel lächelte sie aufmunternd an und verschwand in seinem Büro.

Hoffentlich liest sie ihn, dachte er und war sofort beruhigt: Natürlich würde Frau Klabunde diesen Brief lesen!

Lisas Vater antwortete nicht auf Knobels Brief, aber drei Tage später, gerade zu der Zeit, als Knobel einen Gerichtstermin vor dem Dortmunder Landgericht wahrnahm, hielt ein Laster der *Spedition Kumm* vor dem Kanzleigebäude in der Prinz-Friedrich-Karl-Straße. Der Fahrer des Lastwagens betrat unsicher das Kanzleigebäude, und als er sich bei der Empfangsdame nach Herrn Stephan Knobel erkundigt hatte, für den er Sachen anzuliefern habe, wollte es der Zufall, dass gerade Hubert Löffke vorbeikam, der sich des Fahrers annahm.

Natürlich war sein Vorbeikommen kein Zufall. Denn Hubert Löffke hatte bereits Knobels Brief an seinen Schwiegervater gelesen, nachdem er, seiner bereits seit einiger Zeit praktizierten Gewohnheit folgend, auch an jenem Abend des Tages, als Knobel Frau Klabunde seinen Brief an seinen Schwiegervater übergeben hatte, sich von seinem Büro aus in Frau Klabundes Computer eingeklickt, um alle Schreiben zu lesen, die sie für ihren Chef geschrieben hatte. Mehr als alle Klageschriften, Schriftsätze, Antwortschreiben und sonstigen Schriftverkehr interessierte Knobel das Anschreiben von Frau Klabunde an Knobels Schwiegervater, in welchem es nach der Anrede hieß: *Anliegend übersende ich Ihnen im Auftrag von Herrn Rechtsanwalt Knobel einen persönlichen Brief mit der Bitte um Kenntnisnahme und zur weiteren Veranlassung. Mit freundlichen Grüßen, im Auftrag, Klabunde.*

Als Löffke das gelesen hatte, war er in das im Erdgeschoss neben den Mandantentoiletten gelegene Zimmer gelaufen, in dem zwei Auszubildende die aus allen Sekretariaten angelieferten Schriftstücke sammelten, sie in die passenden Umschläge steckten und dann in die Frankiermaschine schoben, die die Briefsendungen mit lauten Schlägen stempelte und sie in einen bereitstehenden Plastikkorb auswarf, um von dort zum nächstgelegenen Briefkasten gebracht zu werden. Löffke hatte sich nach

Betreten dieses Raumes aufgeregt gezeigt, gemurmelt, dass er eines seiner Schreiben an einen Mandanten noch dringend ergänzen müsse und sodann die noch nicht eingetüteten, danach die bereits in Umschläge gesteckten und schließlich auch die bereits freigestempelten Briefsendungen durchwühlt, unter denen er endlich den an Knobels Schwiegervater adressierten Brief gefunden hatte und damit in sein Büro zurückeilte.

Löffke hatte den Brief gelesen, die Fettflecken auf dem Brief ebenso wie den Umstand, ein lediglich von der Sekretärin unterzeichnetes Anschreiben beizufügen, zutreffend als Zeichen Knobels Geringschätzung gegenüber seinem Schwiegervater interpretiert und dann Frau Klabundes knappes Anschreiben unter der Unterschrift noch um eine Zeile ergänzt:

Herr Knobel erwartet, dass seine persönlichen Sachen vollständig und unbeschädigt am kommenden Donnerstag vor dem Kanzleigebäude in der Prinz-Friedrich-Karl-Straße zwischen 11 und 13 Uhr angeliefert werden. Herr Knobel wünscht keinen weiteren Kontakt.

Der gewählte Zeitpunkt bot sich an, weil Knobel ausweislich der Terminplanung am Donnerstagvormittag ab 11 Uhr einen umfangreichen Beweisaufnahmetermin vor dem Dortmunder Landgericht wahrnehmen musste, dessen voraussichtliche Dauer ausweislich der gerichtlichen Ladung mindestens zwei Stunden in Anspruch nehmen würde. Dann druckte Löffke das Anschreiben an Knobels Schwiegervater aus, löschte es sodann im Computer, und zwar nicht nur seine Ergänzung, sondern auch die von Frau Klabunde stammende Ursprungsversion. Das Schreiben faltete er und packte es dann in einen neuen Fensterumschlag, den er im Büro seiner Sekretärin fand, ging zum Frankierraum zurück und legte es zu den Briefsendungen, die noch gestempelt werden mussten. Die Unterschrift von Frau Klabunde zeichnete er nicht nach. Ihm schien, als sei es noch verächtlicher, wenn der Brief überhaupt keine Signatur enthielt.

An jenem Donnerstagmorgen hatte Löffke nach der Postbesprechung immer wieder nervös hinter seinem Bürofenster gestanden und auf die Prinz-Friedrich-Karl-Straße geschaut, bis er mit dem Erscheinen des Möbelwagens gleichermaßen befriedigend und herzklopfend feststellen konnte, dass sein Plan aufgegangen war.

»Herr Knobel ist gerade nicht da«, erklärte er dem Möbelwagenfahrer, »vielleicht kann ich Ihnen helfen?«

»Ich soll die Sachen hier abliefern«, antwortete der grauhaarige Mann im blauen Overall, der sich offenbar selbst über seinen Auftrag wunderte. »Es sind Wohnsachen«, sagte er.

»Ja, ja«, erwiderte Löffke, »lassen Sie mal sehen!«

Sie verließen das Kanzleigebäude, passierten den kurzen Weg zur Prinz-Friedrich-Karl-Straße und verließen das Grundstück durch das schmiedeeiserne Tor. Der Möbelwagenfahrer öffnete die Hintertüren des Lastwagens, und drinnen erschienen einige Möbelstücke und fahrbare Kleiderständer mit Hemden, Anzügen, Hosen und so weiter.

»Soll das wirklich in die Kanzlei?«, fragte der Fahrer.

Löffke eilte in das Gebäude zurück, rannte in Dr. Hübenthals Büro und gab sich hilflos.

»Kollege Knobels Hausrat steht vor der Tür!«

Nun trat auch der Senior vor das Haus, und vor der Kanzlei trafen sie noch auf Frau Meyer-Söhnkes, die gerade von einem Scheidungstermin zurückkehrte.

»Es ist ja nicht viel«, befand Löffke, wobei er in das Innere des Möbelwagens kletterte, sich keuchend aufrichtete, in seine Anzugtasche griff und sich eine Zigarette anzündete.

»Wir müssen irgendwas tun!«, meinte er. »Kollege Knobel ist ja bis zum frühen Nachmittag bei Gericht.«

»So lange kann ich nicht warten! Ich muss noch weiter zu einem Umzug nach Hörde«, erklärte der Fahrer.

»Und Knobels neue Adresse?«, fragte der Senior.

»Ändert nichts an unserem Problem.« Löffke tat einen tiefen Zug. »Erstens kennen wir die Adresse nicht, zweitens haben wir keinen Schlüssel, drittens können wir sowieso nicht ohne Knobel irgendetwas tun.«

»Was wird jetzt?« Der Möbelwagenfahrer blickte ungeduldig auf seine Armbanduhr.

»Notfalls in das Konferenzzimmer«, schlug Löffke vor. »Wir müssen helfen! Die Sachen können unmöglich zurück. Kollege Knobel braucht doch insbesondere seine Kleidung!«

»Nur für heute. Spätestens morgen muss alles wieder raus!«, entschied Dr. Hübenthal und kehrte energischen Schrittes wieder ins Haus zurück.

Löffke kletterte aus dem LKW und winkte die Helfer des Spediteurs herbei.

»Mir nach!«, rief er, bemerkte aus den Augenwinkeln die neugierigen Blicke der anderen Anwälte und Sekretärinnen im Haus. Und Löffke marschierte den kurzen Weg zur Eingangstür, setzte die schwere Eichentür fest, schritt am Empfang vorbei durch den marmorgefliesten Flur zum Konferenzzimmer, blickte in die rechts und links des Weges gelegenen Sekretariate und erklärte immer wieder:

»Es ist nichts! Kollege Knobels persönliche Sachen finden hier bis morgen eine Bleibe.

Nichts Außergewöhnliches! Arbeiten Sie ruhig weiter!«

Dann wandte er sich zu den Möbelpackern um.

»Die Möbelstücke in das Konferenzzimmer, Unterwäsche und andere Kleidung in Herrn Knobels Büro, Zimmer 102!«, wies er an, positionierte sich im Flur, beäugte, was an ihm vorbeigetragen wurde und bestimmte, was wohin gehöre. Am Ende präsentierte der Möbelwagenfahrer die Rechnung.

»Wir treten natürlich in Vorlage«, erklärte Löffke, legte die Rechnung dem Bürovorsteher vor und bat ihn, eine entsprechende Überweisung zu tätigen. Dann durchmaß Löffke ein letztes Mal den Flur im Erdgeschoss und klatschte dabei laut in die Hände.

»Und jetzt ist wieder Ruhe hier!«, rief er aus. »Alles ist normal! Nichts ist passiert!«

Als Knobel um halb drei wieder in der Kanzlei erschien, fing ihn Frau Klabunde ab und zog ihn in ihr Sekretariat. Auf ihrem Schreibtisch lag die Rechnung des Spediteurs. Knobel registrierte sie nicht als solche, sondern las nur den auf ihr gedruckten leuchtend roten Werbespruch *Mit uns ziehen Sie einfach um – Spedition Heinrich Kumm*.

»Ich habe Ihre Wäsche hinter Ihrem Schreibtisch sorgfältig auf dem Boden aufgeschichtet. Dann sieht man sie nicht sofort. Sie haben ja nachher noch Mandanten.«

Und sie lächelte zaghaft.

»Sie haben was?«

»Die Unterwäsche ist auf dem Fußboden, hinter Ihrem Schreibtisch. Die Hemden habe ich einstweilen in die Bibliothek gelegt, soweit sie gefaltet sind. Sie liegen übereinander geschichtet in dem freien Regal. Rechts neben dem Bundesgesetzblatt. Die Hemden, die auf Bügeln hängen, befinden sich wie die Anzüge im Schrank, in dem sonst Ihre Robe hängt. Und weil da nicht viel reinpasst, sind die Hemden und Anzüge teilweise im Fotokopierraum. Sie wissen schon: Neben dem Kopierer steht noch der alte Kleiderständer, den wir früher im Wartezimmer hatten. Die Schuhe stehen auch dort. Neben den 500-Blatt-Paketen mit neuem Papier. Im Kopierraum ist es ja schön trocken. Und die Socken, ja, die Socken liegen im dem Körbchen, in dem zu Weihnachten sonst das Weihnachtsgebäck liegt, das auf Ihrem Besprechungstisch steht. Aber es sind ja saubere Socken«, fügte sie hinzu. Frau Klabunde nahm ihre Brille ab, rieb sich die Augen, und ihr fülliger Busen hob und senkte sich unter dem einsetzenden Schluchzen.

»Ach, Herr Knobel, es tut mir ja so leid!«, und Tränen kullerten über ihre Wange. »Ich hab immer gesagt: Mein Herr Knobel und seine Lisa, das passt. Und jetzt ist alles vorbei! So etwas ist immer ein bisschen wie Sterben!«

Knobel blickte sie verwirrt an, las stumm *Spedition Heinrich Kumm*, öffnete endlich die Tür zu seinem Büro und fragte:

»Was ist das?«

Frau Klabunde trat hinter ihn, sah die mannshohe Birkenfeige und schluchzte:

»Ihr Bäumchen! – Sie hatten es bereits in Ihrem Studentenwohnheim in Bochum, wissen Sie noch?«

Jetzt erst begriff Knobel, was vor sich gegangen war und als er sich gesammelt, aus Frau Klabundes Schilderungen eine vage Vorstellung davon bekommen hatte, was in den letzten Stunden hier vor sich gegangen war, versuchte er telefonisch seinen Schwiegervater in dessen Kanzlei am *Alten Markt* zu erreichen. Dessen Sekretärin gab mit weichen Worten die ihr gegebene Weisung wieder:

»Er ist nicht für Sie zu sprechen, Herr Knobel!«

Und seiner zu erwartenden Frage zuvorkommend, fügte sie hinzu:

»Und Ihre Frau auch nicht. Beide sind sehr beschäftigt. Es tut mir sehr leid!«

Dann besichtigte Knobel die Orte, an denen sein Hab und Gut verstreut im Kanzleigebäude untergekommen war und trat verunsichert in die Büros der Sozien.

Zuerst ging er zu Dr. Hübenthal.

»Ich darf doch erwarten, dass die Sachen morgen wieder weg sind«, sagte der Senior. »Es macht keinen guten Eindruck! – Wissen Sie, es nimmt Ihnen Autorität! Sie können sich doch denken, dass Sie in allen Büros zum Thema geworden sind!«

»Ich habe die Sachen nicht herbestellt«, versicherte Knobel.

»Ich glaube Ihnen, lieber Knobel! Aber es ist nun mal passiert! Es tut mir so leid, wirklich!«

Dann besuchte er den Neusozius Dr. Cornelius Dippelstedt.

»Ich habe gar nichts bemerkt«, wisperte der Kollege und wechselte mit seinen Blicken zwischen Knobel und einer Akte hin und her, die auf seinem Schreibtisch lag und ihn in seinen Bann gezogen zu haben schien. »Wirklich, wenn Sie einmal in die Tiefen des GmbH-Rechts absteigen, sind Sie voll und ganz versunken! Ich weiß also gar nicht, was vor sich geht. Es tut mir leid!«

Und mit diesen Worten beugte sich Dr. Dippelstedt mit rotem Kopf über einen dicken Kommentar zum GmbH-Recht, sah noch einmal kurz auf und lächelte unbeholfen.

Knobel ging zu Frau Meyer-Söhnkes.

»Wir sollten rechtlich Akzente setzen!«, sagte sie. »Sie müssen sich das nicht gefallen lassen! Das ist ja eine einzige Beleidigung!«

Sie nahm von einem auf ihrem Schreibtisch liegenden Aktenstapel drei oder vier Akten weg und türmte sie auf einen anderen Stapel.

»Ich hatte gleich gesagt, dass wir mit einstweiligen Anordnungen agieren sollten. Agieren ist besser als reagieren«, wusste sie.

»Wirklich, es tut mir so leid!«

Schließlich ging Knobel zu Löffke.

»Harte Nummer!«, befand Löffke und stieß Rauch aus. »Man weiß nie, wie die Menschen strukturiert sind – und zu welchen Reaktionen sie neigen. Harte Nummer!«, wiederholte er.

»Aber solche Dinge geraten in Vergessenheit. Heute redet hier jeder über Sie, vielleicht morgen noch, aber dann«, er saugte an seiner Zigarette, »irgendwann denkt da keiner mehr dran! Für heute ist es natürlich eine peinliche Situation. Einfach eine harte Nummer. Tut mir leid, ehrlich!«

22

Als Knobel um 6.30 Uhr morgens am Gründonnerstag Marie in der Brunnenstraße abholte, hatte er das Tage zuvor in der Kanzlei hinterstellte Mobiliar beim Spediteur Kumm einlagern lassen und seine Kleidung auf Maries Wohnung in der Brunnenstraße und seine eigene in der Varziner Straße verteilt, wobei ihm auffiel, dass er seine Anzüge, Hemden, Pullover, Hosen und auch die Schuhe in Maries Wohnung sorgfältig einordnete und in der Varziner Straße ungeordnet in einer Ecke stapelte. Sein halbherziger Einzug fiel auch seinem Vermieter auf und auf dessen Frage *Mit Frau wieder versöhnt?* zuckte er mit den Schultern und erklärte entschuldigend, dass er noch nicht wisse, ob er die Wohnung behalte.

Seine Versuche, Lisa oder den Schwiegervater zu erreichen, waren weiterhin erfolglos geblieben, und als er sich bereits damit abgefunden hatte, war es Frau Klabundes Idee gewesen, während seiner Abwesenheit selbst den Versuch zu unternehmen, beide zu erreichen.

»Es tut mir in der Seele weh, was Ihnen passiert, Herr Knobel!«, seufzte sie dabei weinerlich und blendete jeden Gedankengang aus, der sie zu der Überzeugung geführt hätte, dass es ihm nicht schlecht ging und dass der Umstand, dass etwas passierte, ihm im Gegenteil gerade gut tat.

»Und denken Sie an Ihre Tochter«, hatte Frau Klabunde ihm gestern zum Abschied gesagt, und diese Worte klangen in der Tat prophezeiend und beschwörend und würden ihn immer wieder beschäftigen. Darüber würde er auf Mallorca nachdenken und danach Entscheidungen treffen.

Marie warf einen großen Rucksack auf den Rücksitz und schwang sich dann in sein Auto. Ihre schwarzen Haare waren noch nass und dufteten nach Shampoo. Knobel lächelte. Selbst seine Freizeitkleidung und ein kleiner Rollkoffer, der hinten im Kofferraum lag, hatten etwas Förmliches. Maries Outfit war, wie er fand, durch und durch studentisch: Jeanshose, T-Shirt, Turnschuhe, keine Strümpfe.

Knobel fuhr von der Brunnenstraße zum Borsigplatz, folgte von dort der Hannöverschen Straße Richtung Osten, bog in Wambel auf die B 236 Richtung Schwerte ab und nach dem Tunnel auf die B 1 Richtung Unna bis zur Abfahrt Flughafen. Knobel steuerte den Wagen in eines der Parkhäuser für Langzeitparker, zog ein Ticket und setzte den Wagen vorsichtig in eine Parklücke, an die links eine Mauer anschloss.

»Da kann schon mal keiner seine Tür reinhauen«, bemerkte er und ignorierte Maries Augenrollen. Die spießige Wertschätzung seines Kanzleidienstwagens war während ihres rund eineinhalbjährigen Zusammenseins unverändert geblieben und von Marie, die sich für Autos nicht im Ansatz interessierte, auch nie kommentiert worden bis auf die wenigen Gesten, mit der sie ihr Unverständnis für sein Gehabe andeutete.

Das Gefühl von Ferne stellte sich bei Knobel bereits auf dem Weg vom Parkplatz zum Abfertigungsgebäude ein, wie es sich an dieser Stelle bei ihm immer einstellte, selbst wenn er für die Kanzlei nur kurze Geschäftsflüge nach München, Stuttgart oder Berlin von Dortmund aus antrat. Auf den wenigen 100 Metern vom Parkhaus zum Abfertigungsgebäude konnte man links über die Balustrade auf das Rollfeld mit seinen vielen Lichtern und weiter über die Startbahn hinaus über die Vororte Asseln und Wickede hinweg bis zum Greveler Wasserturm sehen. Was die besondere Atmosphäre jedoch ausmachte, war der durch die Luft wabernde Kerosingeruch und die lauten Geräusche der Düsentriebwerke der sich in Bewegung setzenden Maschinen. Geräusche und Gerüche waren nicht wirklich schön, aber für Knobel machten sie Ferne aus und ließen ihn bereits Dortmund hinter sich lassen, als sie die Abfertigungshalle betraten.

Als sie eingecheckt hatten und bei einem Kaffee zum Stückpreis von drei Euro auf das sogenannte Boarding warteten, fragte Marie, ob Knobel den *Galeristen Möller* gebeten habe, mit Gregor Pakulla Kontakt aufzunehmen und ob er seinen Mandanten zur Zahlung eines weiteren Honorarvorschusses aufgefordert habe. Knobel bejahte beide Fragen und Marie setzte nach:

»Und? Hat sich Pakulla bei dir gemeldet und dir von dem Anruf des Galeristen berichtet?«

Knobel verneinte.

»War Gregor Pakulla über die weitere Vorschussanforderung verärgert?«

Knobel verneinte abermals.

Marie grinste vielsagend und kostete ihr Vergnügen erst aus, als das Flugzeug abgehoben hatte, sie rechts unter sich noch die platanengesäumte B 1, den Westfalenpark mit Florianturm und den eiförmigen Wallring erkennen konnten, bevor das Flugzeug eine Wolkendecke durchbrach, Städte und Landschaften darunter versinken ließ und grenzenlose Weite über den Wolkentürmen die Fluggäste in ihren Bann zog.

»Ich war gestern noch bei Frau Klingbeil«, begann sie und Knobel spürte ihr Verlangen, eine ungeheuerliche Entdeckung preiszugeben, deren Enthüllung ihr auf den Nägeln brannte.

»Du erinnerst dich, was Frau Klingbeil über Sebastian Pakulla gesagt hat«, fragte sie.

Knobel mochte diese Art der Befragung nicht. Er drängte auf Ergebnisse. »Nein, sag schon!«

»Nein! Versuch dich daran zu erinnern. Ich bin auch erst durch längeres Nachdenken darauf gekommen.«

Knobel seufzte und versuchte, sich der Details des Gesprächs mit Frau Klingbeil im *Wohnstift Augustinum* zu erinnern.

»Sie mochte ihn nicht«, sagte er.

»Ja, ja, aber was sagte sie?«

Knobel grübelte, aber es fielen ihm nicht die Worte ein, die Frau Klingbeil benutzt hatte.

»Sie nannte Sebastian Pakulla ein *Menschlein*«, klärte Marie auf. »Was eigenartig ist«, fuhr sie fort, »denn alles, was wir von Sebastian wissen, passt nicht zu dem miesen Typ, als den ihn Frau Klingbeil beschrieben hat. Denk nur daran, wie der Galerist Sebastian beschrieben hat: Ein warmherziger Mensch, in seinem Charakter und in seinem Verhalten so ganz anders als das Schwein, das Frau Klingbeil erlebt hat.«

»Ein Menschlein«, wiederholte Knobel.

»Wie ich gerade sagte: Es passt nicht! Unser Fehler war, dass wir das *Menschlein* nur in dem Sinne verstanden haben, wie du es gerade wieder tust. Aber *Menschlein* kann auch ganz anders verstanden werden: als Beschreibung für einen Menschen mit einer kleinen Statur. Und das kann nicht Sebastian Pakulla sein. Nun, was sagst du?«

»Du wirst Frau Klingbeil darauf angesprochen haben«, vermutete Knobel.

»Ja. Und tatsächlich: Der Sebastian Pakulla, den sie gesehen hat, war klein! Ein kleiner Mensch wie unser Gregor Pakulla!«

»Du kommst von deiner Theorie nicht los, dass mein Mandant nicht seinen Bruder sucht. Aber wenn es so ist, wie du sagst: Dann müsste ja auch früher immer ein anderer als der wirkliche Sebastian Pakulla im *Wohnstift Augustinum* erschienen sein. Der Besuch bei Frau Klingbeil war doch kein einmaliges Ereignis?!«

»Doch!«, hielt Marie dagegen. »Das war es. Wir haben nur nicht die Zusammenhänge durchschaut! Erinnere dich: Sebastian erschien erst zu einem Zeitpunkt im *Augustinum*, als er seine Tante mit glaubhafter Erklärung nicht mehr besuchen konnte. Der springende Punkt ist, dass er Tante Esther zu diesem Zeitpunkt nicht, wie er behauptete, gar nicht besuchen *konnte*, sondern dass er sie zu diesem Zeitpunkt nicht mehr besuchen *wollte*. Es war eine ungünstige Situation, dass infolge des Schlaganfalls von Esther van Beek Sebastian Pakulla vom Pflegepersonal nun selbst in das *Augustinum* gebeten wurde. Und damit es nicht zu der unliebsamen Konfrontation kam, Esther war zwar blind, aber das Pflegepersonal kannte den wirklichen Sebastian von seinen früheren Besuchen her, wurde der Besuch so gelegt, dass kein Kontakt mit dem Pflegepersonal zu befürchten war. Der große Unbekannte, von dem ich behaupte, dass es dein Mandant Gregor Pakulla ist, suchte Esther van Beek gar nicht erst auf, sondern ging gleich zielgerichtet zu Frau Klingbeil. Erinnere dich, dass sich Frau Klingbeil selbst darüber wunderte, dass der vermeintliche Sebastian noch Blumen geholt hatte, gleichwohl er nach seinen eigenen Angaben gar nicht mehr laufen konnte. Natürlich konnte der Besucher noch laufen. Er hatte seine Behinderung auch nur vorgetäuscht, um eine Erklärung dafür zu haben, warum er zu keinem früheren Zeitpunkt im *Augustinum* erscheinen konnte.«

»Aber sie kennt doch Sebastian«, warf Knobel ein.

»Das war unsere Annahme, aber sie war falsch! Frau Klingbeil hat das jetzige Zimmer erst kurz vor Esthers Schlaganfall bezogen. Sie wohnte bis dahin eine Etage tiefer. Mit Esther hat sie sich schon vor rund einem Jahr angefreundet, und wie Frau Klingbeil eben ist, wurde die Freundschaft schnell intensiver. Deshalb redet sie von Esther auch so, als würden sie sich schon viele Jahre lang kennen. Aber sie hatte Sebastians Besuche bei Esther van Beek nie miterlebt. Da wohnte sie noch eine Etage tiefer. Sie kannte ihn nur aus Esthers Schilderungen, und deshalb war sie umso enttäuschter, als sie den vermeintlichen Sebastian, das *Menschlein* im doppelten Sinne, erstmals kennenlernte.«

Knobel blickte gedankenverloren nach vorn in die Flugzeugkabine. Die Stewards begannen, Essen und Getränke zu verteilen.

»Du wirst Frau Klingbeil natürlich die Zeitungsartikel mit Sebastians Foto gezeigt haben«, meinte er.

»Ja, das habe ich! Und sie war sich nicht sicher. Der Besucher in ihrem Zimmer hätte der Sebastian von dem Foto sein können – oder auch nicht.«

»Er war es«, vermutete Knobel.

»Erinnere dich, dass dein Mandant selber sagte, dass beide Brüder ein einfach zu gestaltendes Aussehen haben. Abgesehen von der unterschiedlichen Statur haben sie beide kurzgeschorene Haare. Allein das macht sehr ähnlich. Erinnere dich, dass Gregor Pakulla dich selbst auf diesen Umstand gebracht hat.«

»Ja, das stimmt. Und dies macht umso wahrscheinlicher, dass Gregor Pakulla die Wahrheit sagt. Er ist durchtrieben, geldgierig, widerwärtig in mancher Hinsicht.

Und gerade deswegen legt er keine Spuren, die auf ihn selbst hindeuten.«

»Das tut er ständig!«, widersprach Marie. »Er weiß immer ein bisschen mehr als du, er leitet dich rechtlich durch den Fall, weil er immer schon über bestimmte Verfahrensweisen Bescheid weiß. Es gefällt ihm, fachkundige Ratschläge zu geben. Er ist so eitel! Mich jedenfalls hat er jetzt vollständig überzeugt: Er will an das Geld von Esther van Beek, aber er sucht niemals seinen Bruder!«

Das Essen wurde serviert: Kühlschrankkalte Sandwichs mit Käse und trockenem Schinken, eingeschweißt in dreieckförmige Klarsichtplastikschalen, dazu 0,1 Liter Orangensaft.

»Du hast natürlich Beweise?«

»Habe ich«, stellte Marie zufrieden fest. »Dein Mandant war so freundlich, sie auf dein Bitten hin selbst zu liefern. Erstens: Er hat den weiteren Vorschuss gezahlt.«

»Ich wäre froh, wenn jeder Mandant so zahlen würde! Und ich würde mich hüten, ihn deshalb einen Verbrecher zu nennen. Ganz im Gegenteil!«

»Wir hatten das Thema schon einmal«, stimmte Marie zu, »vielleicht ist es nicht der schlagende Beweis. Wenn du willst: nicht zwingend ein Punkt für mich. Aber ich habe ja noch ein *Zweitens*«, trumpfte sie auf. »Er hat dich nicht von dem Anruf des Galeristen informiert.«

»Das heißt?«

»Er hat dir Informationen vorenthalten, die weiterführen könnten. Du wirst zugeben, dass der Galerist viel über Sebastians Persönlichkeit zu erzählen wusste.«

»Gregor Pakulla hat sich nie für seinen Bruder interessiert«, hielt Knobel dagegen. »Du kannst ihm nicht vorwerfen, dass er mir nicht davon berichtet hat, dass nach Aussage des Galeristen Sebastian ein äußerst sensibler Mensch ist.«

»Und die Affinität zu Mallorca? Dein Mandant ist im Gegenteil darauf aus, von Mallorca *abzulenken*. Er verweist dich immer wieder auf die Toskana.«

»Gregor Pakulla hat Mallorca auch nicht ausgeschlossen. Erinnere dich, Marie: Er hat mir einmal vorgeworfen, dass ich nur tröpfchenweise Informationen preisgebe.«

»Aber du wirst mir zustimmen, dass Gregor Pakulla mit seinen Zeitungsartikeln zwei Fliegen mit einer Klappe geschlagen hat: Er demonstriert nach außen größtes Interesse daran, dass sein Bruder gefunden wird. Und in Wirklichkeit selektiert er alle eingehenden Informationen. Nicht umsonst gibt er seine Telefonnummer an und lenkt von eurer Kanzlei ab, die bislang erfolglos war. Er gibt nur das weiter, was gerade nicht zu seinem Bruder führt. Und da er die Information über Mallorca, die er von dem Galeristen erhalten hat, nicht weitergegeben hat, heißt das, dass wir uns genau auf dem richtigen Weg befinden. Auf Mallorca liegt die Lösung, mein Herz!«, schloss sie.

23

Über die Worte *mein Herz* dachte er während des Flugs noch einige Male nach. Stephan und Marie waren im Umgang und damit auch im Reden miteinander vertrauter geworden. Manchmal verstanden sie sich ohne Worte, oft reichten nur angedeutete Gesten. Seit der Trennung von Lisa hatten sie ihre Nische verlassen. Sie traten in den Alltag. Dennoch beschlich Knobel die Furcht, dass der Alltag eines Tages den Zauber nehmen könnte, der sich gerade daraus speiste, dass sie ihre Beziehung aus dem Verborgenen ins Licht gezerrt und der Reiz ihrer zumeist dienstäglichen Begegnungen verfliegen könnte. Knobel fühlte sich in einem seltsamen Spannungsfeld, das einerseits davon bestimmt war, dass sie immer enger beieinander waren, aus ihrer Beziehung mehr wurde und andererseits die Alltäglichkeit das Besondere zwischen ihnen vertrieb. Knobel erinnerte sich an seine frühere Zeit mit Lisa, als er von ihr verzaubert war und sich zu ihr um so mehr hingezogen fühlte, als seine Verliebtheit wieder verflogen war und er in der Nüchternheit des einkehrenden Alltags eine Liebe suchte, die sich zwischen ihnen nie entfaltet hatte. Er erinnerte sich, dass die Zeit von Worten bestimmt war, die die fehlende Liebe hörbar machten, dem erkaltenden Herz eine süße Melodie entgegensetzen sollten. Diese Zeit war geprägt von Worten wie *Liebes*, *mein Herz*, *mein Gold* und anderes mehr. Damals erschien ihm diese Entwicklung normal. Die große verbrennende Liebe wirkte wie ein Konstrukt von Schriftstellern und Filmregisseuren, die er weder bei sich noch bei den Menschen erkennen konnte, die ihn umgaben. Das Nüchterne schien normal, die Kühle verlässlicher und beständiger als eine verzehrende Liebe. Knobel registrierte Lisas damalige Worte mit Zufriedenheit. Die Zufriedenheit verhieß ein Ziel, an dem er sich angekommen fühlte. Jetzt wusste er, dass er und Lisa nicht zusammen angekommen waren. Sie hatten sich auf dem Weg verloren, und jeder war an einem anderen Ort angelangt. Jeder hatte längst andere Lebensadressen, bevor man sich räumlich trennte. Knobel konnte den Zeitpunkt, als er nicht mehr zu Lisa fand, recht gut fixieren. Aber diesem Befund war ein Voneinanderirren vorausgegangen, und er vermutete dieses Abhandenkommen in einem Brei betriebsamer Alltäglichkeit, in dem Worte wie *Liebes*, *mein Herz* und *mein Gold* intuitiv häufiger benutzt werden, um die Risse zuzukleistern, derer man sich noch nicht bewusst geworden ist. Deshalb streichelten ihn Maries Worte nicht, sondern sie ängstigten ihn.

Sie landeten gegen halb elf auf Mallorca. Regen. Knobel folgte Marie im Flughafengebäude über Laufbänder und endlos scheinende Flure bis zur Gepäckausgabe, wartete mit ihr geduldig, bis sie endlich ein Taxi ergattern und in die Innenstadt von Palma fahren konnten. Marie kannte die Stadt von früheren Besuchen her, und als sie Knobel von der großen Altstadt vorschwärmte, hatte sich Knobel innerlich ein Bild davon gemacht, dabei die warmen Farben von Sebastian Pakullas Stadtbildern eingewoben und in seiner Vorstellung Formen, Farben und Stimmungen so präzise ausgefeilt, dass die Wirklichkeit, zumal im Regen, seiner Fantasie nicht standhalten konnte. Als sie an der *Placa del Rei Joan Carlos I.* ausstiegen, trottete

Knobel Marie hinterher, enttäuscht wie ein Kind, das die wenigen Tage Urlaub, ihren ersten Urlaub überhaupt, unter bleiernen Regenwolken erstickt sah, in einer Stadt, die ihm als Zentrum südlicher Lebensfreude angepriesen worden war, bei dieser Witterung jedoch leer und trist wirkte. Die Rollen seines Koffers klackerten über die Pflasterfugen. Er hetzte Marie hinterher, folgte ihr über die Straße *Can Brondo*, ein kurzes Stück über die *Sant Nicolau* und dann in die *Can Puigdorfila*, bis Marie vor einem hohen schmalen Haus in der engen Straße stehen blieb. Das Schild der unscheinbaren Pension war so klein, dass man es gewöhnlich übersehen dürfte. Marie betätigte den Türknauf, der dumpf auf das Eisen an der schweren Holztür schlug, und kurze Zeit später wurden sie von einer alten Mallorquinerin empfangen, die Marie lang umarmte und sie mit einem Feuerwerk überschwänglicher Begrüßungsworte bedachte, auf die Marie mit zwei oder drei spanischen Worten antworten konnte, die Knobel ebenfalls unverständlich waren, aber mehrfach von Marie wiederholt wurden, ohne dass sie der Freude der alten Frau Einhalt gebieten konnten. Knobel sah in einen dunklen Flur, von dem eine steile Treppe nach oben führte und rechts in ein ebenfalls dunkles Wohnzimmer, das offensichtlich zur Wohnung der Frau gehörte. Drinnen leuchtete bläulich der Bildschirm eines Computers. Diese alte Frau und ein Computer: Knobel konnte es kaum glauben. Kurz darauf waren sie in einem karg eingerichteten und muffig riechenden Zimmer im ersten Obergeschoss. Knobel zog den Rollkoffer bis vor das hohe schmale Fenster, öffnete es und drückte die dunkelgrünen Holzläden nach außen, bis sie seitlich an die Hauswand schlugen. Das Zimmer war zweifellos ein Pendant zu Maries Wohnung in der Dortmunder Brunnenstraße und in seiner Ausstrahlung auf die wenigen

Dinge konzentriert, die man wirklich brauchte, und die wiederum in schlichter Ausführung.

Knobel sah zum Fenster hinaus auf die hohen alten Häuser gegenüber, die rotbraun, manchmal ocker-orange und dann wieder gelblichen Fassaden mit ihren meist geschlossenen Fensterläden, betrachtete die zahllosen Wäscheleinen an den kleinen Balkonen mit ihren kunstvoll verzierten schmiedeeisernen Geländern, die Telegrafen- und Stromleitungen, die außen an den Häusern über eine Vielzahl kleiner Porzellanisolatoren geführt wurden. Mit Lisa hatte er insgesamt nur drei oder vier Urlaube gemacht. Nach ihrem Ausflug nach Brügge, bei dem sie sich verlobt hatten und in dem einfachen Hotel *Montovani* am Rande der Altstadt untergekommen waren, führten sie die Reisen nach ihrer Hochzeit stets in die besten Hotels und ihre letzte Reise, als Lisa bereits schwanger war, gemeinsam mit dem Schwiegervater in ein überaus nobles Golfhotel auf Lanzarote. Knobel erinnerte sich an die marmornen Badezimmer des Hotels, in denen zwei großzügige Waschbecken nebeneinander angeordnet waren, eine große ovale Badewanne, zusätzlich eine Dusche mit eingelassenen Mosaiken, Toilette und Bidet, beides aus besten Materialien.

So lässt sichs leben, stellte sein Schwiegervater damals fest, als er sein Zimmer bezogen und dann jenes von Lisa und Stephan in Augenschein genommen hatte. Ja, so ließ es sich leben, und es hatte ihm damals gefallen. Und jetzt, als er aus dem Fenster des einfachen Zimmers an der *Can Puigdorfila* nach draußen in den strömenden Regen schaute und eine Ruhe eingekehrt war, in der er nur noch den Regen hörte, der gleichmäßig auf das Pflaster fiel und in der engen Gasse eigentümlich laut und dennoch beruhigend widerhallte, gefiel ihm dies auch. Irgendwann spürte er Marie hinter sich stehen, er griff nach hinten und fasste ihre Hände, führte sie vor seinen Bauch und knetete sie sanft, zog Marie näher an sich heran und fühlte, dass sie nackt war. Er sog dieses Gefühl in sich ein und wünschte, dass er sich ein Leben lang an diesen Moment erinnern würde, wie es manchmal ist, wenn man etwas erlebt und intuitiv weiß, dass sich dieser Augenblick einbrennen und einen Platz in den Lebenserinnerungen haben wird. Knobel fühlte wie in jenem Moment, als er mit Marie das erste Mal geschlafen hatte und die Stimmung eine ganz ähnliche war, als sie in ihrer schlichten Wohnung in der Brunnenstraße waren und die übermächtig erscheinenden Ereignisse des zurückliegenden Tages in ihrer kleinen Wohnung keinen Platz mehr finden konnten, der Tag sich dadurch reinigte, das Erlebte herausdrängte und für sie beide Raum schuf, in dem sie sich und Zeit fanden, in der sie sich verlieren konnten. So war es jetzt wieder, und Knobel gab sich diesem Gefühl hin, ließ sich von dem gleichförmig niederprasselnden Regen hypnotisieren und von Maries weichem Körper stimulieren, bis er sich zu ihr umdrehte, im bleichen Licht dieses Regentages ihre ganze Schönheit sah und mit der Sehnsucht umschlang, sie nieder wieder verlieren zu müssen.

Am anderen Morgen entdeckte Knobel auf seinem Handy eine SMS-Nachricht von Frau Klabunde.

Habe Unglaubliches aufgedeckt! Sie werden sprachlos sein! Alles weitere in Dortmund! Alles wird gut!, las er, und als er die Nachricht löschen wollte, erschien sie ein zweites Mal im Display. Frau Klabunde hatte ihre Nachricht zweimal abgeschickt, vermutlich, um sicherzugehen, dass sie auch ankommt. Er stellte sich Frau Klabundes Erregung vor, als sie diese Nachricht schrieb, ihr errötetes Gesicht, die flinken Augen, die durch die

Lesebrille auf das Handy spähten, ihr fülliger Busen, der sich unter ihrem schweren Atmen hob und senkte. Knobel schmiegte sich an Marie, streichelte sie und schlief behütet noch zwei Stunden weiter.

24

Karfreitagmorgen in Palma. Es hatte aufgehört zu regnen, aber der Himmel war noch immer wolkenverhangen. Sie nahmen ein kleines Frühstück mit Milchkaffee im Wohnzimmer der alten Frau, die währenddessen per E-Mail weitere Buchungen zu bestätigen schien und zwischendurch pausenlos redete, wobei sie sich gelegentlich zu Stephan und Marie umsah, als würde sie eine Antwort erwarten. Marie blätterte in den letzten Seiten ihres ADAC-Reiseführers, in dem ein Sprachführer enthalten war. Einige wenige Kernsätze waren dort nach Themenbereichen sortiert und in Spanisch und Katalanisch übersetzt. Marie sah in die Rubrik *Im Hotel*, doch die dort gefunden Sätze waren für eine Kommunikation mit der alten Frau ungeeignet.

Der bestellte Mietwagen sollte von der Agentur ab 11 Uhr an der *Avinguda Catalunya* bereitgestellt werden, und ein Blick in den Stadtplan des Reiseführers verriet, dass man dorthin nur zur *Placa del Rei Joan Carlos I.* zurückgehen und der *Avinguda Joaume III* rund 300 Meter folgen musste. Doch Marie schlug vor, mit Kamera und kleinem Rucksack versehen, einen verschachtelten Weg durch die Altstadt zu nehmen, um Stephan einen ersten Eindruck von Palma zu geben, und Knobel merkte, dass es ihr insbesondere darum ging, die Gassen rund um die Kathedrale abzugehen, wobei sie sich immer wieder umschaute und ihn aufforderte, zu prüfen, ob die sich bietenden Ausblicke auf die *Catedral La Seu* dem von

Sebastian Pakulla gemalten Stadtmotiv ähnelten, das er bei dem Galeristen gesehen hatte.

»Und selbst wenn wir das Motiv finden würden«, gab Knobel zu bedenken, »wüssten wir nur, dass Sebastian hier einmal war, aber nicht, wo er heute ist.«

Und so streiften sie durch die Altstadt, fanden schließlich die *Placa Major*, tranken in einem Straßencafe im Schutze der italienisch anmutenden Arkaden einen Kaffee und schlenderten dann auf direktem Weg zur Autovermietagentur, wo sie einen kleinen zweitürigen Wagen in Empfang nahmen. Der Mitarbeiter der Verleihfirma übergab ihnen Fahrzeugschlüssel und -papiere und eine farbige Straßenkarte von Mallorca, deutete achselzuckend auf den grauen Himmel und meinte in gebrochenem Deutsch, dass bald die Sonne durchbrechen werde.

Während Marie den Wagen aus der Stadt lenkte, schickte Knobel eine SMS an Frau Klabunde und bat darum, dass sie ihr Geheimnis lüfte. Die Antwort kam umgehend, aber sie klärte nicht auf:

Sie haben allen Grund zur Freude, glauben Sie mir! Aber Sie müssen sich noch bis Dienstag gedulden! Liebe Grüße und frohe Ostern, Ihre Frau Klabunde.

Knobel schüttelte den Kopf, wählte Frau Klabundes Handynummer und stellte fest, dass sie ihr Handy offensichtlich nach Versenden ihrer SMS an Knobel abgeschaltet hatte, um gerade jenes Telefonat zu verhindern, zu dem es ihn neugierig drängte.

Sie besichtigten *Bunyola*, dann *Sóller*, atmeten dort den Duft der Orangenhaine, aßen auf der *Placa Sa Constitucio* vor der Kirche *Sant Bartomeu* ein Eis, schauten den alten Straßenbahnen nach, die quietschend in einer Kurve über den Platz schaukelten und Touristen zum Hafen von *Sóller* brachten. Dann ging es weiter nach *Fornalutx* und in flottem Tempo Kurve auf Kurve durch das *Tramuntanagebirge* nach *Pollença*, weiter zur gleichnamigen Bucht und schließlich zum *Cap de Formentor*. Sie standen hoch über dem Meer. Knobel fotografierte Marie vor dem nun blau strahlenden Himmel und dann fotografierte sie ihn, schließlich machte ein Tourist mit Maries Digitalkamera ein Foto von beiden. Ihr erstes gemeinsames Foto. Wieder ein Eis, dazu einen Sekt, dann noch Kuchen und Sprudel.

Zurück ging es ebenso schnell wie hin, Marie trieb das kleine Auto forsch die kurvigen Straßen zurück nach *Pollença*, fuhr zügig an der Strandpromenade entlang, zeigte Knobel im Vorbeifahren *Alcúdia* und bog rasant rechts auf die Autobahn nach Palma ab.

Knobel indes merkte, dass das flaue Gefühl im Magen, das er erstmals kurz nach dem Einstieg ins Auto am *Cap de Formentor* verspürt hatte, stärker wurde. Er veränderte seine Sitzposition, krampfte und wusste nichts gegen die Magenschmerzen zu tun. Er musste dringend zur Toilette, und Marie verließ die Autobahn an der nächsten Abfahrt, folgte den Hinweisschildern zum nächstgrößeren Ort und gelangte in rasantem Tempo nach Sa Pobla, hielt bei dem nächsten Fußgänger an, der günstig zur Straße stand, und Marie griff nach dem ADAC-Reiseführer, schlug den kleinen Sprachführer am Ende auf, blätterte hastig in die Rubrik *Unterwegs*, tippte mit dem Zeigefinger auf die spanische Übersetzung von *Wo sind die Toiletten*? und streckte dem Fußgänger den Reiseführer entgegen. Der Passant nickte, erklärte mit langsamen Worten, blieb trotzdem unverstanden, gestikulierte dabei mit beiden Armen und wiederholte seine Worte, aus denen Marie jedoch einen Begriff filterte, der ihr bekannt war: *Estaticó de tren*.

»Si, si, gracias«, nickte sie, und bevor der Fußgänger noch etwas sagen konnte, brauste sie mit dem Auto davon, erkannte auf dem nächsten Hinweisschild das Symbol für den Bahnhof und kam bald vor der kleinen Station zu stehen. Knobel stürzte in das moderne Toilettenhäuschen daneben und blieb für eine Weile verschwunden.

Währenddessen blätterte Marie im Reiseführer, suchte im Register das Stichwort *Sa Pobla* und fand eine knappe Beschreibung des touristisch offenbar nicht attraktiven Ortes:

Nur 5 Kilometer von Muro liegt Sa Pobla (10.000 Einwohner) inmitten des eigentlichen Gemüsegartens der Insel. Seine Äcker gehören zu den fruchtbarsten Mallorcas, denn das Land wurde aus den Sümpfen der S'Albufera gewonnen. Die satten Wiesen und roterdigen Felder des Es Marjals sind von Wassergräben gerahmt, die eher dem Abfluss als der Bewässerung dienen. Archäologische Funde beweisen, dass in dieser Gegend schon seit der Bronzezeit Ackerbau betrieben wird. Jaume der II. baute die einstige arabische Siedlung Huyalfàs planmäßig aus, wie die gradlinige Anlage der Straßen verdeutlicht. Die Landgüter ringsum dehnten sich bis nach Selva aus, aber als Landadeliger besaß man auch ein Haus in der Vila, im Ort. Mit der Umstellung auf Weinbau im 19. Jahrhundert ließen die Besitzer unter ihren Landhäuser jene berühmten Cellers, Weinkeller, anlegen. Auch für die Freizeit war gesorgt: Zum Angeln und Jagen begab man sich auf die eigene Parzelle in der S'Albufera.

Sie sah sich noch die wenigen Bilder des Ortes im Reiseführer an, als Knobel zu ihr ins Auto stieg. Sein Gesicht hatte wieder Farbe gewonnen. Marie gab ihm den aufgeschlagenen Reiseführer, startete den Wagen – und blieb stehen. Knobel bemerkte es zunächst nicht, dann sah er von dem Buch auf.

»Ist was?«

Marie starrte nach vorne.

»Das glaube ich nicht!«, rief sie.

»Was?«

»Guck nach vorne, dann siehst du es!«

Knobel schaute durch die Frontscheibe auf die Straße, die gut 150 m weiter in einen Kreisverkehr mündete. Nichts Besonderes. Keine Autos, nur ein paar Menschen.

»Rechts!«

Knobel blickte nach rechts, entdeckte das gläserne Häuschen der Bushaltestelle, dahinter das kleine Bahnhofsgebäude und dahinter, einige Meter höher, den Bahnsteig mit etlichen wartenden Fahrgästen. Er zuckte mit den Schultern.

»Die Bushaltestelle!«, sagte Marie.

Nochmals nahm er das gläserne Häuschen ins Visier, das so aussah, wie jedes andere moderne Wartehäuschen irgendwo in Europa. Schlicht und funktional, darin ein paar Halbschalensitze aus geflochtenem Stahl. Ein Papierkorb noch, das wars. Und dann entdeckte er den Reklamekasten an der seitlichen Innenwand des Wartehäuschens, der direkt in ihrem Blickfeld lag. Ein einfacher Kasten, hinter dessen Frontscheibe sich die auf Folie gedruckte Reklame befindet und abends von hinten beleuchtet wird. Er stutzte beim Anblick des Motivs. Es kam ihm bekannt vor.

»Die Reklame?«, fragte er.

»Es ist keine Reklame, Stephan! Es ist ein Stadtplan von Sa Pobla, jedenfalls zeigt er alle Straßenzüge rund um den Bahnhof. Und wie man auf den ersten Blick sieht, ist die Stadt im Wesentlichen von gradlinigen Straßen durchzogen, die sich annähernd im rechten Winkel kreuzen und die rotbraun gezeichneten Häuserblocks einschließen. Die gradlinigen Straßen sind ein Merkmal dieser Stadt! Sieh nur in den Reiseführer …!«

»Die Straßen bilden ein gleichförmiges Raster«, bestätigte er und sah genauer auf den Stadtplan.

»Und das Raster wird diagonal bis zur Mitte durch eine Schwarz-Weiß-Linie durchschnitten. Das dürfte die Eisenbahnlinie sein.«

Knobel schwieg einen Moment.

»Du meinst, der Stadtplan ist das *Gefangene Herz*?«

»Stephan, es ist das Bild! Man erkennt es nur deshalb nicht auf den ersten Blick, weil Sebastians Ölbild die Szene zu allen Seiten gleichförmig fortsetzt und die Straßen nur als dünne schwarze Linien auf gelbem Untergrund dargestellt werden. Mit der Farbe gelb assoziiert man keine Wohnbebauung, so wie sie auf einem Stadtplan dargestellt ist. Deshalb konnten wir auch nicht darauf kommen, dass es sich um einen Stadtplan handelt!«

Sie stellte den Motor ab und sprang aus dem Auto, lief zur Bahnstation und über eine kleine neben dem Gebäude befindliche Treppe auf den Bahnsteig. Knobel folgte ihr, und zusammen blickten sie nach links auf die eingleisige Bahnstrecke, die schnurgerade aus der Stadt herausführte, soweit sie sehen konnten. Sie wandten sich nach rechts und sahen am Ende des Bahnsteigs den Prellbock, das Streckenende. Eine Bahnlinie, die schnurgerade in die Stadt hineinführte. Ein einziges Gleis nur, das aus dem Nichts in die Stadt führte und stumpf am Prellbock endete.

»Das Eisenbahngleis führt sozusagen schräg in die Stadt. Es ist zu keiner der umliegenden Straßen parallel. Das ist der Spieß in Sebastians Bild!«

Knobel betrachtete die Bahnstrecke und die eintönigen Häuser ringsum. »Dann steht S. P. unten rechts auf dem Bild für *Sa Pobla* und nicht für *Sebastian Pakulla*«, folgerte er.

»Genau!«

»Das ist natürlich ein unglaublicher Zufall!«

Marie sprühte vor Eifer, zog ihn die Treppe herunter, rannte mit ihm zum Auto zurück und holte ihre Digitalkamera hervor.

»Ich habe das Bild noch gespeichert«, sagte sie und fingerte ungeduldig an der Kamera herum, bis sie ihm das Foto von Sebastian Pakullas rätselhaftem Bild vor die Augen halten konnte.

»Siehst du, man erkennt das Ende der Bahnlinie. Und rechts und links, oben und unten die etwa gleich großen viereckigen Häuserblocks. Die Straßen sind in etwa gerade und kreuzen sich annähernd rechtwinklig. Wie im Original. Zu den Rändern hin hat Sebastian das Motiv erfunden fortgeführt. Aber das Zentrum des Bildes, also um den Bahnhof herum, ist in seiner Struktur richtig wiedergegeben. Die wenigen Straßen, die dem Raster widersprechen, hat er abstrahierend weggelassen, so wie etwa die Straße, die in gerader Fortsetzung der Eisenbahnlinie in den Ort weist. Vermutlich führte die Bahnlinie früher weiter. Wenn also Sebastians Bild eine abstrakte Wiedergabe eines Teils des Stadtplans von Sa Pobla ist und zumindest in etwa die Umgebung rund um den Bahnhof darstellt, dann spricht alles dafür, dass das rote Herz auf dem Bild keine eingesperrte Liebe ist, sondern den Wohnort des Herzens markiert. Ich glaube nicht, dass er das Herz irgendwo in das Straßennetz von Sa Pobla platziert hat. Es wohnt in der unmittelbaren Nähe des Bahnhofs. Ansonsten macht die Bahnlinie auf seinem Bild keinen Sinn.«

Sie drehte die Digitalkamera, bis das Motiv auf dem kleinen Bildschirm mit dem Blickwinkel in der Wirklichkeit übereinstimmte. »Die Eisenbahn kommt von links unten, also aus unserer Sicht von hinten«, erklärte sie und blickte abwechselnd nach vorne und auf das Bild in ihrer Kamera.

»Das Bild ist in der Kamera zu klein, ich kann nicht genau erkennen, wie viele Straßen oder Häuserblocks wir vom Bahnhof aus passieren müssen. Mit aller Sicherheit hat Sebastian auch nicht maßstäblich gemalt. Wir müssen es einfach versuchen!«, meinte Marie.

Sie parkten das Auto in einer Nebenstraße, und dann begann ihre Suche nach dem roten Herz, also einer Person, von der sie nichts wussten außer der allerdings nahe liegenden Vermutung, dass es sich um Sebastian Pakullas Freundin handeln musste, deren Haus oder Wohnung sie irgendwo hier in der Nähe des Bahnhofs wähnten.

»Wir können davon ausgehen, dass Sebastian relativ genau gemalt hat«, meinte Knobel. »Ich vermute sogar, dass er den Stadtplan, den es wahrscheinlich hier auch irgendwo als Ausdruck gibt, abgemalt hat.«

»Das Rathaus ist heute geschlossen, das Tourismusbüro bestimmt auch. Es ist Feiertag.«

»Ich meine, wir sollten uns einfach an den Stadtplan an der Bushaltestelle halten«, schlug Knobel vor.

»Und den Plan einfach mit unserem Foto abgleichen. Vermutlich lässt sich der Standort des Hauses dann genauer eingrenzen.«

Sie gingen wieder zur Haltestelle zurück. Der Stadtplan im Schaukasten war gegenüber Sebastians Bild seitenverkehrt. Die Eisenbahn stach auf dem Plan von rechts oben in das Bild. Sie drehten die Kamera, bemühten sich abwechselnd auf dem kleinen Bildschirm mehr Details von Sebastians Motiv zu entdecken und entschieden schließlich, nachdem sie immer wieder das Foto mit dem Stadtplan im Wartehäuschen verglichen hatten, sich auf die Häuserblocks zu konzentrieren, die in einer Entfernung bis zu 300 Meter vom Bahnhof aus gesehen Richtung Stadtkern lagen.

Ihre Euphorie, den vermuteten Wohnsitz des roten Herzens einigermaßen lokalisieren zu können, wich bald der Erkenntnis, dass sie durch Kombinieren oder durch Auswertung des Bildes von Sebastian Pakulla keine weiteren Informationen erschließen konnten. Sie konnten Passanten nach keinem Personen- und keinem Straßennamen fragen, von der fremden Sprache ganz zu schweigen. Wie sollten sie jemandem begreiflich machen können, wen sie suchten? Sa Pobla war, das wussten sie aus dem Reiseführer, kein von den Touristen bevorzugtes Ziel. Man würde kaum auf Bewohner stoßen, die der deutschen Sprache mächtig waren. Sie hatten auch kein Foto von Sebastian Pakulla dabei. Die Fotos von seinen Ölbildern würden voraussichtlich niemandem etwas sagen. Das Foto von Sebastian, das in der heimischen Presse abgebildet war, hatten sie in der Pension zurückgelassen.

Unschlüssig begannen sie ihre Suche, durchstreiften die Straßenzüge, die die Häuserblocks umschlossen, in denen das gesuchte Herz wohnen könnte. Was sie von Sa Pobla sahen, waren schmucklose Wohnviertel, einfache eng aneinander gereihte Häuser an langen geraden Straßen. Vereinzelte Ladenlokale für den täglichen Bedarf, ein paar Einfahrten in schlichte Hinterhöfe. Eine Autoreparaturwerkstatt, eine Bauschlosserei, verschiedene Lebensmittelläden. Sie sahen an jedem Haus auf die Namensschilder an den Haustüren. Ein fragwürdig erscheinendes Unterfangen. Alles sprach dafür, dass es sich bei dem Herz um eine Einwohnerin des Ortes handeln würde, denn sie mochten sich nicht vorstellen, dass man freiwillig in diese eher trist wirkende Gegend zog. Und hinter welchem spanischen Nachnamen sollten sie die Frau vermuten können, die vielleicht die Freundin Sebastian Pakullas gewesen ist oder immer noch war? Ganz abgesehen davon, dass es wahrscheinlich auch in den zahlreichen Hinterhöfen Wohnungen gab, zu deren Türen sie durch die geschlossenen Hofeinfahrten nicht vordringen konnten. Der zwischenzeitliche Blick auf das Foto von Sebastians Bild in der Digitalkamera verwirrte mittlerweile mehr als dass er behilflich war. Das leuchtend rote Herz wohnte hier irgendwo. Mehr Informationen waren dem Bild nicht zu entlocken.

Marie blieb vor dem Ladenlokal eines Immobilienmaklers stehen. In der Auslage Fotos von Häusern aus der Gegend von Inca und Alçudia bis hinein ins Tramuntanagebirge. Welcher Einwohner aus Sa Pobla sollte in unmittelbarer Nähe ein Haus kaufen? Das Angebot richtete sich offensichtlich an Fremde. Marie suchte nach den in Maklergeschäften üblichen Hinweisen auf Telefonnummern und fand rechts im Schaufenster eine Informationstafel mit zwei Namen und Handynummer, davon einer in Deutsch: Kirsten Praetorius.

»Die rufe ich jetzt an«, entschied sie, und noch bevor Knobel etwas sagen konnte, wählte sie die angegebene Nummer.

»Schwarz«, meldete sie sich. »Entschuldigen Sie die Störung am Feiertag! Aber ich stehe gerade mit meinem Freund vor Ihrem Büro in Sa Pobla. Wir suchen etwas – und vielleicht können Sie uns behilflich sein!«

Frau Praetorius erwiderte ein oder zwei Sätze, und Maries Gesichtszüge hellten sich auf. »Das ist sehr nett von Ihnen, danke sehr!«, sagte sie und beendete das Gespräch.

»Sie wohnt gleich hier im Hinterhaus und holt uns am Tor ab. Wenn sie hier lebt und arbeitet, wird sie unseren Sebastian Pakulla vielleicht einmal gesehen haben oder zumindest etwas von ihm wissen. Ich denke, dass die Menschen in diesem Viertel viel voneinander wissen. Es ist überschaubar, und es wohnen offensichtlich fast ausschließlich Einheimische hier.«

Kaum, dass sie diese Worte ausgesprochen hatte, öffnete sich rechts von ihnen ein Hoftor und eine etwa 35- bis 40-jährige Frau mit langen schwarzen Haaren erschien.

»Praetorius«, stellte sie sich vor. »Kommen Sie herein! Sie wissen ja: Heute ist Feiertag. Da darf ich mich unter keinen Umständen im Büro sehen lassen!«

Als sei auch der Empfang von Besuch etwas Verbotenes, schaute sie kurz nach rechts und links die Straße hinunter, dann bat sie die beiden hinein und schloss hinter ihnen das Tor. Sie folgten ihr über den Hof. Frau Praetorius war eine überaus attraktive Frau. Sie hatte, wie Knobel für sich feststellte, auf den ersten Blick das gewisse Etwas, ohne dass er genau hätte benennen können, was den Reiz dieser Frau ausmachte. Jedenfalls verhalf nicht zuletzt das weite rote Kleid zu einer erotischen Ausstrahlung, und der bräunliche Teint, ihre makellosen Zähne und das lange schwarze Haar taten ein Übriges. So stellte sich Knobel eine Mallorquinerin vor. Er folgte Frau Praetorius und Marie eine steile Holztreppe hinauf in den ersten Stock des Hofgebäudes. Nacheinander traten sie in eine helle, weite mit Intarsienschränken bestückte Diele, an die sich ein elegantes großes Wohnzimmer mit gewölbter Decke anschloss.

»So eine schöne Wohnung!«, rief Marie entzückt, und bevor sie ihrer Bewunderung mit weiteren Worten Ausdruck verleihen konnte, stockte Knobel der Atem und trat unsicher auf den Mann zu, der links neben der Wohnzimmertür an einem runden Esstisch saß und deshalb nicht sofort ins Blickfeld gefallen war.

»Guten Tag, Herr Pakulla«, sagte Knobel, und der Mann war sichtlich noch mehr überrascht als Knobel, denn er stand mit bleichem Gesicht auf, schwieg unsicher, blickte irritiert zu Frau Praetorius, zu Marie und dann auf Knobel.

»Das ist mein Mandant, Herr Gregor Pakulla«, stellte Knobel vor. »Und das ist Marie Schwarz, die Studentin, die Sie vom Hörensagen ja kennen.«

»Sie sollten meinen Bruder Sebastian finden, nicht mich«, erwiderte Pakulla und versuchte ein Lächeln.

»Vielleicht finde ich mit Ihnen den Richtigen«, antwortete Knobel, daran Gefallen findend, dass er als einziger die Überraschung schnell überwunden hatte.

»Ob Sie es glauben oder nicht: Als Kirsten nach dem Anruf eben sagte, dass eine Frau Schwarz mit ihrem Freund vor der Tür stehe, habe ich einen Moment, aber wirklich nur einen kurzen Moment, daran gedacht, dass Sie und Ihre Studentin es sein könnten. Aber dann dachte ich mir: Schwarzens gibts wie Sand am Meer, und bestimmt ist es nicht *die* Schwarz meines Herrn Knobel, die sich am späten Nachmittag des Karfreitags in das Städtchen Sa Pobla auf Mallorca verirrt. Und wie ich sehe, habe ich mich geirrt. Da steht leibhaftig mein Anwalt mit seiner Detektivin vor mir!«

Marie nickte.

»Und ich vermute mal, mein lieber Herr Knobel, es ist nicht nur eine Studentin, sondern, wie ich von Anfang an vermutet habe, Ihre Freundin, Ihre Vertraute, Ihre Geliebte, oder etwa nicht?«

Jetzt gelang Gregor Pakulla tatsächlich ein Lächeln, aber sein Gesicht verriet keine weitere Regung. Die Überraschung schien verflogen.

»Und ich darf Ihnen gratulieren, Herr Rechtsanwalt! Ihre Freundin ist außergewöhnlich hübsch. Man stellt sich immer einen Menschen, den man noch nie gesehen, sondern von dem man nur gehört hat, in irgendeiner Weise vor. Und als ich von Ihrer Germanistikstudentin hörte, Herr Knobel, da stellte ich mir eine junge Frau vor, die verbissen über ihren Büchern brütet und hin und wieder spröde Aufträge für die Kanzlei *Dr. Hübenthal & Knobel* abarbeitet. Ich weiß nicht, warum, aber so stellte ich mir das eben vor. Und jetzt steht eine junge Frau vor mir, die förmlich Lebenslust versprüht, obwohl sie noch kein Wort gesagt hat. So ist eben mein Eindruck.«

»Sie labern!«, meinte Knobel schroff.

»Ich muss doch etwas Zeit füllen!«, erwiderte Pakulla sanft. »Stellen Sie sich meine Situation vor: Ich sitze nichtsahnend mit meiner lieben Kirsten in Sa Pobla, da erscheint mein Anwalt mit seiner Detektivin, und ich muss Ihrem Tonfall entnehmen, dass Sie mir nicht wohlgesinnt sind. Wie eigentlich von Beginn des Mandats an«, setzte er hinzu.

»Ihren Überfall muss ich erst verarbeiten, Herr Knobel, das werden Sie mir nicht übel nehmen. Und wenn ich es mit Komplimenten für Ihre Frau Schwarz tue, dann ist das weder verwerflich noch in der Sache gelogen. Sie machen einen entzückenden Eindruck«, sagte er an Marie gewandt, setzte sich und bat mit einer Geste, am Tisch Platz zu nehmen.

»Sie fragen nicht, wie wir Sie gefunden haben«, bemerkte Knobel.

»Wie haben Sie mich gefunden?«, fragte Gregor Pakulla trocken und hob interessiert die Augenbrauen.

Knobel erzählte von dem rätselhaften Bild von Sebastian, von ihrer Spazierfahrt über den nordöstlichen Teil der Insel, seine plötzlichen Magenschmerzen, die Suche nach einer Toilette und dem Zufallsfund an der Bushaltestelle am Bahnhof von Sa Pobla.

»Ja, so nehmen solche Geschichten ihren Lauf«, sinnierte Gregor Pakulla, »und der Toilettenbesuch ist darin ein nicht hinwegzudenkender Kausalfaktor, conditio sine qua non gewissermaßen. So ist das Leben.«

»Ein in der Rechtswissenschaft gebräuchlicher Begriff«, antwortete Knobel auf Maries fragenden Blick. »Herr Pakulla meint, dass der Toilettenbesuch in der Geschehniskette nicht hinweggedacht werden kann, ohne dass zugleich auch der Erfolg, nämlich sein Auffinden in dieser Wohnung, entfiele. Womit er zweifellos recht hat.«

Dann wandte er sich seinem Mandanten zu.»Sie verblüffen mich immer wieder mit Ihren Rechtskenntnissen. Ob es der Begriff *Kommorienten* ist oder Ihre Kenntnis vom ›Todeserklärungsverfahren‹. Oder jetzt der Begriff *conditio sine qua non*.«

»Ich hatte Ihnen erzählt, dass ich Wirtschaft studiert habe«, erwiderte Pakulla. »Das schließt einige Vorlesungen im Bereich Jura mit ein. Und ich habe immer auch mal rechts und links des Weges geschaut. Vieles von dem, was ich weiß, hat mir im Übrigen Kirsten beigebracht. Kirsten hat, als sie noch in Deutschland lebte, einige Semester Jura studiert, bevor sie das Studium abgebrochen und geheiratet hat. Eine Ehe, die schon seit Jahren nicht mehr besteht, Kirsten aber hier nach Mallorca verschlagen hat. – Jura interessiert mich. Das Abstraktionsprinzip im Bürgerlichen Recht zum Beispiel fasziniert mich. Das ist eine Denkweise, für die ich mich begeistern kann. Hätte ich Jura studiert, wäre ich aller Wahrscheinlichkeit nach Anwalt geworden. – So wie Sie, Herr Knobel, aber ich würde im Gegensatz zu Ihnen unvoreingenommen an die Mandanten herangehen.«

»Das tue ich«, beharrte Knobel.

»Nein, nein! Sie haben ein Bild von mir, und Sie haben ein Bild von meinem Bruder. Und Sie haben nach diesen Bildern kategorisiert. Mein Bruder ist immer der Gute, ich bin der Schlechte. Wenn ich recht überlege, habe ich dieses Bild selbst in Sie hineingepflanzt und darf mich heute nicht darüber beschweren. – Erinnern Sie sich: Bei unserem ersten Gespräch habe ich Ihnen gesagt, dass aus Sicht meiner Eltern Sebastian immer der Begabtere, der Bessere war. Aber wie ist die Realität? Ich habe einen Beruf ergriffen, bin darin erfolgreich, lebe gut davon. – Und Sebastian? – Ein Maler, der unregelmäßig irgendwelche Bilder pinselt, die er mühselig an den Mann bringt. Eine schlichte Wohnung in der Adlerstraße, die er nur so eben bezahlen kann …«

»Sie kennen also seine Wohnung?«, warf Knobel ein.

»Gleich, Herr Knobel, gleich! Wir werden hier und jetzt alles klären! Lassen Sie mich fortfahren! Diese Realität wollten Sie nicht sehen, als ich Ihnen das Mandat übertrug. Sie haben das übernommen, was ich Ihnen als Meinung meiner Eltern wiedergegeben habe. Aber wie gesagt: Ich darf Ihnen das eigentlich nicht vorwerfen! Ich selbst habe die wesentliche Ursache gesetzt. Erinnern Sie sich weiter: Tante Esther. Die arme blinde Frau, die sich jeder als Lieblingstante wünscht. So konnte sie sein: warmherzig, lieb, gebefreudig. So, wie man sich seine Lieblingstante vorstellt. Aber so war sie mir gegenüber nicht. Jedenfalls lange Jahre nicht. Erst etwa ein Jahr vor ihrem Tod änderte sich alles.«

Frau Praetorius unterbrach. »Ich sehe, das wird jetzt eine längere Sache. – Wir sollten einen Wein anbieten.«

»Wein, ja«, antwortete Gregor Pakulla irritiert.

»Wir haben einen wunderbaren Rotwein«, sagte Frau Praetorius und stand auf, ohne eine Antwort abzuwarten, nahm eine Flasche aus einem Regal an der gegenüberliegenden Wand. »Ein guter *Rioja*, der sollte es wert sein, meinst du nicht?«

»Ja, nur nicht für dich«, erwiderte Pakulla und bemerkte Knobels fragenden Blick.

»Kirsten ist schwanger«, verkündete er stolz.

»Wir freuen uns sehr auf das Kind. – Verstehen Sie, Herr Knobel: Kirsten, das Kind, all das bedeutet Zukunft, da will ich hin. Man muss irgendwann im Leben an einem Ziel ankommen!«

»Ein Ziel ist das Geld von Esther van Beek« fügte Knobel trocken hinzu.

»Ja, ich will Esthers Geld! Kein Zweifel! Ich habe es von Anfang an gesagt. Ich kann nur wiederholen: Der erste Fehler liegt bei mir und besteht darin, dass ich Ihnen nicht alles erzählt habe. Das werde ich heute nachholen. Der zweite Fehler liegt bei Ihnen, Herr Knobel, und besteht darin, dass Sie unreflektiert Informationen von mir aufgesogen und sich ein Bild von mir und meinem Bruder gemacht haben. Kontrastreicher könnte man sich den Unterschied der Bilder gar nicht vorstellen! Für Sie, Herr Knobel, war ich von Anfang an ein geldgieriger Sack, der an Tante Esthers Erbe will. Aber was, bitte, ist schlimm daran? Warum soll ich Mitleid für Tante Esther oder eine Liebe zu meinem Bruder Sebastian heucheln, die es nie gab? Das Erste, was Sie beide heute erfahren werden: Sebastian und ich sind keine leiblichen Brüder.«

»Daher der Größenunterschied«, warf Marie ein.

»Ich habe irgendwann einmal erwähnt, dass Sebastian und ich vom Aussehen her keine Brüder sein müssen«, erwiderte Pakulla, »aber ich habe nichts weiter erzählt, weil es für den Fall eigentlich ohne Bedeutung ist, im Rahmen der ganzen Geschichte, die ich Ihnen erzählen will, jedoch als Information unerlässlich ist. Bei unseren

Eltern sah es lange danach aus, dass ihre Ehe kinderlos bleiben würde. Man vermutete eine Zeugungsunfähigkeit unseres Vaters, und deshalb kam es zu meiner Adoption. Das gewünschte Kind war da – aber eben kein eigenes. Was kein Problem war, bis unsere Mutter rund zweieinhalb Jahre später doch schwanger wurde. Das gewünschte leibliche Kind war endlich da. Ein Heiland in der Familie Pakulla! In unserer Kindheit und Jugend konnte ich machen, was ich wollte: Ich war gegenüber meinem Bruder stets Zweiter. Wenn er in einer Klassenarbeit ein *ausreichend* nach Hause brachte, war das besser als ein *befriedigend* unter meiner Arbeit. Als ich mein Studium an der Dortmunder Universität konsequent betrieb, war das keine Erwähnung wert. Als mein Bruder das von unserem Vater sauer finanzierte Studium der Informatik aufgab, wurde das ohne Räuspern hingenommen. Er war halt so sensibel, der geliebte Sebastian. Dann wurde er Maler und konnte sich überhaupt nicht über Wasser halten. Das war jedoch kein Problem für unsere Eltern: Sebastian wurde unterstützt, schlief dafür bis mittags, arbeitete nach dem Lustprinzip und ließ den Herrgott einen guten Mann sein, wenn ihm danach war. Der blöde Gregor hingegen finanzierte während des Studiums seinen Sport und andere Hobbys durch Nebenjobs. Das war ja selbstverständlich.

Und Esther? – Esther regierte von Holland aus, lebte durch ihre Heirat mit Johann wie eine Made im Speck. Einmal im Jahr fuhren wir mit den Eltern nach Holland in eine kleine Pension nach Scheveningen. Der Ablauf dieser Urlaube war immer der gleiche: Jeden Tag Treffen mit Tante Esther und Onkel Johann. Jeden Mittag gemeinsames Essen mit den van Beeks, die uns selbstverständlich in ihrem demonstrierten Reichtum stets einluden.

Irgendwann, ich war damals elf oder zwölf, sagte ich bei einem dieser Mittagessen meiner Mutter: *Heute lade ich ein*! Ich meinte das kindlich ernst. Natürlich hätte ich das Essen nicht bezahlen können, aber Kinder haben ein ganz eigenes Gerechtigkeitsgefühl. Sie wollen etwas zurückgeben, und ich denke, mein Satz beruhte darauf, dass Johann und Esther immer wieder betonten, dass *sie* einladen und uns jeden Mittag zu opulentem Essen nötigten. – Wie auch immer: Tante Esthers Antwort war *Kindchen, das kannst du nicht*, und sie lächelte kalt und falsch dabei. Und später – wir machten nach dem Mittagessen immer einen gemeinsamen Spaziergang über die Strandpromenade – fragte ich Tante Esther, warum ich nicht einladen könne. Und sie antwortete: *Um so zu leben, dass man ständig vornehm Essen gehen kann, muss man schon ganz ganz viel Geld haben, so wie Onkel Johann eben. Aber das ist etwas Außergewöhnliches.*

Und dann sagte ich, Sie werden es mir hoffentlich nicht als Raffgier auslegen, denn als Kind denkt man so noch nicht: *Dann werden Basti und ich später auch mal so reich werden wie Onkel Johann.*

Und Esther antwortete:

Dann darfst du den Basti aber nicht immer so ärgern. Die Eltern sagen immer, dass du ihm ständig die Spielsachen wegnimmst und der Basti ganz oft weint. Der Basti ist nämlich ein ganz lieber Junge. – Du bist ihm überhaupt nicht ähnlich. Du bist nicht wie ein Bruder.

Dieser Satz hat sich bei mir eingefressen. Und es dauerte nicht mehr lange, bis ich die Wahrheit über die Adoption erfuhr. Verstehen Sie, Herr Knobel? Als ich erfuhr, dass ich nicht Sebastians Bruder war, wollte ich irgendwann auch nicht mehr sein Bruder sein. Erwarten Sie wirklich, dass ich eine Tante Esther liebe oder nur schätze, die vor Gemeinheiten sprühte? Diese Frau hat ihr Leben gelebt. Aber es hat mit dem meinigen keinerlei Berührungspunkte, außer dem rechtlichen, dass ich kraft Adoption und dem Umstand, dass sonst kein gesetzlicher Erbe vorhanden ist, mit Sebastian Rechtsnachfolger bin. – Sie werden gemerkt haben, in diesem Satz waren wieder zwei rechtliche Begriffe! – Sie sollten wissen, dass ich Dortmund nicht einfach so den Rücken gekehrt habe. Ich wollte weg – aber dieser Wunsch bezog sich auf eine Familie, die niemals die meine war und in mir eher den Wunsch auslöste, mich ganz aus diesem sozialen Umfeld zu verabschieden.«

Frau Praetorius nutzte diesen Einschnitt, um ihr Glas mit Mineralwasser zu erheben.

»Ich wünsche mir, dass Sie heute klarer sehen!«, sagte sie und lächelte Marie und Stephan an.

»Ja, worauf trinken wir?«, fragte Gregor Pakulla.

»Vielleicht darauf, dass Sie heute der Wahrheit auf die Spur kommen. Wenn Sie so viele Zufälle hergeführt haben, soll es für Sie nicht vergebens sein.«

Sie stießen an.

»Sie sagten gerade, dass sich ein Jahr vor Esthers Tod alles geändert habe«, wiederholte Knobel, »und ich erinnere an meine Frage: Kannten Sie Sebastians Wohnung?«

»Und ich wiederhole: Gleich! Alles der Reihe nach«, wehrte Gregor Pakulla ab. »Das Zweite, was für Sie neu und zugleich wesentlich ist: Etwa ein Jahr vor ihrem Tod trat bei Esther so etwas wie ein Gesinnungswandel ein. Sie hatte offenbar erkannt, dass der über alles geliebte Sebastian sozial auf keinen grünen Zweig kam, jedenfalls nicht auf einen Zweig von der Sorte, den sich die steinreiche Esther vorstellte. Und es plagte sie wohl auch das schlechte Gewissen, dass sie den Bastard Gregor, der in seinem beruflichen Werdegang und seinem wirtschaftlichen Erfolg viel mehr ihren Erwartungen entsprach als Sebastian, stets verstoßen hatte. Unsere Eltern waren zu diesem Zeitpunkt bereits rund sechs Jahre tot. Esther wünschte, dass Sebastian und ich in Ermangelung sonstiger Erben zu gleichen Teilen ihren Nachlass haben sollten, aber sie hatte eine Bedingung, über die sie mit uns beiden offen sprach: Wir sollten zueinander finden, wie Brüder einander achten. Wenn das funktioniere, sagte sie, brauche sie testamentarisch ja nicht anderweitig verfügen, wobei sie ihr kaltes Lächeln zeigte, was ohne Zweifel die Drohung war, den einen oder anderen von uns mit einer letztwilligen Verfügung zu enterben, was ja, wie Sie wissen, Herr Knobel, ohne weiteres möglich gewesen wäre, denn – Achtung, es folgen Rechtskenntnisse – weder Sebastian noch ich sind gegenüber unserer Tante Esther Pflichtteilsberechtigte. Esther hätte es ohne weiteres so einrichten können, dass wir beide gar nichts bekamen. Womit sie drohte, war also letztlich die Errichtung eines Testamentes überhaupt. Denn solange sie keine Verfügung traf, blieb es bei der gesetzlichen Erbfolge. Obwohl wir lediglich ihre Neffen waren, waren wir in Ermangelung anderer näherer Verwandter von Gesetzes wegen zu gleichen Teilen Erben.«

Knobel nickte und nahm einen Schluck Rotwein.

»Also nahm ich mit Sebastian Kontakt auf«, fuhr Gregor Pakulla fort. »Natürlich besuchte ich ihn in seiner Wohnung in Dortmund in der Adlerstraße, um Ihre Frage zu beantworten. Ich lernte seine Behausung kennen, sein so genanntes *Atelier* im Wohnzimmer, voll mit einander sehr ähnlichen Landschaftsbildern: Mallorca, wie Sebastian erklärte. – Was reden Sie mit einem Bruder, besser einem Nichtbruder, mit dem Sie nichts verbindet? Kein gemeinsames Empfinden, keine gemeinsamen Freunde, keine Familie, keine gemeinsamen Hobbys? – Also, dachte ich mir, suche ich eine neutrale Plattform, auf der ich Sebastian begegnen, aber auch ausweichen kann. Ich sah auf seine Bilder und sagte: *Lass uns nach Mallorca fahren, ein paar Tage miteinander verbringen, und wir werden sehen, wie wir miteinander klarkommen.*

Sebastian war begeistert, eine Gefühlsregung, die ich diesem Menschen nie zugetraut hätte. Er fahre ohnehin für einige Monate dorthin, um sich inspirieren zu lassen. Und dann kam noch ein Satz, der von ihm stammte, den Sie aber ohne weiteres mir zuschreiben würden: *Wenn Tantchen ins Gras beißt, wird Mallorca meine zweite Heimat. Was meinst du: Macht sie es noch lange?*

Ja, so war er, der gute Basti. Parasit wie eh und je. *Er* kalkulierte mit Esthers Ableben, Herr Knobel, nicht *ich*! Von alledem erfuhr Esther natürlich nichts. Die blinde alte Dame residierte im *Wohnstift Augustinum* und erfuhr, sowohl von Sebastian als auch von mir, dass wir zueinander in Kontakt standen und uns bemühten, die ›Abmachung‹ in die Tat umzusetzen und wie Brüder füreinander da zu sein. Als sie von unserem Mallorcaaufenthalt hörte, war sie außer sich vor Freude. Stolz auf ihre Neffen. Lächerlich! – Ob Sie es glauben oder nicht: Ich hatte tatsächlich vor, mich Sebastian zu nähern. Ich hatte zwar durch meinen Wegzug von Dortmund praktisch mit der Familie, die nicht meine war, gebrochen. Aber natürlich braucht jeder Mensch Wurzeln und selbst wenn sie – sagen wir mal – nur implantierte Wurzeln sind. Es ging tatsächlich nicht allein um das Geld, was uns Esther hinterlassen würde.

Also ging es ab nach Mallorca. Sebastian flog von Dortmund aus, ohne Rückflugticket, weil er ja einige Monate bleiben wollte und seine Inspirationsreise natürlich nicht kalendarischen Vorgaben folgen konnte. Er wollte, ganz seiner Art entsprechend, zurückkehren, wann es ihm beliebt. Ich flog von Frankfurt aus, hatte für zwei Wochen ein Hotel gebucht und auch den Rückflug.«

»Waren Sie gemeinsam in einem Hotel?«, fragte Marie.

»Ja, Hotel *Horizonte* an der *Calle Vista Allegre*. Während der zwei Wochen machten wir das, was viele Touristen machen: Altstadtbesuche in Palma, eine Fahrt mit der Schmalspurbahn nach *Sóller* und ausgiebige Strandbesuche. – Was uns aber einfach nicht gelang: Wir kamen uns nicht näher. Kein Gespräch, das über müde Anläufe hinausging. Wir waren wie zwei Einzelreisende, die wie zufällig beieinander waren. Natürlich stellten wir das in unseren regelmäßigen Anrufen bei Esther anders dar. Da log jeder von uns, was ging. Die Ausflüge, die wir tatsächlich zusammen gemacht hatten, waren in unseren Erzählungen voller Vertrautheit, langer Gespräche und aufkeimender inniger Bruderliebe, die fast kitschige Auswüchse annahm. Die Tante war glücklich, und wir versuchten, die zwei Wochen halbwegs anständig über die Bühne zu bringen.«

»Jetzt komme ich ins Spiel«, warf Frau Praetorius ein, die zwischenzeitlich eine zweite Flasche Wein geöffnet hatte.

»Ja, jetzt kommt Kirsten ins Spiel«, nickte Gregor Pakulla. »Was macht man abends mit einer Begleitung, mit der man nicht reden kann?«

Pakulla sah fragend in die Runde und erhielt keine Antworten.

»Man geht in Bars, in denen es so laut ist, dass man sich nicht unterhalten muss. Und deshalb war ich mit Sebastian in einer solchen Bar in Palmas Altstadt, in der wir zufällig Kirsten kennenlernten. – Sie sehen sie selbst: Sie ist eine wunderschöne Frau, und ich denke, es gibt keinen Mann, der sie nicht begehrenswert findet. – Endlich gab es etwas, was Basti und mich gemeinsam interessierte: Das war Kirsten. Und es war natürlich ein Glück, als sich herausstellte, dass sie Deutsche ist. Wir kamen ins Gespräch, so gut dies bei der Lautstärke in der Bar möglich war, und Basti kehrte den Künstler heraus. Er redete in einem Maße, wie ich es von ihm nicht kannte. Er zog Kirsten förmlich mit Blicken aus, erzählte von Ausstellungen, die er im Leben nicht besucht und noch weniger mit eigenen Bildern bestückt hatte. Basti wuchs zu einer internationalen Größe heran. Er war scharf auf diese Frau, vom ersten Augenblick an. Und als Kirsten sagte, dass sie Immobilienmaklerin sei, fiel er sofort in dieses Thema ein und log, dass er vornehmlich mallorquinische Stadtbilder male und somit natürlich insbesondere Motive aus der Innenstadt von Palma liebe.«

»Deshalb die Bilder in seiner Wohnung«, nickte Marie.

»Ich, verehrter Herr Knobel, stand wie blöd dabei. Mein kleiner Bruder, der Künstler, führte das Wort, und nebenbei: Da er tatsächlich größer ist als ich, passte er aus meinen Augen auch zu dieser schönen Frau – und umgekehrt. So fing das an – und ich sah nach dem Verlierer aus und Sebastian nach dem Gewinner. Wir hatten erfahren, dass Kirsten in Sa Pobla in der Nähe des Bahnhofs wohnt und verabredeten uns zwei Tage später in dieser Stadt. Man fährt mit dem Zug von Palma durch bis hierhin. Vielleicht wissen Sie, dass die Strecke vor einigen Jahren noch in Inca endete und dann Teile des in den 80er-Jahren abgebauten Eisenbahnnetzes wieder aufgebaut wurden, so die Strecken nach Manacor und eben diese nach Sa Pobla. Also sind wir mit dem Zug nach Sa Pobla gefahren und fanden eine Stadt, die mit der Romantik der Innenstadt von Palma so gar nichts zu tun hat – und eine Kirsten, die in ihrem Beruf auch nichts mit dem Makeln von schönen Altstadthäusern zu tun hat, sondern schlicht und einfach mit dem Verkauf von teuren Ferienwohnungen und Villen in dieser Gegend.«

»Nachdem die neue Inselregierung den weiteren Ausbau des Eisenbahnnetzes zunächst gestoppt und entgegen der rot-grünen Vorgängerregierung wieder den Autoverkehr favorisierte, kam es auch zum Autobahnausbau zwischen Inca und Alçudia. Was für uns natürlich als Standortfaktor interessant ist«, erklärte Frau Praetorius.

»Kurz und gut: Das waren Geschäfte, die Hand und Fuß haben«, fuhr Pakulla fort, »und sie passen in gewisser Weise ja auch zu dem, was ich beruflich mache. Und plötzlich ergab sich eine Verbindung zwischen Kirsten und mir, während der romantische Basti wie von selbst auf ein Abstellgleis fuhr. Er machte Kirsten regelrecht Vorwürfe, sich am Ausverkauf der Insel zu beteiligen. Aber diese Art von Moral ist mir fremd – und ich weiß, Herr Knobel, was Sie jetzt heimlich wieder über mich denken – aber so bin ich nun einmal, und Kirsten ist genauso. Es geht uns darum, viel Geld zu verdienen. Und glauben Sie mir: Auch dies kann einer wunderschönen Liebe guttun.«

»Weiter!«, forderte Knobel, der eben noch versucht war, sein Urteil über Gregor Pakulla zu revidieren.

»Ich flog nach Frankfurt zurück, und Basti zwischendurch nach Dortmund. Er fing an, wie ein Verrückter Stadtbilder nach mallorquinischen Vorbildern zu malen. Er schrieb Kirsten Gedichte. Schnulzig, devot, unerträglich. Aber da ist jeder anders. Ich bin auf jeden Fall das Gegenteil.«

»Sind Sie Sadist?«, fragte Marie.

Pakulla schenkte weiter Rotwein ein.

»Ich bin Egoist, vielleicht bin ich Sadist. Ich bin extrem. Kirsten weiß das. Sie ist genauso.«

»Weiter!«, wiederholte Knobel.

»Tatsache ist, dass nur ich und Kirsten wechselseitigen Kontakt hatten. Wir besuchten uns gegenseitig, und auch ich war zwischendurch mehrfach erneut auf Mallorca, ohne dass Sebastian davon wusste. Während Sebastian und ich in unseren turnusmäßigen Anrufen bei Tante Esther von wachsender Bruderliebe erzählten und uns sogar über Handy gelegentlich untereinander absprachen, um die Geschichten abzustimmen, die wir Tante Esther servieren wollten, hatte ein jeder von uns für sich allein nur Kirsten im Kopf. Die Aussicht auf Esthers Erbe einte uns und die gemeinsame Zuneigung zu Kirsten entzweite uns, wie uns nichts mehr hätte entzweien können. Der vage Versuch, einander zu nähern, verkehrte sich in meiner Beziehung zu Kirsten genau ins Gegenteil.

Eines Tages, es war Anfang Oktober letzten Jahres, stand Basti überraschend vor Kirstens Tür, so wie Sie heute hier vor der Tür standen. Er kam zu ihr in die Wohnung, so wie Sie es heute taten. Und er war ebenso überrascht wie Sie, mich hier zu treffen. Da begriff er, dass seine Traumfrau meine war, und er fiel vor Kirsten auf die Knie, betete sie an, widerlich, sage ich Ihnen, aber so war er nun mal.«

»Es kam zum Eklat?«, vermutete Knobel.

»Eklat? Ach, Herr Knobel! Basti schwor, nur für Kirsten da zu sein, sein ganzes Leben wollte er verändern. Er sei gekommen, um für sie da zu sein. Heute, morgen, immer. Er habe kein Rückflugticket, viele Bilder warteten auf sie, in Dortmund, in seiner Wohnung, in Galerien, überall. Er werde ihr die Welt malen. All so ein Krampf.«

»Und?«

»Frauen stehen nicht auf so was«, wusste Pakulla. »Kirsten jedenfalls nicht. Es ist eine Strukturfrage. An Kirsten kam er nicht heran. Überall geht es zwischen den Menschen nur um Strukturfragen. Auch zwischen uns, Herr Knobel.«

»Sie haben Basti umgebracht«, folgerte Knobel.

»Sehen Sie! Das ist das, was Sie die ganze Zeit vermuten. Sie oder Sie, verehrte Frau Schwarz. Solange ich Ihr Mandant bin, vermuten Sie Schlechtes hinter mir. Eigentlich bin ich Ihr Gegner, stimmts? – Herr Knobel, ich glaube, Sie wären vorhin überraschter gewesen, wenn Sie hier auf Basti getroffen wären. Dass Sie mich getroffen haben, passte viel besser ins Bild. Sie waren auch von allen am wenigsten überrascht. Aber *Sie* sollten meinen Fall lösen, nicht ich selber!«

Pakulla lächelte maliziös. »Aber Kirsten und ich sind keine Unmenschen, wir machen Ihre Arbeit! Trotz des Feiertags! Und trotz des saftigen Honorars, das ich an Sie gezahlt habe! Und zusätzlich gibts guten Rotwein.«

Gregor Pakulla schenkte nach, Frau Praetorius schickte sich an, die dritte Flasche zu öffnen.

»Wie gefällt Ihnen der *Rioja*, ich mag diesen Abgang, die schlichte Eleganz.«

»Ein bisschen wie *Grand Cru*«, gab Knobel zurück.

»Sie sind ein Weinkenner, Herr Knobel, kein Maler wie mein Bruder«, stellte Pakulla fest. »Das ist lobenswert! Irgendwann fährt das Leben auf die entscheidenden Weichen zu, man muss sie nur selber stellen! – Also weiter: Was soll ich sagen, Herr Knobel? Mein Bruder hat diese Situation nicht verkraftet. Er konnte die Qual nicht ertragen, dass Kirsten, seine Kirsten, die Frau, der er sich als Künstler angedient hatte, der er alles Schöne dieser Welt bereiten wollte, sich bereits dem Gregor zugewandt hatte, jenem viel kleineren Nichtbruder, der sich ganz offen für Kirstens Geschäftsideen begeistern konnte, sie verstand und mit ihr wichtige Lebensprinzipien teilte.

Sebastian muss sich lächerlich vorgekommen sein mit seinen Gedichten. Bestimmt hat er sich vorgestellt, wie Kirsten sie mir amüsiert vorgelesen hat (was sie aber nicht getan hat). Sie hätten ihn sehen sollen, wie er dastand, der große Kerl, getroffen bis ins Mark um seine Liebe betrogen, eine Liebe, die er in Wirklichkeit nie erobert hatte. Er hat von Anfang an nicht begriffen, dass seine ganze Gefühlsduselei bei Kirsten verfehlt war. Kirsten hätte er sich in gewisser Weise erarbeiten müssen. Das ist eine Struktur, die ihm fremd ist. Daran ist er gescheitert!

Und als er das erkannt hatte – sein Auftritt hier dauerte etwa zwei Stunden – hat er irgendwann einen Schnitt gezogen und gesagt: *Ich werde jetzt gehen. Ihr werdet mich nie wiedersehen*. Und dann ging er. Wir haben ihn nie wiedergesehen.«

»Warum haben Sie ihn nicht gesucht?«, fragte Knobel.

»Diese Frage sollten Sie selbst beantworten können, Herr Rechtsanwalt. Es gibt zwei Möglichkeiten: Entweder hat er sich umgebracht oder er ist irgendwo untergetaucht. Sein Verschwinden seit seinem Besuch hier bei Kirsten spricht indes dafür, dass er sich umgebracht hat. Wo auch immer. Vielleicht im Tramuntanagebirge, in dem er sich einigermaßen gut auskannte, vielleicht auch woanders. Sollte er einmal gefunden werden, sehen wir weiter. – Was sollten wir tun? Zur Polizei gehen? Theatralische Abschiedsworte Sebastians wiedergeben, die eine Dreiecksgeschichte offenbart hätten? Sollten wir der Polizei über eine im Raum stehende Erbschaft von einer vermögenden Tante berichten? Sie wissen doch selbst: All das sieht eher nach einem Mordmotiv für mich aus.

Ich hätte meinen Bruder vor Esthers Ableben beerbt und hätte somit Esther allein beerben können. Wunderbar. Wirtschaftlich, das brauche ich Ihnen nicht zu sagen, in der Tat die beste Variante. – Aber was kann ich aus dem vermutlichen Selbstmord Sebastians machen? Was wird die Polizei denken? – Soll ich diese Geschichte der mallorquinischen Polizei erzählen – oder der deutschen Polizei zu Hause? Die Antwort: *Niemals!*

Basti war in seinem letzten Akt klug! Er hat sein Leben beendet, weil er als verkrachte Existenz nicht mehr weiterkam. Ich glaube nicht, dass er die vermeintliche Romantik in der Adlerstraße wirklich geliebt hat. Er hat in den Tag hineingelebt, wie immer ohne Perspektive. Dann trifft er Kirsten, seine große Liebe – und scheitert! – Sebastian, der im Leben noch nie geliebt hat, findet im Alter von 38 seine Liebe und scheitert. Er hatte keine Perspektive, Herr Knobel, das steht fest. Also Selbstmord. Ein Selbstmord allerdings, der mir ein klares Mordmotiv gibt. Ich kann ihn nicht beerben, Herr Knobel! Jedenfalls jetzt nicht. Er ist verschollen, Herr Knobel. Das ist die Wahrheit! – Und in Dortmund? Da saß Tante Esther im Altersheim und freute sich über den Versöhnungsprozess zwischen den beiden Neffen. Sollte ich ihr diese Todesnachricht überbringen? Was hätte sie gedacht, wenn sie vom Tod des geliebten Sebastian erfahren hätte? Umgekommen auf Mallorca, wo er sich mit dem zweitrangigen Neffen Gregor aufgehalten hat. – Stellen Sie sich vor, Esther hätte zu Lebzeiten von Bastis Verschwinden, hätte von seinem vermutlichen Tod erfahren!? Es ist doch klar, dass die Erbschaft für mich erledigt gewesen wäre. Esther hätte ohne mit den Wimpern zu zucken ein Testament errichtet, das irgendwen begünstigt hätte. Ich jedenfalls wäre leer ausgegangen.«

»Also musste für Esther Sebastian am Leben bleiben, solange sie noch selber lebte«, folgerte Knobel.

»Natürlich! Ich bin nach Dortmund zurückgeflogen und habe jeden Samstag seine Wohnung aufgesucht. Samstag für Samstag mit dem Auto zum Bahnhof Limburg-Süd, dann mit dem ICE nach Dortmund und am frühen Abend wieder zurück. Ich dachte, Ihnen sei aufgefallen, dass ich den Zugfahrplan fast auswendig kenne. Aber dem war wohl nicht so?«

Knobel schüttelte den Kopf.

»Egal. Jeden Samstag also nach Dortmund in die Adlerstraße. Immer darauf bedacht, möglichst niemanden im Haus zu treffen, was mir glücklicherweise auch stets gelungen ist. Den griechischen Nachbarn hatte ich verdonnert, die Blumen jeweils montags und freitags zu gießen und mir dabei sogar noch eine alberne Geschichte ausgedacht, warum er gerade an diesen Tagen die Blumen gießen sollte. Ich wollte ihm möglichst bei meinen Besuchen in Sebastians Wohnung nicht begegnen. Was aber letztlich auch kein Problem gewesen wäre. Ich hatte Theodoridis angerufen, mich als Sebastian ausgegeben und ihm erklärt, dass er sich um die Post nicht mehr kümmern müsse. Das werde ein Freund erledigen, den ich in der Folgezeit selbst gespielt habe. Natürlich hätte ich die Blumen auch selber gießen können. Aber mir war das lästig. Taktisch wäre es sogar klüger gewesen, die Blumen selbst zu gießen. Man stelle sich nur vor, aus irgendeinem Grunde hätte sich das *Wohnstift Augustinum* mit dem Nachbarn von Sebastian in Verbindung gesetzt und über diesen erfahren, dass Sebastian schon seit Monaten nicht mehr in der Adlerstraße war! Aber dieses Risiko war gering und hat sich letztlich auch nicht realisiert. Ich habe also die Post jeden Samstag selbst aus dem Kasten genommen und oben in die Wohnung gelegt. Und das Wichtigste war: Ich war stets da, wenn Esther anrief. Jeden Samstag. Sie sah mich ja nicht und Bastis und meine Stimme konnte sie offensichtlich nicht auseinander halten. Wir haben zufällig ziemlich ähnliche Stimmen. Ich musste nur peinlich darauf achten, die wenigen hessischen Einschläge zu vermeiden, die sich bei mir mittlerweile eingeschlichen haben. Sebastian hatte ein paar Schlagworte, die er auch auf Mallorca benutzte. *Ich bin eben so* war eine seiner üblichen Formulierungen, und diese Worte habe ich auch in den Telefonaten mit Tante Esther benutzt. Wenn Esther etwa fragte, wie lange ich – also Sebastian – denn heute geschlafen habe, habe ich geantwortet: *Bis 12 Uhr*. Und sie hat wie immer nachgefragt: *Warum denn so lange schlafen, Basti?* Und ich: *Ich bin eben so*. So war er tatsächlich. Ein Mensch, der eben so war. Ich habe also mit solchen Schlagworten den Basti gespielt, und es ist mir sogar leicht gefallen. Da Esther stets selbst in Bastis Wohnung anrief, schöpfte sie keinen Verdacht.«

»Dumm war nur Esthers leichter Schlaganfall«, meinte Marie.

»In der Tat. Ich wollte auf keinen Fall zu einer Zeit ins *Augustinum*, als Esther noch ansprechbar war. Also bin ich erst später hin, als ich sicher sein konnte, dass man mich nicht mehr zu Esther lassen würde. Die Zimmernachbarin hatte Sebastian noch nie gesehen. Das wusste ich aus meinen eigenen Telefonaten mit Esther. Also konnte ich ihr gegenüber auch ohne weiteres auftreten.«

»Frau Klingbeil ist eine sehr herzliche Dame«, sagte Marie. »Sie mochte Sie nicht!«

Gregor Pakulla lächelte.

«Ja, wie offensichtlich niemand mich mag – außer Kirsten. – Darf ich fragen, was Sie an der *Goethe-Frau* so fesselt? Was macht diese Liebe aus? Die *Goetheverse*, in denen sie ständig redet? – Ich bitte Sie! Wo ist die Struktur?«

Pakulla schüttelte unverständig den Kopf.

»Sie hätten mit Sicherheit das *Sa Pobla*-Bild entfernt, wenn Sie es als solches erkannt hätten«, führte Knobel zum Gesprächsthema zurück.

»Es war Ihnen ja immer daran gelegen, die Spur von Mallorca wegzuführen. Die Bilder Sebastians stellten ja angeblich die Toskana oder sonst was im Süden dar. Bloß nicht Mallorca. – Und ich nehme an, dass das Foto von Sebastian, das Sie an die Zeitungen zur Veröffentlichung gegeben haben, von Ihnen hier auf Mallorca gemacht worden ist, als Sie sich mit Sebastian hier aufgehalten haben?«

»Sie haben mit allem recht!«, antwortete Gregor Pakulla. »Aber Sie können mich doch verstehen! Jetzt kommen all die Fragen, denen ich entgehen wollte! Mir ist doch völlig klar, wie unglaubwürdig ich erscheinen muss! Aber Sie werden mir zugestehen, dass alles, was ich sage, sehr nachvollziehbar ist! – Meinen Sie nicht, es wäre für mich viel einfacher, wenn Sebastian Esther überlebt hätte. Meinen Sie, ich habe Lust, die langen Fristen des ›Todeserklärungsverfahrens‹ abwarten zu müssen? Das liegt doch gar nicht in meinem wirtschaftlichen Interesse! Wie oft soll ich es wiederholen? Ich will Esthers Erbe lieber heute als morgen. Aber das kann ich mir abschminken. Stattdessen Vermisstenanzeige für einen Bruder! Es schmerzt mich nicht persönlich, sondern wirtschaftlich, glauben Sie mir!«

»Warum haben Sie mir das nicht alles am Anfang gesagt?«, fragte Knobel. »Ich unterliege der Schweigepflicht. Sie können mir als Anwalt vertrauen.«

»Vertrauen?«

Gregor Pakulla lachte höhnisch und bedeutete Frau Praetorius, Wein nachzuschenken. »Wie hätten Sie reagiert, wenn ich Ihnen das geschildert hätte, was ich jetzt gesagt habe? Hätten Sie mir geglaubt, Herr Knobel? Sie hätten doch gedacht, es mit einem Mörder zu tun zu haben! So wie die Dinge liegen, kann ich es Ihnen nicht verdenken. Ein raffgieriger Adoptivneffe. Da liegen doch die Dinge klar. Sie mochten mich von Anfang an nicht! Sie haben es mir mehr oder weniger deutlich gesagt und Ihr ganzes Handeln danach ausgerichtet.«

Pakulla wandte sich Marie zu. »Und Sie, verehrte Frau Schwarz, wie haben Sie über mich gedacht?«

»Ebenso!«, gestand sie, »aber man konnte ja nicht von Anfang an alles wissen. Jetzt klärt sich vieles auf! Und ich bin dankbar, dass alle Fragen, die sich gestellt haben, eine Antwort gefunden haben!«

Pakulla lächelte.

»Ich weiß, dass ich kein Sympathieträger bin. Viele mögen mich nicht. Ich bin ehrgeizig, manchmal gierig. Mich interessieren wirtschaftliche Erfolge. Ich bin sogar geil danach. Wirklich! Vielleicht bin ich primitiv. Aber jeder Mensch hat seine Geschichte. Und die meine ist nicht glanzvoll. Ich will unseren Eltern, Basti und Esther nicht alle Schuld in die Schuhe schieben. Um Gottes Willen nicht! Jeder fängt bei sich selbst an. Das gilt auch für mich. Wer weiß, aus welchem Sumpf ich komme. Ich weiß es nicht! Ich habe meine wirklichen Eltern nie kennengelernt. Ich hatte es insgesamt nicht schlecht in Dortmund. Von den Dingen abgesehen, von denen ich berichtet habe. Aber es gibt andere Schicksale. Und ich habe Kirsten. Eine wunderbare Frau. Glauben Sie mir: Ich bin oft so ungehobelt. Auch vorhin. Ich habe es Ihrem Gesicht angesehen, Herr Knobel, als ich sagte *Frauen stehen nicht auf so was*. Da verzog sich Ihre Miene, da brach es aus Ihnen heraus. *Sie haben Basti umgebracht*, haben Sie gesagt, und in Ihren Augen war Glut. Wir leben alle in einer Struktur, Herr Knobel. Auch Sie! Ihre Struktur ist anders als meine. Ich bin so direkt, so fordernd. Ich bin, wenn Sie so wollen, bestimmt kein guter Mensch. Aber ich bin klar. Das ist ein Wert an sich. Wir haben alle unsere Brüche. Und, ohne Ihnen zu nahe treten zu wollen, erkenne ich solche Brüche auch bei Ihnen, Herr Knobel: Sie sind verheiratet und haben eine kleine Tochter. Das weiß ich aus dem Internet. Sie wissen schon: die Homepage Ihrer Kanzlei. Aber Sie sind offenbar getrennt und verreisen mit Ihrer Geliebten, wofür ich, das darf ich mit allem Entzücken sagen, volles Verständnis habe.«

Knobel hob sein Glas, um einen Trinkspruch auszubringen.

»Wir sollten gleich fahren, Stephan«, mahnte Marie.

»Fahren?«

Frau Praetorius lachte.

»Wissen Sie, was Sie getrunken haben?«

»Mit dem Taxi«, erwiderte Marie.

»Es ist spät geworden, und morgen in aller Frühe geht unser Flieger«, wobei sie Stephan unter dem Tisch derart heftig an die Knöchel trat, dass er einen Aufschrei unterdrücken musste.

»Karsamstag zurück, das ist aber ungewöhnlich«, fand Pakulla.

»Sie können hier übernachten. Wir machen uns einen gemütlichen Abend.«

»Ich weiß es von meinen Studentenfeiern«, erwiderte Marie. »Es ist, wie bei Ihnen, sehr gemütlich, und die Nacht findet kein Ende, und morgen früh ist der Kater da. – Nein, bestimmt, es ist besser so. Wir haben wegen des Osterreiseverkehrs nur einen Flug von Palma nach

Dortmund am Samstag bekommen können. Und der geht schon um 9 Uhr. Und wir müssen ja noch packen. – Aber dafür«, sie streichelte Stephan den Arm, »sind wir auch schon ein paar Tage hier. Wir haben Ostern praktisch vorverlegt. – Aber vielleicht können wir, wenn Sie nichts dagegen haben, einmal ein paar Tage zusammen verbringen und von hier aus oder von Palma aus etwas unternehmen. Wie ich denke, wird Stephan mit dem ›Todeserklärungsverfahren‹ noch einige Jahre zu tun haben.«

Gregor Pakullas Gesicht entspannte sich und verzog sich zu einem Lächeln. »Jetzt weiß ich von Ihnen fast gar nichts, liebe Frau Schwarz, und weiß doch, dass Sie, wie zu Anfang vermutet, eine ganz wunderbare Frau sind. – Natürlich sind Sie bei uns jederzeit willkommen. Wir freuen uns auf Sie! Ich besuche Kirsten so häufig wie möglich. Wir haben jetzt schon fast eine Woche gemeinsam hier verbracht. Zeit für das Leben, Zeit für die Liebe.«

Dann irgendwann verabschiedete man sich. Gregor Pakulla hatte einen Taxiunternehmer angerufen, und zum Schluss boten sie sich wechselseitig das *Du* an, tranken darauf noch vor dem bereitstehenden Taxi einen letzten Schluck Rotwein.

Sie fuhren los, Knobel drehte sich im Taxi nochmals um und winkte in die Dunkelheit zurück, bis das Auto um die nächste Ecke bog.

»Wir hätten durchaus bei Pakulla übernachten können«, meinte Knobel, als das Taxi auf die Autobahn Richtung Palma auffuhr.

»Es war doch sehr nett! Auf alle Fragen haben wir eine Antwort gefunden. Und der Rotwein schmeckte auch sehr gut.«

»Ähnlich dem *Grand Cru*, ich weiß«, antwortete Marie.

»Du bist ungerecht! Beide waren wirklich sehr nett. Und wir hätten nur in unserer Pension anrufen und sagen müssen, dass wir heute Nacht nicht zurückkommen. Und morgen früh hätten wir unser Auto sofort mitnehmen können. Du bist eifersüchtig. Stimmts? Du hast gemerkt, dass ich Kirsten Praetorius sehr attraktiv finde?«

»Ach, Stephan …!«

»Stimmts?«

»Ich bin spießig«, antwortete sie.

»Das habe ich noch nie bemerkt«, versicherte er irritiert.

»Zu meinen spießigen Angewohnheiten gehört, nicht bei Mördern zu übernachten.«

»Marie!«

Er erschrak über seine Lautstärke und sah, dass der Taxifahrer sie im Innenspiegel beobachtete.

»Marie«, wiederholte er leiser, »wir haben auf alle Fragen eine Antwort bekommen. Es ist klar, warum er Sebastians Rolle eingenommen hat. Es ist klar, warum er die Spielchen getrieben hat. Es ist klar, warum er Sebastians wahrscheinlichen Selbstmord nicht gemeldet und warum er auch mir zu Beginn des Mandats keinen reinen Wein eingeschenkt hat. Du betrachtest die Dinge noch so wie am Anfang. Gregor Pakulla ist eben von anderer Struktur«, und bei diesen Worten fielen Knobel unweigerlich Löffke und sein Schwiegervater ein. Menschen mit anderer Struktur. Hatte er, Knobel, zu wenig Struktur?

»Es gibt eine zentrale Frage«, erwiderte Marie, »und du hast zu ihrer befriedigenden Antwort etwa 45 Kilometer Zeit. Wenn du mir diese Frage schlüssig beantworten kannst, dann werde ich über Gregor Pakulla kein schlechtes Wort mehr verlieren und dich dein ›Todeserklärungsverfahren‹ betreiben lassen!«

»Und diese Frage lautet?«

»Wenn es so ist, wie dein Mandant behauptet, dann hat sich Sebastian aus enttäuschter Liebe aus dem Leben verabschiedet. Er hinterlässt einen Bruder im rechtlichen Sinne, der ihm auch noch die Liebe seines Lebens weggeschnappt hat, als die er Kirsten jedenfalls gesehen hat. Und dieser Bruder hat nicht nur die schöne Kirsten, dieser Bruder beerbt jetzt auch noch Esther van Beek. Wie wirkt das auf Sebastian?«

»Die enttäuschte Liebe und das Verhältnis zwischen Kirsten und Gregor treiben Sebastian in den Selbstmord, die Erbschaft ist in diesem Zusammenhang ohne Bedeutung, denn Sebastian hätte ja auch selbst geerbt.«

»Richtig! Aber Sebastian wird nicht aus dem Leben scheiden und den verhassten Bruder dergestalt belohnen, dass Gregor all das bleibt, was er sich genommen hat.«

»Das heißt?«

»Die Frage lautet: Wenn Sebastian Pakulla Selbstmord begangen hat: Warum tut er es an einem Ort, an dem er bis heute nicht gefunden worden ist? Seine Enttäuschung und sein Hass auf Gregor machen nur dann einen Selbstmord sinnvoll, wenn seine Leiche sofort entdeckt wird. Nur dann kann Sebastian Gregor Scherereien bereiten, Ärger mit der Polizei, Verdacht des Mordes an seinem Bruder und insbesondere seine Enterbung durch die bis zu diesem Zeitpunkt noch lebende und gesundheitlich einigermaßen intakte Esther. Warum kein Selbstmord mit einem Abschiedsbrief, den er am besten mehrfach kopiert und an alle geschickt hätte, die daraus Konsequenzen hätten ziehen können, allen voran an Esther! Wenn Sebastian schon aus dem Leben scheiden wollte, dann hätte er auf diese Weise Gregor gleichzeitig die Erbschaft nehmen können! Und vielleicht sogar Kirsten, die offensichtlich ein erhebliches wirtschaftliches Interesse und wohl auch die Erbschaft im Auge hat. Sebastian geht doch nicht einfach so! Ich glaube Gregor ohne weiteres, dass für ihn das lange ›Todeserklärungsverfahren‹ misslich ist. Er hat diese Konsequenz bestimmt nicht gewollt, aber sie ist die einzig mögliche, um überhaupt irgendwann an das Geld zu kommen, und zwar an das ganze Geld!

Betrachte Gregors Motivlage: Natürlich ging es ihm darum, Sebastians Erbteil mitzukassieren. Alleinerbe nach Esther zu sein, das wäre gewiss Gregors Hauptgewinn. Er bekäme ein gigantisches Vermögen, ohne es mit dem ungeliebten Bruder teilen zu müssen. Also: Dass Sebastian vor Esther starb, war wegen des komplizierten ›Todeserklärungsverfahrens‹, mit dem sich Gregor jetzt herumplagen muss, sicher nicht von ihm gewollt. Und Sebastians Motivlage: Hätte er einen Selbstmord gewollt und begangen, dann hätte er ihn aus den genannten Gründen nicht an einem Ort durchgeführt, an dem er wirklich verschwunden bleibt. Ganz im Gegenteil: Sebastian hätte gewissermaßen öffentlich Selbstmord begangen. Er hätte die Welt von seinem Ableben wissen lassen, insbesondere Tante Esther, die er über die Motive seines Selbstmordes in Kenntnis gesetzt hätte. Was also folgt daraus?«

Knobel wusste es nicht.

»Der Tod Sebastians vor demjenigen Esthers war aus irgendeinem Grunde aus Gregor Pakullas Sicht nicht zu umgehen. Er musste Sebastian töten, obwohl er es zu diesem Zeitpunkt mit Sicherheit nicht wollte. Was kann dazu geführt haben? Eine Auseinandersetzung, die eskaliert ist? Unwahrscheinlich. Die Brüder mochten sich nicht, aber sie hielten im Hinblick auf das in Aussicht stehende Erbe durch. Sie machten gemeinsam Urlaub, obwohl sie sich nichts zu sagen hatten. Sie waren zusammengeschweißt, obwohl sie einander verachteten. Die Aussicht auf das Geld verband sie. Kein einfacher

Streit hätte sie entzweit. Ganz im Gegenteil: Sie hätten jede Meinungsverschiedenheit, sogar jede massive Auseinandersetzung, wenn sie sie überhaupt ausgetragen hätten, im Interesse der winkenden Erbschaft überstanden. Keiner wollte dem anderen Gutes, aber keiner hätte den anderen umgebracht.«

»Das heißt«, schloss Knobel an, »es war etwas geschehen, das so außergewöhnlich war, dass selbst diese hohe Hemmschwelle durchbrochen wurde.«

»Genau! Und das kann nur bedeuten, dass Sebastian deinen Mandanten Gregor in der Hand hatte, dass er ihn wirtschaftlich hätte vernichten können, mit anderen Worten also etwas wusste, das Esther entsetzt und zur Errichtung eines Testaments veranlasst hätte. Gerade das Gegenteil von Gregor Pakullas Zielvorstellung stand im Raum: Nicht Gregor, sondern Sebastian hätte Alleinerbe werden können. Das durfte natürlich nicht geschehen! Deshalb ein notwendiger Mord, wenn auch zur ungünstigen Zeit!«

»Ach Marie«, seufzte Knobel und gab zu, ihrer Argumentation nichts entgegensetzen zu können. »Ich glaube trotzdem, dass wir ihm Unrecht tun!«

»Wunderst du dich nicht über seine Rechtskenntnisse?«

»Doch«, gab Knobel zu und ergänzte: »Er hat für einen Laien außergewöhnliche Rechtskenntnisse auf dem Gebiet des Erbrechts.«

»Also ein Rechtsgebiet, das er bestimmt nicht im Zusammenhang mit seinem Wirtschaftsstudium kennengelernt hat. Er hat gewissermaßen Erbrecht studiert, und zwar ganz gezielt für seine Erbschaft. Er kennt den Begriff der *Kommorienten* und andere Begriffe mehr. Gregor Pakullas Problem ist, dass er stets prahlen muss. Er, der so gern von Struktur redet, stolpert über seine eigene. Weil er immer gern preisgibt, wie schlau er ist, was er weiß, und weil er auch immer damit angeben muss, wie er uns für seine Zwecke eingespannt hat.«

Sie erreichten Palma, ohne dass Knobel Maries Frage beantwortet hatte. Erschöpft fielen sie ins Bett und sinnierten noch eine ganze Weile über ihre Erlebnisse in Sa Pobla. Knobel fand stundenlang keinen Schlaf. Wie ihn ein aufregender Tag im Beruf manchmal bis tief in die Nacht verfolgte, grübelte er über das Gespräch mit seinem Mandanten und Frau Praetorius und nahm, als er am Morgen benommen aufwachte, Marie das Versprechen ab, den Fall Pakulla während ihres kurzen Urlaubs auf sich beruhen zu lassen. Am nächsten Morgen fuhren sie mit dem Zug nach Sa Pobla, holten das Auto ab, und sie genossen ihre verbleibenden drei Tage auf Mallorca in trauter Zweisamkeit.

25

Am Dienstag nach Ostern erschien Knobel um 8.30 Uhr im Büro, wo er von Frau Klabunde aufgeregt erwartet wurde.

»Sie hätten nur Ihr Handy eingeschaltet lassen müssen«, begann er, »dann müsste ich jetzt nicht so gespannt auf das sein, was Sie mir erzählen werden und Sie nicht danach fiebern, endlich das loszuwerden, was Sie mir am liebsten sofort erzählt hätten.«

»Herr Knobel!«

Frau Klabunde errötete und lächelte verlegen. »Es ist diffizil und gleichzeitig so banal«, flötete sie, und Knobel staunte über ihre Wortwahl.

»Um 9 Uhr ist Sozietätsbesprechung. Und Sie werden als Sieger hervorgehen, das weiß ich schon jetzt! Und nun setzen Sie sich hin und hören nur zu!«

Knobel nahm folgsam im kleinen Zimmer seiner Sekretärin Platz, dankte für den gereichten Kaffee, und als er knapp 10 Minuten später aufstand, um in sein Büro zu gehen, blieb er einen Moment stehen, fast, als wollte er eine Ansprache halten, wandte sich zu seiner Sekretärin um und sagte in einem Ton, den Frau Klabunde als feierlichen Schwur empfand:

»Ich werde Ihnen das nie vergessen, Frau Klabunde, niemals!«

Und bei diesen Worten schossen ihr Tränen in die Augen.

8.45 Uhr. Knobel saß in seinem Büro, als Löffke die Klinke zu Zimmer 102 mit dem Ellenbogen aufdrückte. Seine Hände umschlossen fest die Tragegriffe eines großen Silbertabletts, das üppig mit Fleischwaren gefüllt war und dessen appetitlich aufgeschichtete rot-rosige Leckereien in ihrer Farbe Löffkes dicken Backen ähnelten. Löffke trat herein und die Tür mit dem rechten Fuß hinter sich zu.

»Kollege Knobel«, begann er und sein Gesicht verzog sich zu einem breiten Grinsen.

»Woher die Ehre, als erster mit Schnitzeln, Mettwürsten, Leberkäse und Schinken beehrt zu werden?«, giftete Knobel. »Gewöhnlich dienen Sie sich zuerst doch Dr. Hübenthal an.«

»Heute beginne ich bei Ihnen«, erwiderte Löffke und stellte das Tablett vorsichtig auf Knobels Schreibtisch. »Fleischspezialitäten aus gutem Hause. Eine kleine Stärkung vor unserer Sozietätsbesprechung! Was möchten Sie, lieber Herr Knobel?«

»Mit Ihnen ernsthafte Worte reden, wenn ich überhaupt noch mit Ihnen rede.«

Löffke hörte schäumende Wut heraus, zugleich eine ungewohnte Härte in Knobels Stimme. Er verharrte einen Augenblick irritiert, dann nahm er eine Mettwurst vom Tablett.

»Schon mal in die Umsatzauswertungen geschaut?«, fragte Löffke.

»Nein.«

»Sollten Sie aber!«

Löffke umrundete Knobels Schreibtisch und griff auf die Computertastatur, wechselte in das Menü *Finanzbuchhaltung*, gab das nur den Anwälten bekannte Codewort ein und klickte dann auf *Umsätze*, Untermenü *Einzelauswertungen*.

»Wir haben gerade mal Ostern hinter uns und ich habe fast die doppelten Umsätze als Sie. Da, schauen Sie auf die Zahlen! Ich bin jetzt schon über 400.000.« Löffke ging wieder zu seinem Tablett zurück. »Wissen Sie, ich werde in der Halbjahresbilanz über 500.000 haben! Nach unserer guten alten deutschen Währung schon Millionär! Da kommt keiner von den anderen ran. Auch nicht Hübenthal. Und Sie selbst hängen ja bei schlappen 180.000. Sie kriegen mich nicht ein, lieber Knobel! Sie schaffen einfach nicht meine Umsätze. Heute nicht, morgen nicht, nie! Haben Sie auch bisher nicht geschafft. Irgendwann, Knobel, werde ich erfahren, warum Hübenthal Sie zum Kanzleivize gemacht hat und nicht mich. Aber ich werde mich nicht mit der *Nummer Drei* zufrieden geben, das wissen Sie. Ich will nach vorne, und ich komme nach vorne. Sie wissen das, Kollege Knobel! Nicht doch ein Mettwürstchen? Sie sind einfach köstlich.«

Löffkes Zunge leckte seine fettigen Lippen ab, die sich dann einer weiteren Mettwurst widmeten.

»Ich bin Umsatzkönig, Knobel, und ich werde es bleiben. Das ist doch das, was zählt! Und darum kommt Hübenthal auf Dauer nicht um mich herum. Ich bin Umsatzkönig mit feinsten Mandaten. Und glauben Sie mir, ich sehe das sportlich! Ich jage Mandate! Ganz sportlich! Fette Brocken! Und immer neue dazu! Der Umsatzkönig ist das Wichtige, nicht der Postkönig, den Sie mir in letzter Zeit streitig machen. Aber ich habe ja entdeckt, wie Sie das machen: Sie bitten in allen Akten schriftlich um schriftliche Sachstandsmitteilungen, um nochmalige Zusendung von Schriftstücken und so weiter. Sie produzieren künstlich Posteingänge, Knobel. Sie sind ein Betrüger! Ich bin Ihnen auf der Spur! Ich weiß, was Sie machen und wie Sie es machen. Sie sind für solche krummen Touren nicht talentiert, glauben Sie mir!«

»Vielleicht nehme ich doch ein Mettwürsten«, überlegte Knobel.

»Mettwürstchen oder ein saftiges Stück Schinken? Vielleicht dazu ein Spreewaldgürkchen?« Löffke blickte verzückt auf das Tablett.

»Für unsere verdiente *Nummer Zwei* ein besonders schönes Würstchen«, befand er schließlich.

»Was halten Sie von Betül Atalay?«, fragte Knobel.

»Wer ist Betül Atalay?«

»Eine von unseren vier Auszubildenden. Frau Atalay beendet in Kürze ihre Ausbildung.«

»Ach, der schwarzhaarige Traum aus der Türkei, der sich in der Umgebung des Empfangs beim Postausgang verdient macht. Meinen Sie die?«

»Genau die«, nickte Knobel.

»Was ist mit ihr?«

»Ich meine, wir sollten gleich in der Sozietätsbesprechung den Vorschlag machen, Frau Atalay nach dem Ende der Ausbildung zu übernehmen. Sie leistet hervorragende Arbeit.«

»Ich kenne das Mäuschen kaum«, erwiderte Löffke. »Sie doch auch nicht, Herr Knobel, oder beschäftigen Sie sich nicht nur mit Studentinnen, sondern auch mit unseren hübschen Auszubildenden?«

»Sie nimmt die Interessen unserer Kanzlei in vorbildlicher Weise wahr«, sagte Knobel ruhig.

»Das heißt?«

»Sie bringt den Mandanten oder Gegnern Briefe persönlich nach Hause, wenn sie in ihrer direkten Umgebung wohnen.«

»Das erwarten wir von jedem, der bei uns arbeitet«, antwortete Löffke. »Jeder soll auf die Kosten achten, egal, in welcher Funktion.« Löffke verdrehte gelangweilt die Augen. »Unser Credo. Schon immer.«

»Neulich erst hat sie meinem Schwiegervater einen Brief in die Dahmsfeldstraße gebracht«, fuhr Knobel fort.

»Und das, obwohl die Adresse gar nicht lesbar war! Derjenige, der den Brief in unseren Postraum gebracht hat, hatte ihn versehentlich falsch in den Briefumschlag gesteckt, nämlich so, dass das Adressfeld nicht im Umschlagfenster war. Im Umschlagfenster war nur weißes Papier sichtbar. Also hat Frau Atalay den Umschlag geöffnet und ihn richtig eingetütet. Und bei der Gelegenheit, die Neugier sei ihr verziehen, den Brief gelesen, der einen ziemlich eigenartigen PS-Zusatz hatte. Das war schon merkwürdig! Denn weder ist es Frau Klabundes Eigenart, nach so vielen Jahren Berufserfahrung Briefe falsch in den Umschlag zu stecken noch Briefe mit PS-Zusatz zu versehen. Aber, und Sie sehen, wie treu Frau Atalay ist, sie dachte, es sei schon alles sicherlich in Ordnung, denn schließlich war es ja ein Umschlag, den Sie, Herr Löffke, in den offenen Postausgangskorb geworfen hatten und der noch als letzter Brief oben in dem Korb auflag, als ihn Frau Atalay frankieren wollte.«

Löffkes Gesicht war fahl geworden, die Zähne kauten lustlos auf der Mettwurst.

»Ja, das war doof!«, sagte er tonlos.

»Es war nicht böse gemeint! Ein Joke, Herr Kollege, ehrlich! Vielleicht ein dummer Joke! Aber Sie müssen das sportlich sehen! Es war doch lustig! Ihre ganzen Sachen hier im Büro! Sie taten allen leid, und doch war es irgendwie lustig! Ehrlich! Mein Gott, Knobel, jeder braucht auch seinen Spaß!«

»Der Spaß ist Verletzung des Briefgeheimnisses, Urkundenfälschung und anderes mehr, insbesondere aber eine Beleidigung meiner Person, und auch die meiner Frau und meines Schwiegervaters«, fasste Knobel zusammen.

»Und Sie schnüffeln in meinen Akten, ich weiß es.«

»Es gibt nicht Ihre und nicht meine Akten. Wir arbeiten zusammen. Wir sind Partner. Denken Sie an unseren Sozietätsvertrag. Da steht es in der Präambel: *Die Sozietät beruht auf der wechselseitigen Wertschätzung der Sozien*. Und was die Akten angeht: Sie dürfen gern auch in den Akten lesen, die ich bearbeite. Vier Augen sehen immer mehr als zwei.«

»Hübenthal wird Sie rausschmeißen!«, prophezeite Knobel.

Löffke war blass und ernst geworden, seine Lippen pressten schmal aufeinander, ohne eine Zigarette dazwischen.

»Hübenthal gehts genauso um die Umsätze wie mir«, meinte er schließlich. »Er ist scharf auf Geld. Wie ich. Da bin ich ehrlich. Er wird nicht auf sein Paradepferd verzichten. Das mit dem Brief war doof, wie gesagt. Aber dagegen stehen über 400.000 Euro Umsatz schon nach Ostern. Und ich bin kein falscher Postkönig, ich bin der echte Postkönig! Das sind die Dinge, die zählen! Die auch bei Hübenthal zählen! Und ich führe eine Ehe ohne Skandale, Herr Knobel. Ich habe keine Schlammschlacht mit meinen Schwiegereltern.«

»Sie haben Mettwürstchen«, warf Knobel ein.

»Ich habe Familiensinn«, zischte Löffke.

»Und Verantwortungs- und Pflichtgefühl. Ich wahre die Form. Ich habe kein Verhältnis mit einer Studentin. Mein Gott, wovon reden wir eigentlich hier?«

»Dreierlei«, antwortete Knobel ruhig. »Erstens: Frau Atalay wird nach Ende der Ausbildung als Rechtsanwaltsgehilfin in unsere Kanzlei übernommen. Zweitens: Sie werden in einem persönlichen Gespräch mit meinem Schwiegervater und mit meiner Frau sich für den Zusatz in dem Brief entschuldigen. Persönlich. Vor

Ort in der Dahmsfeldstraße. Drittens: Sie werden Ihre Promotion zurückziehen.«

Löffkes Augen flackerten.

»Sie sind nicht bei Sinnen!«, rief er.

»Sie werden nicht Dr. Postkönig und nicht Dr. Umsatzkönig!«, beharrte Knobel, »sonst gibt es in der Sozietätsbesprechung gleich nur ein Thema und zwei präsente Zeugen: Frau Klabunde und Frau Atalay.«

Löffke schnaubte und nahm sein Tablett.

»Gut, gut, Knobel, dieser Punkt geht an Sie! Weil ich so blöd war, mich einen Moment zu etwas habe hinreißen lassen, was ich jetzt bereue! Aber glauben Sie mir: Ich bin ein Langstreckenläufer! Sie wissen das, und Sie wissen auch, warum: Im Gegensatz zu Ihnen habe ich Struktur. Ich bin immer auf gleicher Linie. Ich dümple nicht zwischen oben und unten, rechts und links, nicht zwischen Dahmsfeldstraße und Varziner Straße, wenn Sie verstehen, was ich meine. 400.000 Euro! Das ist nicht nur eine Zahl! Das ist ein Leben! Sie ignorieren diese Gesellschaft, Knobel, und das ist Ihr Problem! Nein, Ihr Problem ist ein anderes: Sie ignorieren die Gesellschaft nicht richtig. Sie leben teilweise in ihr und teilweise außerhalb. Sie sind nicht klar, Sie sind nicht glatt.«

26

Als Knobel, wie jeden Dienstag, am frühen Abend zu Marie fuhr, waren ihm Löffkes Worte noch präsent. Knobel hatte sich gegen seinen Widersacher durchgesetzt. Die Sozietätsbesprechung war harmonisch verlaufen, garniert mit Mettwürstchen, Kaffee und einem Glas Sekt. Weder Knobels künstliche Posteingangszahlen noch Löffkes Brieffälschung waren ein Thema. Frau Atalay würde man nach Ende der Ausbildung übernehmen und Löffke hatte laut darüber nachgedacht, ob das von ihm gewählte Promotionsthema geeignet sei. Die Auswertung der Fachliteratur habe ergeben, dass jüngst eine Dissertation dazu veröffentlicht worden sei und sich deshalb seine Arbeit im Prinzip erledigt habe. Das war ein erster Schritt in die von Knobel gewünschte Richtung. Er hätte zufrieden sein können. Aber Knobel dachte darüber nach, ob Löffke nicht in einigen Punkten recht hatte.

Als Marie eine neue Strategie für den Fall Pakulla entwickelte, hörte er nur halbherzig zu.

»Weiß dein Mandant eigentlich, dass wir den Galeristen in Dortmund kennen, den Sebastian Pakulla immer beliefert hat? Haben wir den Galeristen in dem Gespräch in Sa Pobla oder sonst gegenüber Gregor Pakulla erwähnt?«

Knobel schüttelte den Kopf. Nein, Gregor Pakulla wusste von der Verbindung zwischen Knobel und dem Galeristen nichts, erst recht nichts davon, dass der Galerist beauftragt war, Gregor Pakulla gezielt mit jenen Informationen zu versorgen, die er zuvor Knobel in seiner Galerie erteilt hatte.

»Wir sollten den Galeristen ein weiteres Mal als Köder benutzen«, meinte Marie, und er sah sie fragend an. »Wenn Gregor Pakulla seinen Bruder umgebracht hat und er jetzt notgedrungen die langen Fristen des ›Todeserklärungsverfahrens‹ abwarten muss, wird ihn jedes Lebenszeichen seines Bruders stören. Verschollen kann ja nur der sein, von dem man nichts mehr hört. Oder?«

Knobel bejahte matt.

»Darum sollten wir den Galeristen bitten, Gregor Pakulla anzurufen und ihm mitzuteilen, dass Sebastian ihm neue Bilder geliefert habe. Er hat ja auch noch ein paar Bilder von Sebastian in seiner Galerie. Er soll einfach so tun, als habe ihm Sebastian die Bilder gerade erst gegeben. Und dass der Galerist sich an die Polizei gewandt habe, um mitzuteilen, dass Sebastian noch am Leben sei. Er, der Galerist, habe ja aus dem Zeitungsartikel gewusst, dass Sebastian gesucht werde. Und dass er diese Information an die Polizei gegeben habe. Weil er von der Vermisstenanzeige wisse. Und wir werden den Galeristen bitten, in das Gespräch einfließen zu lassen, dass Sebastian Verbindungen nach Sa Pobla hat. Er soll beiläufig auch Kirsten Praetorius erwähnen und auch ihre Adresse. Der Galerist muss es nur gut rüberbringen.«

»Was soll das bringen?«, fragte Knobel, und sein Tonfall klang gereizt.

»Wenn Gregor seinen Bruder umgebracht hat und das ›Todeserklärungsverfahren‹ scheitert, weil immer neue Lebenszeichen Sebastians auftauchen, muss er Sebastians Leiche preisgeben. Er muss seine Strategie ändern: Er darf Sebastians Tod rechtlich nicht mehr über das Verschollenheitsgesetz herbeiführen. Er muss den rechtlichen Tod durch den tatsächlichen Tod Sebastians auslösen. Er wird die Leiche offenbaren.«

Knobel war zu erschöpft, um Maries Idee zu diskutieren. Er, dem alle bescheinigten, keine Struktur zu haben, war sich plötzlich sicher, tatsächlich keine zu haben. Was machte er? Er arbeitete gegen seinen Mandanten an, einen Menschen, den er nie mochte, der ihn jedoch fürstlich entlohnte und alle Informationen lieferte, die er haben wollte. Knobel hatte Frau und Kind verlassen, dem bulligen grobschlächtigen Löffke mit den albernen künstlichen Posteingängen eine Vorlage geliefert, und er hatte ein Verhältnis mit einer Studentin, die zu entkleiden ihm höchstes Vergnügen bereitete und dieses Ritual er am liebsten dienstags vollzog, an dem er sich, ebenfalls einem Ritual folgend, ganz bewusst von seiner alltäglichen Welt ab- und Marie zugewandt hatte.

»Was hast du?«, fragte Marie.

»Ich sehe keinen Sinn!«, antwortete er müde. »Gregor Pakulla hat nicht wirklich Druck, seinen Bruder Sebastian auszugraben, wenn er ihn tatsächlich umgebracht hat. Die Behauptungen des Galeristen werden sich als Blödsinn erweisen, nicht aber die Darstellung von Gregor Pakulla. Mein Mandant muss doch einfach an der Verschollenheitsversion festhalten und die Leiche in ihrem Loch lassen. Wenn Sebastian von keinem anderen gefunden wird, ist er verschollen. Und die vermeintlichen Lebenszeichen werden sich als Lüge enttarnen und Gregor Pakulla eher helfen. Was ist, wenn du dich irrst? Wenn Gregor Pakulla zur Polizei rennt und ihr mitteilt, was der Galerist ihm erzählt hat? Und der Galerist müsste bescheuert sein, wenn er diesen Unsinn mitmacht. Aber tue es, Marie, bitte in Gottes Namen den Galeristen, das zu tun, was du von ihm wünschst.«

»Gregor Pakulla wird nicht zur Polizei gehen«, beruhigte Marie. »Er hat gewissenhaft die Spur nach Mallorca zu verwischen versucht. Er wird deshalb auch nicht der Polizei unseren Besuch bei ihm und Frau Praetorius in Sa Pobla melden. Er wird Mallorca gegenüber der Polizei von sich aus überhaupt nicht erwähnen.«

Marie sah ihn traurig an.

»Du hast keine Lust mehr! Was ist los?«

»Ich habe keine Struktur«, erklärte Knobel leise.

27

Drei Wochen später erschien Kirsten Praetorius unangemeldet in der Kanzlei. Knobel hörte ihre erregte Stimme durch die geschlossene Tür, als sie Frau Klabunde in nervöser Hektik von der Dringlichkeit ihres Besuchs zu überzeugen versuchte. Knobel stand auf und öffnete die Tür zu seinem Sekretariat. Kirsten Praetorius stand in hellem Frühlingsmantel vor ihm, der rundliche Bauch wölbte den Mantel etwas nach außen, Kirstens schwarze Haare waren zu einem Zopf zusammengebunden. Ihr Gesicht war makellos gepflegt und dezent geschminkt, wie bei Knobels Besuch in ihrer Wohnung in Sa Pobla.

»Es ist schon gut, Frau Klabunde. Frau Praetorius kommt vermutlich im Fall Sebastian Pakulla. Und, wie ich denke, direkt aus Spanien, oder?«

Kirsten Praetorius nickte.

»Dann komm rein!«, und bat sie mit einer Handbewegung in sein Büro.

Frau Klabunde warf ihm einen gereizten Blick hinterher, wie stets, wenn Knobel mit einem Federstrich ihre Bemühungen zunichte machte, einen unerwarteten Mandanten abzuwimmeln, was sie nur seinetwegen tat und damit seinem Wunsch entsprach.

Knobel hatte sich noch nicht nach dem Befinden von Kirsten Praetorius erkundigt, und sie hatte noch nicht vor seinem Schreibtisch Platz genommen, als sie bereits zur Sache kam.

»Gregor braucht einen Strafverteidiger. In Spanien.«

Knobel zog erstaunt die Augenbrauen hoch.

»Unsere Kanzlei macht zwar auch Strafrecht, aber nicht spanisches Strafrecht. Was ist passiert?«

»Man hat Gregor verhaftet. Weil er Sebastian vorsätzlich getötet hat.«

Kirsten Praetorius strich sich fahrig durchs Gesicht. »Du und Marie haben es ohnehin vermutet. Ihr hattet recht!«

Sie nahm vor seinem Schreibtisch Platz. Ihre Gesichtszüge waren unruhig. Sie knetete nervös die Hände.

Knobel schüttelte ungläubig den Kopf.

»Ich habe alles erwartet, aber nicht das. Hat man Sebastians Leiche gefunden? Wo? Wie ist die Polizei ihm überhaupt auf die Spur gekommen?«

»Ich habe ihn angezeigt, Stephan!«

»Du hast was?«

Knobel mochte nicht glauben, was ihm Kirsten Praetorius gesagt hatte.

»Angezeigt«, wiederholte sie nüchtern, bevor sich ein Ton Verzweiflung in ihre Stimme mischte.

»Ich konnte einfach nicht mehr, Stephan! Das ständige Versteckspiel. Die Angst, entdeckt zu werden. Du und deine Freundin waren ihm auf der Fährte. Vorletzte Woche rief dann noch ein vermeintlicher Galerist aus Dortmund an und behauptete, Sebastian kürzlich gesehen zu haben. Eine glatte Lüge. Er konnte Sebastian nicht gesehen haben. Aber er erzählte mit unüberhörbarer Süffisanz, dass Sebastian in Sa Pobla gewesen sei und er beschrieb meine Wohnung und mich so genau, dass er ganz ohne Zweifel über die Zusammenhänge bestens Bescheid wusste. Dann kündigte er auch noch an, alles der Polizei zu melden, bevor er das Telefonat beendete. Mit anderen Worten: Es hat sich jemand gemeldet, der in nächster Zeit Geld fordern wird. Ein schmieriger

Erpresser, was sonst? Und wenn es diesen einen gibt, dann vermutlich auch noch andere. Die Geschichte findet kein Ende. Man kann nicht ein Leben lang flüchten. Und weißt du …«, Kirsten Praetorius strich mit der rechten Hand über ihren Bauch, »wir brauchen Zukunft. Das Kind braucht eine Zukunft. Ich stehe diesen Stress, das fortdauernde Versteckspielen nicht durch. Ich konnte einfach nicht mehr, Stephan!«

Sie schluchzte leise.

»Was ist denn passiert?«, fragte Knobel, so weich er diese Worte formulieren konnte.

»Den Anfang der Geschichte kennst du ja. Ich habe eines Abends in Palma Sebastian und Gregor kennengelernt. Zwei Brüder, die einander nichts zu sagen, aber gemeinsam nur eines zu erzählen wussten: Die Geschichte einer Jagd nach dem Erbe der Tante Esther van Beek, die noch in irgendeinem Altersheim lebte, aber deren Ende nach der Prognose der Gebrüder Pakulla greifbar nahe war. Sie hatten Spaß daran, ihre Prognosen zu verfeinern. *Höchstens ein Jahr noch*, hatte Sebastian einmal gesagt und korrigiert, dass es mit etwas Glück auch noch schneller vorbei sein könne. Und natürlich merkte ich, dass sich beide in mich verguckt hatten. Zwei ganz unterschiedliche, aber in ihrer Habgier miteinander verbundene Brüder. Dem zufälligen Treffen in Palma folgten weitere Verabredungen, schließlich Besuche bei mir in Sa Pobla. Sebastian umschwärmte mich mit Dichterzitaten und gleichzeitig mit seinen Bildern. Er wollte mich von den Grundstücksgeschäften abbringen, mit denen ich täglich zu tun habe und die er als eher widerlich empfand. Sebastian ging mir mit seinen Romantikmotiven aus Palmas Altstadt ziemlich schnell auf die Nerven. Er flehte mich förmlich an, mit meiner Maklertätigkeit den Ausverkauf Mallorcas nicht noch zu fördern. Er hatte für

Geschäfte keinen Sinn. Sebastian hatte noch nie arbeiten wollen. Mit Esthers halber Erbschaft hätte er sich für den Rest seines Lebens ausgeruht.«

»Und Gregor?«, fragte Knobel.

»Gregor schaute zuerst nur unbeteiligt zu. Er registrierte natürlich mit größter Zufriedenheit, dass ich für seinen malenden Bruder nicht wirklich etwas übrig hatte. Gregor gefiel es, wie sich Sebastian verausgabte. Noch ein Gedicht, noch ein Bild, noch ein Blick auf die wertvollen Kulturgüter Mallorcas, aber nichts wirkte! Sebastian wollte das nicht wahrhaben. Gregor hingegen erkannte die Erfolglosigkeit von Sebastians Mühen und wusste, dass er nur abwarten musste. Es war noch während des ersten Aufenthaltes der Gebrüder Pakulla auf Mallorca, als Gregor alleine zu mir nach Sa Pobla fuhr. Wir haben noch am selben Tag miteinander geschlafen.«

»Einfach so? Man schläft nicht einfach so mit jemandem.«

»Es hatte sich so ergeben«, blieb Kirsten Praetorius unbestimmt. »Jedenfalls löste mein beginnendes Verhältnis mit Gregor die Katastrophe aus. Ein oder zwei Tage später waren beide Brüder wieder bei mir. Es wurde viel Wein getrunken. Du weißt schon, der gute *Rioja*, den wir letztens bei uns getrunken haben. Ich selbst war bald angetrunken und deshalb so leichtsinnig, dass ich Gregor vertraulich am Knie fasste. Der hatte das natürlich gern und fasste mir zwischen die Oberschenkel. Gregor ist ja nicht dezent. Er ist ein Nehmer! Sebastian hat das natürlich mitbekommen, und dann entwickelte sich ein Streit zwischen den Brüdern, der so furchtbar war, dass ich ihn nicht im Einzelnen schildern möchte. Beide alkoholisiert, beide in jahrzehntelangem Hass aufeinander, beide um mich buhlend. Sebastian, der verletzte Romantiker und Gregor, der vermeintliche Sieger, der mit mir geschlafen hatte und natürlich nicht verschweigen wollte, wie er es mit mir gemacht hatte. Sie wissen ja, dass er immer mehr erzählen muss, als er eigentlich sollte …

Ja, und dann war natürlich ein Punkt erreicht, an dem die Situation eskalierte. Ich erinnere mich noch, dass Gregor seinen Bruder anschrie: *Ja, so ist das Leben, Basti, jetzt ist die Entscheidung gefallen, Basti! Basta, Basti!* Sebastian starrte ihn mit glühenden Augen an.

Basti bist du, Basti wie Bastard, ein Kuckucksei in unserer Familie, ein kleiner Wurm, du Schmarotzer! So ging es weiter, Sebastian und Gregor begannen sich zu behakeln, zu stoßen, plötzlich rauften sie in meinem Wohnzimmer, schlugen sich und traten sich in die Genitalien. Oh Gott, Stephan, es war furchtbar, glaube mir das! Und irgendwann, ich weiß nicht genau, wie es dazu kam, ergriff Gregor den schweren Messingkerzenständer auf meinem Sekretär im Wohnzimmer und schlug ihn Sebastian an die Schläfe. Er sackte zusammen, trat sogar noch auf ihn ein und forderte ihn auf, wieder aufzustehen. Aber Sebastian blieb liegen. Tot. Es war so schrecklich!«

»Und die Leiche?«, wollte Knobel wissen.

»Ich war so dumm, Gregor zu raten, die Leiche außerhalb von Sa Pobla in einem Neubaugebiet in einer gerade angelegten Gartenanlage zu verscharren. Ich sagte zu ihm: »Stell dir vor, wenn die Geschichte rauskommt! Denk auch an Esthers Erbe und ihre Auflage, dass du nur in den Genuss des Geldes kommst, wenn du mit deinem Bruder Frieden schließt!«

»An all diese Dinge dachtest du in diesem Moment?«, wollte Knobel erstaunt wissen.

»Ja, auch! Weil Tante Esthers Erbe doch immer bei unseren Gesprächen im Mittelpunkt stand und dem armen Sebastian jetzt ohnehin nicht mehr zu helfen war. Ich weiß, ich habe alles falsch gemacht!«

Kirsten Praetorius seufzte.

»Ich kenne zwar nicht das spanische Strafrecht«, erwiderte Knobel, »aber es wird in der Begehungsform einer Tat und ihrer Rechtswidrigkeit nicht anders sein als das deutsche.«

»Das heißt?«

»Man wird nicht nachweisen können, dass Gregor Sebastian vorsätzlich erschlagen hat. Es war eine fahrlässige Tötung, aus dem Streit heraus begangen, vielleicht auch eine Körperverletzung mit Todesfolge. Vielleicht war der Schlag auch nur ein Notwehrakt. Wie auch immer: Es gibt, jedenfalls aus Sicht des deutschen Strafrechts, eine Anzahl möglicher Strategien, die im Strafverfahren erfolgreich sein könnten! Und ich denke, das wird in Spanien nicht anders sein. Ich werde mich um einen versierten spanischen Kollegen kümmern«, versprach er.

»Es war eine vorsätzliche Tötung, Stephan!«, hielt Kirsten Praetorius entgegen. »Ich habe es gesehen! Keine Fahrlässigkeit! Keine Notwehr!«

»Aber das muss ja niemand wissen«, widersprach Knobel. »Es geht um deinen Freund, den Vater deines Kindes.«

»Ich habe schon alles so bei der Polizei ausgesagt«, sagte Kirsten Praetorius leise.

»Bist Du wahnsinnig?«, brauste Knobel auf. »Nicht nur, dass du, aus meiner Sicht völlig unnötig, Gregor bei der Polizei angezeigt und ein Tötungsdelikt zu Protokoll gegeben hast, das, wie ich schätze, mangels Leiche wahrscheinlich nie hätte nachgewiesen werden können! Nein, du erzählst auch noch seelenruhig bei der Polizei einen Tathergang, der meinen Mandanten der vorsätzlichen Tötung seines Bruders überführt. Du musst wahnsinnig sein, Kirsten!«

Knobel war erregt von seinem Schreibtischsessel aufgesprungen und ging ruhelos in seinem Büro auf und ab.

»Weißt du, was das heißt?«, bellte er. »Weißt du, was Gregor erwartet, wenn er wegen vorsätzlicher Tötung verurteilt wird? Das ist in Deutschland ein Verbrechen und in Spanien sicher nichts anderes! Und gleichzeitig redest du von der Zukunft, die du sichern möchtest. Kirsten, ich verstehe das absolut nicht!«

Knobel rannte weiter durch sein Büro, von rechts nach links und wieder zurück, er blieb kurz vor dem hohen Bücherregal stehen, stützte, an das Regal gelehnt, den Kopf in die Hände, dachte nach, und lief irgendwann aus dem Büro hinaus, schräg gegenüber in das Büro des Seniors, Zimmer 101.

Dr. Hübenthal hatte zu dieser Zeit die Kanzlei bereits verlassen. Knobel trat an die Bücherwand des Seniorbüros, in dem die Bücher nach Größe geordnet waren, suchte nach einem erbrechtlichen Lehrbuch und fand es schließlich im zweiten Regal rechts unten. Knobel blätterte im Stichwortverzeichnis, las die maßgeblichen Fundstellen und dann auszugsweise einzelne zitierte Entscheidungen des Bundesgerichtshofs zu den ihn interessierenden Fragen. Er saß in Dr. Hübenthals Chefsessel, was er noch nie getan hatte, füllte die gesamte Schreibtischplatte mit den aufgeschlagenen Büchern, prüfte und verglich, las einige Paragrafen aus dem Bürgerlichen Gesetzbuch und dazu nochmals die einschlägige Kommentierung.

Dann endlich hatte er ein Ergebnis gefunden, das ganz unglaublich erschien, aber Sinn machte und eine teuflische Logik offenbarte. Er fand nicht die Ruhe, die Bücher an ihren Platz zu stellen. Puterrot lief er in sein Büro zurück, warf laut die Bürotür hinter sich zu und baute sich in drohender Gebärde vor Kirsten Praetorius auf.

»Mir ist alles klar geworden, Kirsten!«, schrie er. »Alles macht Sinn. Bis ins Detail. Bis ins kleinste Detail!«, bekräftigte er und rang nach Luft, um seine Stimme zu beruhigen.

»Stephan, was ist los?«

Kirsten Praetorius' Augen hatten sich erschrocken geweitet. »Ich suche einen Anwalt für Gregor, deshalb bin ich hier.«

»Ich sage dir jetzt, wie ich die Dinge sehe, Kirsten«, erwiderte er merklich ruhiger, »und eines versichere ich dir vorab: Ich werde Gregor weiterhin vertreten! Ich werde ihn aus ganzem Herzen vertreten, denn ich erkenne jetzt, dass er wirklich mein Mandant ist und ich ihn wirklich vertreten möchte! Ich werde ihn nicht strafrechtlich vertreten, das überlasse ich einem spanischen Kollegen, aber ich werde dir versichern, Kirsten, dass ich den besten Strafverteidiger Spaniens beauftragen werde! Ich selber werde Gregor erbrechtlich beraten, und ich werde versuchen, was möglich ist, um Gregor die Erbschaft zu erhalten. Sei versichert: Ich werde dir das Leben schwer machen, Kirsten! Du bist noch nicht am Ziel!«

Kirsten sah ihn ungläubig an.

»Du musst nicht unwissend tun!«, zischte Knobel. »Jetzt liegen die Dinge auf der Hand, und ich schwöre dir, ich werde jeden Haken suchen, der dich zu Fall bringt!«

Er sammelte sich, um die Falllösung zu präsentieren, die sie nach Knobels fester Überzeugung kennen musste.

»Die Tötung Sebastians hat in der Erbsache Esther van Beek eine Bedeutung. Aber ich habe bisher nicht ihre wirkliche Funktion verstanden. Es wird sich, da bin ich mir sicher, gar nicht um eine vorsätzliche Tötung gehandelt haben. Marie und ich haben uns immer gefragt, warum denn Sebastian vor Esthers Tod umgebracht werden soll. Das wäre aus Gregors Sicht rechtlich unklug gewesen, und deshalb habe ich auch nie daran geglaubt, dass er es getan hat. Eine Tötung Sebastians *nach* Esthers Tod, das hätte für Gregor Sinn gemacht, aber nicht eine Tötung Sebastians *vor* Esthers Tod. Jetzt, wo es offensichtlich doch so ist, dass Gregor Sebastian vor Esthers Tod getötet hat, kann es sich nur um ein tragisches Versehen gehandelt haben, denn Gregor hatte allen Grund, die Folgen zu vermeiden, die Sebastians Tod mit sich brachte: Er musste Sebastian gegenüber Esther am Leben erhalten, um das drohende Testament zu verhindern, mit dem Esther einen anderen begünstigt hätte, wenn sie von Sebastians Tod und dessen Umständen erfahren hätte. Und sie hätte die wahren Umstände erfahren. Sie hätte nachforschen lassen und die Wahrheit über Sebastians Tod erfahren. Sie wusste ja, dass die Brüder gemeinsam nach Mallorca wollten, um einen Versöhnungsurlaub zu machen. Und ausgerechnet da kommt Sebastian um. Nein, das durfte aus Gregors Sicht nicht passieren. Da wäre das Erbe dahingewesen. Der Tod Sebastians wird also ein tragischer Unfall gewesen sein, aber ein Zufall, der dir, Kirsten, in die Finger spielen sollte, und es wird noch zu prüfen sein, inwieweit du selbst möglicherweise den Tod von Sebastian, oder vielleicht alternativ auch den von Gregor, gewollt hast.«

»Du fantasierst!«, rief sie erschrocken.

»Dein Plan ist ebenso simpel wie teuflisch«, fuhr Knobel unbeirrt fort, »und ich reime mir zusammen, was passiert ist:

Du lernst die Gebrüder Pakulla in einer Bar in Palma kennen. Zufällig. Die Brüder mögen sich nicht. Vielleicht hassen sie sich sogar. Aber beide verbindet ein Thema: Der hoffentlich baldige Tod von Tante Esther van Beek. Beide erzählen unverhohlen von den Millionen, die ihnen zufallen werden. Und du merkst, dass sich beide Brüder in dich verguckt haben. Du wiederum findest Gefallen an dem Luxusleben, das in naher Zukunft für die Brüder beginnen wird. Mehr als ein Gefallen wird es in diesem Moment bei dir noch nicht gewesen sein. Schließlich ist alles noch sehr wenig konkret. Du kennst Sebastian und Gregor kaum, und wann die sichere Erbschaft wirklich anfallen wird, lässt sich natürlich nicht abschätzen. Aber man lernt sich näher kennen, trifft sich häufiger in Palma und auch bei dir in Sa Pobla. Wirtschaftlich erscheinen beide zunächst ziemlich attraktiv. Da ist Sebastian, der dir offen den Hof macht. Er verliebt sich schließlich in dich, malt mallorquinische Motive, malt, was du nicht weißt, zu Hause sogar eine Art Stadtplan von Sa Pobla, auf dem die Position deiner Wohnung mit einem leuchtenden roten Herz in etwa gekennzeichnet ist. Zwar ist Sebastian auf Esthers Erbe aus wie auch sein Bruder, aber Sebastian ist nicht eigentlich geschäftstüchtig. Ganz im Gegenteil: Er würde sich auf dem Erbe ausruhen, aber nicht noch nach mehr streben. Sebastian ist gegen den Ausverkauf der schönen Insel Mallorca, zu dem du mit deiner Maklertätigkeit beiträgst. Er malt stilisierte Motive aus der Innenstadt Palmas, aber er kann dich auf diesem Wege nicht erreichen. Altstadtromantik ist nicht deine Sache, Kirsten! Du willst an neu erschlossenen Grundstücken verdienen. Deine Zukunft sind Neubaugebiete mit Villen für reiche Mallorquiner oder Ausländer. Da ist das Geld, und da willst du hin!

Längst hast du mittlerweile auch Gregor näher kennengelernt, der, wie du weißt, ohnehin bereits einigermaßen vermögend ist. Er ist strebsam und geschäftstüchtig. Er denkt strategisch. Er passt in dieser Hinsicht viel besser zu dir, unterstützt deine Geschäfte, würde möglicherweise die Geschäfte auch mit seinem Erbanteil unterstützen. Bei Gregor stand nicht zu erwarten, dass er das Erbe verprasst oder sich auf dem Geld ausruht. Er würde das

Vermögen mehren, Geschäfte machen. Das reizte dich. Irgendwann in dieser Zeit hast du dich für den agilen Gregor entschieden, der deinen wirtschaftlichen Zielen entspricht. Liebe war es gewiss nicht. Und natürlich hast du Sebastian verletzen und die Rivalität zwischen den Brüdern noch weiter aufheizen wollen, als du vor Sebastians Augen mit Gregor Zärtlichkeiten ausgetauscht hast. Du hast mit Gregor bereits deshalb geschlafen, weil du dir sicher sein konntest, dass der prahlende Gregor so oder so seinem Bruder davon erzählen würde. Nichts kam gelegener als die kalkulierte Verletzung Sebastians. Was beide Brüder auf Mallorca nur halbherzig versuchten, nämlich eine Versöhnung, musste von dir verhindert werden. Dein Plan, Kirsten, konnte nur aufgehen, wenn du die Brüder gegeneinander aufbrachtest. Das demonstrierte Streicheln Gregors vor Sebastians Augen wird nur eine von vielen Provokationen gewesen sein, die du offen oder subtil inszeniert hast, um den Bruderzwist zu schüren.«

»Wie du sagtest, Stephan, du reimst dir etwas zusammen!«

»Ich gebe zu: Bis hierhin ist alles reine Vermutung, aber es ist eine glaubhafte Vorgeschichte zum eigentlichen Hauptgeschehen, das mit dem verhängnisvollen Streit zwischen den Brüdern beginnt. Ab diesem Zeitpunkt setzt deine für Gregor Pakulla folgenschwere Rolle ein, die nur aus deiner eigenen Gier heraus erklärbar ist.

Ich kann nicht beurteilen, ob du diese Entwicklung gezielt provoziert hast. Du hattest ja, trotz deines planvollen Vorgehens, keine wirkliche Gewalt über den Geschehensablauf. Aber ein massiver Streit zwischen den Brüdern, wohl auch eine Schlägerei, das konntest du mit Sicherheit hinbekommen. Und ein solches Zerwürfnis, einen kräftigen Knall zwischen den Brüdern, das wolltest und konntest du erreichen. Das nämlich hätte gereicht, um die Brüder erpressbar zu machen. Du hättest nur damit drohen müssen, dein Wissen an Tante Esther weiterzugeben, von der du bereits durch die Schilderungen der beiden Brüder alles wusstest, insbesondere auch, dass sie in ihren letzten Tagen durchaus über ihr Erbe anderweitig, nämlich testamentarisch, noch hätte verfügen können, und sei es auch nur zugunsten einer sozialen Einrichtung. Die Errichtung eines Testaments durch Esther drohte beiden Brüdern wie ein Damoklesschwert. Verhindert werden konnte es nur durch demonstrierte Bruderliebe. Hätte Esther von dem Zerwürfnis zwischen den Brüdern erfahren, hätte sie testamentarisch ihr Vermögen anderen Personen vermacht. Indem du Streit und Hass zwischen den Brüdern geschürt hast, hast du beide erpressbar gemacht. Es wäre ein Leichtes für dich gewesen, dich Esther van Beek anzudienen und sie über das heftige Zerwürfnis zwischen den Brüdern in Kenntnis zu setzen. Esther, das weißt du, hätte sofort ein Testament errichtet. Und mit der Drohung, Esther zu informieren, hättest du beide Brüder gleichermaßen in der Hand gehabt. Es wäre ein Leichtes für dich gewesen, kräftig mitzuverdienen. Aber der von dir provozierte Streit zwischen Sebastian und Gregor eskalierte und endete unglücklicherweise mit dem Tod Sebastians. Ich vermute, dass nach dem tödlichen Ausgang des Streits Entsetzen geherrscht hat. Bei Gregor ebenso wie bei dir. Wegen Esthers zu befürchtender Reaktion, der Enterbung Gregors, kam eine Offenbarung des Todesfalls nicht infrage, und natürlich auch nicht wegen der zu erwartenden Scherereien mit der spanischen Justiz. Also weg mit der Leiche!

Du hast Gregor geholfen. Eigentlich warst du hier schon am ursprünglichen Ziel. Gregor war erpressbar, ohne Zweifel. Du wusstest um die Zusammenhänge und warst Zeugin aller Ereignisse. Gemeinsam, ich vermute einmal, es ging eher auf deine Idee zurück, wurde der Plan ausgeheckt, dass Gregor gegenüber Esther in die Rolle Sebastians schlüpfen sollte, bis Esther endlich starb. Esther musste der lebende Sebastian vorgespielt werden, damit sie bloß kein Testament macht. Es wurde geschauspielert. Aber nun ging es darum, auch rechtlich eine Rahmengeschichte zu entwickeln, die den Erbplänen nicht im Wege stand. Ihr habt euch im Erbrecht kundig gemacht und ich vermute, dass du auch an dieser Stelle fleißiger warst als Gregor. Immerhin hat er Grundkenntnisse erworben. Erinnere dich an Gregors Bemerkung bei unserem Besuch in deiner Wohnung: *Sie hat es mir beigebracht*, sagte Gregor. Und das Studium des Erbrechts vermittelte dir eine elegante Lösungsmöglichkeit, die wirklich unglaublich ist: Ich weiß nicht genau, im wievielten Monat du schwanger bist, Kirsten. Aber ich wette, das Kind wurde bald nach Sebastians und lange vor Esthers Tod gezeugt, nämlich sobald wie möglich, als du erkannt hattest, dass dir die Vorschriften des Erbrechts eine legale Möglichkeit boten, an die Erbschaft zu kommen, ohne Gregor erpressen zu müssen. Die Idee war vor der Zeugung des Kindes in deinem Gehirn geboren worden, aber zunächst lief nach außen alles so ab, wie du es mit Gregor besprochen hattest.

Sebastians Tod hätte, nachdem Esther gestorben war, für die Erbschaft insoweit keine Rolle mehr gespielt, aber du und Gregor konnten Sebastians Tod auch nicht nachträglich gegenüber den Behörden offenbaren. Wie sollte man erklären, einen vor Monaten in einem Streit tödlich verletzten Bruder heimlich vergraben zu haben? – Selbst wenn der Tod Sebastians nur ein Unfall war: Diese Umstände deuteten, und immer vor dem Hintergrund des schlagkräftigen Motivs, nämlich Esthers Erbschaft, die durch Sebastians Tod nun Gregor alleine zufiel, unzweifelhaft auf einen Mord hin. Darum also der Ausweg über die rechtliche Krücke ›Todeserklärungsverfahren‹, über das Gregor und auch du natürlich ebenfalls Bescheid wussten. Geschickt wurde die aufwändige Beauftragung unserer Kanzlei eingefädelt. Geschickt auch die Suchartikel in den Zeitungen, dann die Vermisstenanzeige. Alle Welt sollte wissen: da sucht Gregor Pakulla seinen verschwundenen Bruder. Und dann, als Sebastian natürlich nicht gefunden wurde: das unweigerliche ›Todeserklärungsverfahren‹. Das war das ursprüngliche Ziel: rechtlich sollte auf den Weg eingeschwenkt werden, der bei der für Gregor Pakulla verzwickten Ausgangslage überhaupt noch zur Erbschaft führen konnte.

Das ›Todeserklärungsverfahren‹ ist zeitaufwändig, wäre aber rechtlich sicher gewesen. Sebastians Spur hätte sich verloren. Man wäre bei der Fluggesellschaft auf seinen Hinflug nach Mallorca gestoßen, dem kein Rückflug folgte. Aber man hätte auf Mallorca keinen Ansatzpunkt gefunden. Man wäre auf den Hin- und Rückflug von Gregor Pakulla aufmerksam geworden. Das hätte Fragen aufgeworfen, natürlich auch einen Verdacht erregt. Aber es hätte keine Spur nach Sa Pobla geführt. Die Figur Kirsten Praetorius hätte es bei den Ermittlungen nicht gegeben. Die Bilder Sebastians, jedenfalls die dir bekannten, hätten auf Palmas Altstadt hingedeutet. Es war bekannt, dass Sebastian meistens nur einen Flugweg buchte und dass er sich häufig länger auf Mallorca aufhielt. Aber wo? Man hätte es wahrscheinlich nicht erfahren. Und der Verdacht gegen Gregor? Er hätte sich mit der Zeit zerstreut.

Es wäre also rechtlich sicher, nur eben zeitlich unbequem gewesen, der Zeit ihren Lauf zu lassen. Jahrelanges

Warten auf die Verwertung von Esthers Erbschaft, dafür mit der vollen Erbschaft und nicht nur mit der Hälfte belohnt, und außerdem während dieser Zeit trotzdem gut ausstaffiert, denn Gregor ist ja, wie du weißt, selbst einigermaßen vermögend.

Warum also nicht diese auf der Hand liegende Lösung verfolgen und mit der Zeit Wirklichkeit werden lassen?«

Knobel hielt inne und blickte Kirsten Praetorius lange in die Augen. Würde sie sich jetzt geschlagen geben? Knobel sah keine Regung in Kirstens Gesicht.

»Die Antwort ist einfach: Diese Lösung wäre für *Gregor* gut und relativ sicher gewesen, aber nicht für *dich*!

Dein Studium der erbrechtlichen Vorschriften des Bürgerlichen Gesetzbuchs hat dich natürlich auf die Vorschrift des § 2339 BGB gestoßen, in dem die Gründe für die Erbunwürdigkeit aufgeführt sind.

Knobel trat an die Bücherwand seines Büros, zog ein Bürgerliches Gesetzbuch heraus, blätterte auf, und las vor:

»§ 2339 Absatz 1 BGB:

Erbunwürdig ist, – ich lese Ziffer 2 vor -, *wer den Erblasser vorsätzlich und widerrechtlich verhindert hat, eine Verfügung von Todes wegen zu errichten oder aufzuheben.*

Das ist es! Gregor ist unwürdig, Esther zu beerben, denn er hat sie bis zu ihrem Tod darüber getäuscht, dass Sebastian nicht mehr lebte. Er hat die Täuschung begangen, um Esther von der Errichtung eines Testaments abzuhalten, mit dem andere in den Genuss der Erbschaft gekommen wären, zum Beispiel ein Tierheim oder vielleicht auch das *Wohnstift Augustinum* in Dortmund.

Aber was hätte dir das gebracht? Eine Erbunwürdigkeit kann erst auf Grundlage einer Anfechtungsklage durch ein Urteil festgestellt werden, und § 2341 BGB bestimmt: *Anfechtungsberechtigt ist jeder, dem der Wegfall des Erbunwürdigen, sei es auch nur mit dem Wegfall eines anderen, zustatten kommt.*

Das bist nicht du, Kirsten, denn du stehst in keiner erbrechtlichen Beziehung zu Gregor Pakulla. Du bist nicht mit ihm verwandt und auch nicht mit ihm verheiratet. Andere Erben gibt es nicht. Du hättest ihn natürlich vor Esthers Tod heiraten können, aber du liebst ihn ja gar nicht. Nein, Kirsten, du hast eine andere und wirtschaftlich viel effektivere Lösung gewählt: Du hast vor Esthers Tod einen Erben zeugen lassen, der bereits zum Zeitpunkt von Esthers Tod rechtlich existent war! Denn selbstverständlich kennst du die Vorschrift des § 1923 Absatz 2 BGB.«

Knobel blätterte in dem Gesetzbuch zurück und las vor: »Absatz 1: *Erbe kann nur werden, wer zur Zeit des Erbfalls lebt.*

Und Absatz 2 bestimmt:

Wer zur Zeit des Erbfalls noch nicht lebte, aber bereits gezeugt war, gilt als vor dem Erbe geboren.

Das ist die Fiktion, die dir in die Finger spielt. Du hast Gregor das Kind zeugen lassen, das ihm das Erbe nimmt.«

»Ich bin fast 40, Stephan, ich wollte ein Kind. Das ist der einzige Grund. Du fantasierst!«

»Und natürlich wirst du so bald wie möglich als alleinsorgeberechtigte Mutter deines nichtehelichen Kindes für das Kind die Klage auf Feststellung der Erbunwürdigkeit Gregors erheben«, fuhr Knobel unbeirrt fort. »Gregor wirst du los, indem du ihn der vorsätzlichen Tötung bezichtigst. Ob das Erfolg haben wird, weiß man nicht. Aber das ist dir letztlich egal. Du bist ihn so oder so los. Die Anzeige Gregors bei der Polizei hat für dich schließlich eine ganz wesentliche andere Bedeutung:

Mit der Aufdeckung von Sebastians Tod und dem Auffinden seiner Leiche ist er nicht mehr verschollen. Das leidige lange ›Todeserklärungsverfahren‹ hat sich erledigt. Sebastians Tod wird festgestellt, und es ergibt sich folgende erbrechtliche Lösung:

Sebastian ist vor Esther verstorben. Sebastian wird von seinem Bruder Gregor beerbt. Sollte Gregor, was ich nach wie vor nicht glaube, Sebastian vorsätzlich und widerrechtlich getötet haben, wäre er aus diesem Grunde bereits hinsichtlich Sebastians Erbe erbunwürdig. Aber das ist egal. Sebastian hatte zu diesem Zeitpunkt ohnehin nichts zu vererben. Kurz darauf wird jedenfalls dein Kind gezeugt. Wochen oder Monate später stirbt Esther. Alleinerbe ist der einzige noch lebende Neffe Gregor, der aber erbunwürdig ist, weil er seine Tante Esther durch Täuschung dazu veranlasst hat, kein Testament zu errichten. Zum Zeitpunkt des Todes von Esther war aber bereits das Kind gezeugt, also der nach gesetzlicher Fiktion bereits lebende Erbe, der hinsichtlich der Erbschaft von Gregor anfechtungsberechtigt ist. Und Gregor wird nun das Erbe genommen durch dessen eigenes Kind! Die ganze Erbschaft von Esther van Beek geht auf dein Kind über! Fantastisch, Kirsten!«

»Ich wollte nur ein Kind, Stephan!«, wiederholte Kirsten Praetorius. »Nichts weiter! Und ich erkenne nichts von dem, was du gesagt hast, als richtig an. Und ich werde es auch nie tun. Ich bin enttäuscht von dir, Stephan!«

Kirsten Praetorius stand auf.

»Verzichte einfach!«, schrie Knobel. »Die Erbunwürdigkeit steht ja nicht von Amts wegen fest. Keine Klage heißt keine Erbunwürdigkeit Gregors! – Als ich mit Marie bei euch war, dachte ich, dass du ihn liebst!?«

»Warum sollte ich nicht? Bloß weil er einen Kopf kleiner ist als ich? Liebe ist so eine Sache. Aber wäre es wirklich in Esthers Sinne, dass ein Neffe erbt, der den anderen, den Lieblingsneffen, umgebracht hat? Meinst du nicht auch, dass Esther in Kenntnis dieser Umstände dann nicht eher ihren ungeborenen Großneffen bedacht hätte?«

»Du verrätst dich mit diesem Satz mehr, als du denkst, Kirsten!«, erwiderte Knobel. »Ich verstehe dich ja, und du weißt: Ich verstehe dich jetzt ganz und gar!«

Kirsten Praetorius warf ihren Mantel über und dann Knobel einen zornigen Blick zu:

»Du bist ein völlig verrückter Mensch! Gregor wird bedauern, dich je kennengelernt zu haben. Ich bedaure es jetzt schon. Du bist uns keine Hilfe. Du bist krank!«

»Und wie ist dein weiterer Plan?«, wollte Knobel wissen. »Wirst du irgendwann dein Kind ermorden, damit das Geld dann auf dich übergeht? Bis jetzt ist ja nur das Kind Erbe. Das Geld ist noch nicht bei dir angekommen, Kirsten! Was meinst du? Plötzlicher Kindstod? Kann man das nicht arrangieren?«

»Du bist krank, Stephan!«

»Du hast noch ungelöste Probleme, Kirsten!«, rief Knobel erregt. »Man wird eine Nachlasspflegschaft anordnen. Was machst du dann? Dieses Problem musst du lösen, Kirsten! Bis jetzt hast du es nur wunderbar geschafft, aus einem ›Todeserklärungsverfahren‹, das auf die Fiktion des Todes ausgerichtet ist, herauszuführen und mit der Fiktion einer gesetzlichen Vorschrift, die das ungeborene Leben als geboren fingiert, einen gewaltigen wirtschaftlichen Vorteil zu ziehen. Von der Todesfiktion zur Lebendfiktion! Aber du musst doch weitermachen! Deine Geschichte endet noch nicht!«

»Du bist so unendlich krank!«, schrie sie und rannte aus seinem Büro.

»Ich werde als Zeuge aussagen im Strafprozess gegen Gregor!«, rief er ihr hinterher.

28

»Du bist krank«, wiederholte Marie Kirsten Praetorius' Worte. »Das ist ein Kompliment, Stephan. Du hast die Lösung gefunden. Wer die Lösung findet, ist krank!«

»Ich bin ein Mensch ohne Struktur«, sagte er, und als Marie nicht reagierte, wiederholte er die Worte.

»Es gibt natürlich einige Entscheidungen zu treffen«, hielt sie dagegen, »und Entscheidungen sind nicht deine Stärke. Stehst du zu mir?«

»Ohne Wenn und Aber ja!«, sagte er fest, und er merkte, dass die Worte zu gewaltig und zu schnell ausgesprochen waren. Er lag auf Maries abgenutzter Ledercouch im Wohnzimmer gegenüber den gefüllten Bücherregalen. Marie lag neben ihm, er streichelte ihr Haar. Ein Montagabend in der Brunnenstraße.

»Liebst du mich?«, fragte sie.

»Ja!«

Die Antwort war schlicht und ehrlich, erschien plötzlich gar nicht gewaltig, eher wirkte sie wie selbstverständlich. Die Liebe war leicht geworden.

»Du wirst dich um deine Tochter kümmern«, sagte Marie.

»Ohne Einschaltung von Frau Meyer-Söhnkes. Du wirst mit Lisa und deinem Schwiegervater reden.«

Knobel bejahte wiederum, und auch diese Antwort fiel ihm leicht und kam von ganzem Herzen.

»Und dann ist noch zu klären, ob du weiterhin in der Varziner Straße in Dortmund-Huckarde wohnen willst, und ob du dich ständig mit dem bulligen Löffke reiben willst. Wie beantwortest du diese Fragen?«

Er beantwortete sie mit ›nein‹. Auch diese Antworten waren ehrlich und fielen leicht.

Er küsste Maries Haar, atmete die nächtliche Stille in ihrer Wohnung, fühlte Maries Herzschlag an seiner Brust und fragte nach, als Marie leise einige Worte vor sich hingesagt hatte.

»Du hast Struktur!«, wiederholte sie.

29

Drei Wochen später saßen Marie und Stephan im Zimmer von Frau Klingbeil im *Wohnstift Augustinum*.

»Sie sind jetzt eine reiche Frau!«, stellte Knobel fest.

Frau Klingbeil lächelte. »Ja, das Testament hat mich überrascht. Ich wusste wirklich nicht, dass es eines gab.«

Marie sah Stephan fragend an.

»Esther van Beek hat einige Wochen vor ihrem Tod ein notarielles Testament errichtet«, erklärte Knobel.

»Der Notar war hier im *Wohnstift Augustinum*, hat sich ihren letzten Willen erklären lassen, das Testament dann so vorbereitet und in einem zweiten Termin das Testament hier Esther vorgelesen, es sich von ihr genehmigen und eigenhändig unterschreiben lassen.«

»Konnte denn Esther van Beek als Blinde wirksam unterschreiben?«, fragte Marie.

»Der Sinn des Erfordernisses der Unterschrift des Erblassers ist die Sicherstellung der Identität von Erklärendem und Erblasser«, erklärte Knobel. »Deshalb kann nach der Rechtsprechung des Bundesgerichtshofs auch ein schreibfähiger Blinder unterschreiben. So war es bei Esther van Beek.«

»Aber komisch ist doch, dass das Testament erst jetzt aufgetaucht ist«, sagte Marie.

Knobel nickte. »Nach den Vorschriften des Beurkundungsgesetzes soll der Notar die Niederschrift in einen Umschlag nehmen, diesen mit dem Prägesiegel verschließen, auf dem Umschlag das Testament näher bezeichnen, diese Aufschrift unterschreiben und dann veranlassen, dass das Testament unverzüglich in besondere amtliche Verwahrung, also regelmäßig zum Amtsgericht, gebracht wird. Letzteres ist hier versehentlich unterblieben.«

»Esther hat das Testament bestimmt nur gemacht, weil ich ihr nach ihrem leichten Schlaganfall davon erzählt habe, wie widerlich sich Sebastian benommen hat«, sinnierte Frau Klingbeil.

»In Wirklichkeit war es ja auch Gregor«, warf Knobel ein.

Frau Klingbeil sah irritiert auf.

»Nein, nein«, widersprach Marie. »Es war Sebastian. Sebastian ist wie Gregor. Die Namen sind austauschbar.«

Frau Klingbeil verstand nicht recht, aber sie stellte auch keine Nachfragen.

»In der Konsequenz hat Esther geärgert, dass keiner der beiden Neffen sie zuletzt im Altersheim besucht hat«, fuhr sie fort. »Und als beide davon berichteten, wie sehr sie sich einander angenähert hatten, wurde das selbst Esther zu viel. Es war zu aufgetragen, es war gelogen. Das spürte Esther genau. Und deshalb hat sie offensichtlich dieses Testament gemacht, von dem wir erst jetzt erfahren haben.«

»Sie müssen mit dem Geld etwas machen«, erklärte Knobel, »zumindest müssen Sie es weitervererben …«

»Sonst erbt der Staat, ich weiß«, vollendete Frau Klingbeil. »Ich habe keine gesetzlichen Erben.«

»§ 1936 BGB«, nickte Knobel.

»Es gibt viele, die ich bedenken werde. Alle möglichen sozialen Einrichtungen, und natürlich auch meine Freundin hier.«

Sie lächelte und sah zu Marie.

»Nein, nicht ich«, widersprach Marie.

»Doch!«, beharrte Frau Klingbeil. »Es ist meine einzige wirkliche Aufgabe, die mir verbleibt: Ich muss Esther van Beeks reichliches Vermögen verteilen. Und ein im Vergleich zum Gesamtvermögen kleines Stück geht an Sie, meine verehrte kleine Freundin! Sie werden mich nicht davon abbringen! Sie werden Ihr Studium beenden und einen schönen Beruf ergreifen, der Ihnen Spaß macht. Sie sollen Ihr Studium nicht mit Gläserspülen im *La Dolce Vita* finanzieren müssen. Sie sollen frei sein!«

Knobel merkte bei diesen Worten, dass Frau Klingbeil Marie nicht nur von ihrer Tätigkeit in der Gastwirtschaft *La Dolce Vita* unabhängig machen wollte, sondern auch von ihm. Einen Augenblick lang dachte er, dass Marie ihn in diesem Moment überhole. Heimlich bereute er, sich bei dem ersten Gespräch mit Frau Klingbeil nicht eingebracht zu haben und schämte sich zugleich, solche Gedanken zu hegen. Natürlich stand es Frau Klingbeil frei, mit dem unerwarteten Vermögen zu machen, was sie wollte.

»Es soll Ihnen gut gehen!«, sagte Frau Klingbeil weich zu Marie. »Sie lieben doch *Goethe* und seine Verse, die Literatur im Ganzen, Sie sind ein überaus bezaubernder Mensch, ein richtiger Schatz.«

»Das ist sie!«, bekräftigte Knobel.

30

Gregor Pakulla wurde von einem Gericht auf Mallorca wegen Körperverletzung mit Todesfolge seines Bruders Sebastian zu einem Jahr Freiheitsstrafe auf Bewährung verurteilt. Das Gericht hatte den von der Hauptbelastungszeugin Kirsten Praetorius behaupteten Tötungsvorsatz nicht nachweisen können. Eine kriminaltechnische Untersuchung ergab, dass der gegen Sebastian ausgeführte tödliche Schlag gegen den Kopf jedenfalls nicht mit dem Messingkerzenständer ausgeführt worden sein konnte, wie es Kirsten behauptete. Stephan Knobel konnte in dem Prozess schlüssig aussagen, dass Kirsten eigene erbrechtliche Interessen verfolgte und ihre Glaubwürdigkeit vollends zerstören.

Die Verurteilung Gregors beruhte letztlich nur noch darauf, dass er selbst einräumte, seinen Bruder Sebastian mit einem Schlag ins Gesicht so verletzt zu haben, dass er unglücklich stürzte und an den Folgen dieser Verletzung starb. Man kam zu der Erkenntnis, dass Gregor Pakullas Darstellung, wonach sein Bruder Sebastian nach einem Faustschlag Gregors ins Gesicht nach hinten überfiel und mit seinem Kopf auf eine Tischkante in Kirsten Praetorius Wohnung stürzte, glaubhaft war. Art und Umfang der Schädelverletzungen passten zu einem mit einer Marmorplatte belegten Tisch in Kirsten Praetorius' Wohnzimmer. Das Gericht glaubte Gregor Pakulla, dass der Streit zwischen den Brüdern letztlich von Kirsten Praetorius provoziert worden und die anschließende körperliche Auseinandersetzung zwischen Sebastian und Gregor ein abwechselndes Angreifen und Verteidigen war, ohne dass noch aufgeklärt werden konnte, ob Gregor, als er zum Faustschlag gegen seinen Bruder ausholte, in diesem Moment einen Angriff Sebastians abwehren wollte oder nicht. Die Zweifel wirkten sich zugunsten Gregors aus.

Nachdem Kirsten Praetorius erfuhr, dass wegen des mittlerweile aufgefundenen und eröffneten Testaments von Esther van Beek eine Erbschaft ihres ungeborenen Kindes nicht in Rede stand, wollte sie das Kind zur Adoption freigeben. Knobel belehrte sie dahingehend, dass die Freigabe zur Adoption der Zustimmung seines Mandanten Gregor Pakulla bedürfe. Kirsten Praetorius und Gregor Pakulla kamen überein, dass Gregor mit Zustimmung Kirstens die alleinige Sorge für das Kind erhalten solle. Von einer Freigabe zur Adoption war danach keine Rede mehr.

Kirsten entband den kleinen Jungen im Krankenhaus von Inca. Das Kind lebt heute bei Gregor Pakulla in Limburg.

Zwischen Kirsten Praetorius und Gregor Pakulla sowie zwischen dem Kind, welches Gregor nach seinem Anwalt auf den Namen Stephan taufte, fand nie wieder ein Treffen statt.

Marie erbte nach Frau Klingbeils überraschend schnellem Tod wegen einer Krebserkrankung im August desselben Jahres 500.000 Euro.

Nachdem Frau Klingbeils Testament eröffnet und eine Abschrift desselben in der Kanzlei *Dr. Hübenthal & Knobel* eingegangen war und Marie ihren Freund Stephan der Form halber mit der Wahrung ihrer Interessen in der Erbsache beauftragt hatte, erschien Hubert Löffke vor der nächsten Sozietätsbesprechung mit der obligatorischen Fleischplatte in Knobels Büro.

»Hab das Testament bei den Posteingängen gesehen«, eröffnete er. »Ich wage die Vermutung: Bei einer solchen Erbschaft wird es für das Verhältnis zwischen Ihnen und Ihrer Studentin Marie Schwarz schwer werden! Ich sage das mal ganz profan: Zwischen meiner Frau und mir bindet das Geld, aber bei Ihnen könnte es trennen! Ihre hübsche Frau Schwarz ist, soweit ich weiß, doch eher eine intellektuelle Person. Und ich vermute einfach: Auch die Intellektuellen ändern sich unter dem Einfluss des Geldes! Ich will Ihnen nichts Böses, mein lieber Herr Knobel, Sie wissen das! Aber da wird sich in Zukunft was ändern, glauben Sie mir! Jetzt, wo jeder den Eindruck hat, dass Sie sich zu Ihrer Frau Schwarz offen bekennen: Sie ist doch kein Verhältnis mehr! Jetzt ist sie Ihre Liebe. Wie gehen Sie damit um, Herr Knobel? Und ich sage Ihnen: Auf dieser Ebene spielen die ererbten 500.000 Euro eine Rolle. Sie glauben doch nicht, dass Ihre Marie in der Brunnenstraße bleibt? Sie wird nach Höherem greifen, weil ihr das Höhere soeben eröffnet worden ist. Jetzt werden Sie sehen, Herr Knobel, dass die Brunnenstraße schnell zur Dahmsfeldstraße werden kann. Das bücherlesende Mariechen wird jetzt zur Geldmarie. Ich weiß, Sie wollen das nicht hören. Aber Sie wollen es nur deshalb nicht hören, weil Sie Angst haben, dass ich recht habe. Seien Sie ehrlich, Herr Knobel: Wie oft nach Bekanntwerden der Erbschaft haben Sie sich schon gefragt, warum ausgerechnet Marie und nicht auch Sie etwas von Frau Klingbeil bekommen haben? Gab es einen Moment, wo Sie sich wirklich darüber gefreut haben, dass Ihre Freundin nun eine reiche Frau geworden ist? Haben Sie nicht vielmehr Sorge, dass sie sich entfaltet und Sie in den Schatten stellt? Ich kenne Sie doch, Herr Knobel: Sie sind für alles Menschliche empfänglich. Natürlich grübeln Sie darüber nach! Ich weiß doch, dass Sie genau wie ich in dieser Situation denken: Hätten Sie gewusst, dass Frau Klingbeil ein Vermögen zu vererben hat, hätten Sie sich der alten Dame im *Wohnstift Augustinum* angedient. Sie hätten alles von *Goethe* gelesen, nur um brillieren zu können. Leichter wäre kein Geld zu verdienen gewesen!«

»Sie sind widerlich!«, zischte Knobel.

»Sie empfinden mich als widerlich, weil Sie nicht mit dem umgehen können, was ich sage. Ich provoziere Sie, Herr Knobel! Aber Sie wissen genau, dass hinter den Provokationen mehr steckt. Ich bin durchaus ehrlich!«

Knobel lachte höhnisch auf.

»Ich bin mir ganz sicher, dass Sie Ihr Unbehagen im Zusammenhang mit der Erbschaft Ihrer Freundin damit verdrängen, dass es der guten Frau Klingbeil natürlich frei stand, über ihr Vermögen zu verfügen, wie sie wollte. Aber dieser Satz befriedigt Sie nicht, Herr Knobel, Sie wissen das! Das ist die nach außen gekehrte Moral, aber innerlich sind Sie unzufrieden. Ich bin gespannt, wie Sie mit der Situation klar kommen.«

»Es ist nicht Ihre Sache!«

»Es ist eines von mehreren Feldern, die Sie beackern müssen! Vergessen Sie nicht, dass Sie auch vor mir keine Ruhe haben werden! Wenn Sie sich für die Posteingänge mehr interessieren würden, wäre Ihnen nicht entgangen, dass *Europe Logistics* mich mit einem fetten Neumandat bedacht hat. Ein Streitwert über mehrere Millionen Euro! Was das für mein Gebührenkonto bedeutet, brauche ich wohl nicht auszuführen. Sie werden irgendwann erklären müssen, warum Sie in den Umsätzen so weit hinter mir sind. Es wird keine Ruhe geben! Sie stehen vor ganz neuen Problemen, Herr Knobel! Mettwürstchen?«

ENDE

Weitere Krimis finden Sie auf den folgenden Seiten und im Internet: www.gmeiner-verlag.de

Klaus Erfmeyer
Karrieresprung

229 Seiten, 11 x 18 cm, Paperback.
ISBN 978-3-89977-670-6. € 9,90.

Junganwalt Stephan Knobel erhält kurz nach seinem Eintritt in eine renommierte Dortmunder Anwaltskanzlei die Chance, den wichtigsten Mandanten der Kanzlei, den Industriellen Tassilo Rosenboom, zu vertreten. Rosenboom, von den Fähigkeiten Knobels überzeugt, überträgt ihm bald die Vertretung in Prozessen, deren Sinn sich der Anwalt nicht erschließen kann. Doch Knobel kommt seinem Mandanten auf die Spur. Unversehens wird er in einen Mord verwickelt und plötzlich erkennt er, dass er selbst von dem Verbrechen profitieren könnte …

Anke Clausen
Ostseegrab

370 Seiten, 11 x 18 cm, Paperback.
ISBN 978-3-89977-739-0. € 9,90.

Sophie Sturm, Klatschreporterin eines Hamburger Hochglanzmagazins, macht Urlaub auf Fehmarn. Statt jedoch die gewünschte Erholung zu finden, entdeckt sie am Strand eine tote Frau im Neoprenanzug. Schon die zweite ertrunkene Kitesportlerin innerhalb einer Woche.
Entgegen der Polizei glaubt Sophie nicht an einen Zufall. Sie macht einen Kitekurs und schnüffelt in der Szene herum. Doch sie schenkt dem Falschen ihr Vertrauen und bringt sich damit selbst in tödliche Gefahr.

KRIMI IM GMEINER-VERLAG

Wir machen's spannend

Sandra Dünschede
Nordmord

323 Seiten, 11 x 18 cm, Paperback.
ISBN 978-3-89977-725-3. € 9,90.

Tom Meissner und seine Freundin Marlene haben in Nordfriesland ein gemeinsames Leben begonnen, als ihr kleines Dorf erneut von einem Mord erschüttert wird – und diesmal sind sie persönlich betroffen: Die Ärztin Heike Andresen, Marlenes beste Freundin, wird tot aus der Lecker geborgen. Die Polizei tappt im Dunkeln. Ein Motiv für die grausame Tat ist nicht erkennbar, eine wirklich heiße Spur gibt es nicht – bis Kommissar Thamsen das Tagebuch der Toten entdeckt …

Monika Detering
Puppenmann

276 Seiten, 11 x 18 cm, Paperback.
ISBN 978-3-89977-724-6. € 9,90.

Die 65-jährige Eva-Maria Sauer verabschiedet sich am 1. Juni 2004 von ihrem Sohn Timothius, dem »Puppenmann«, um zu ihrer Freundin an die Nordsee zu fahren. Von dieser erfährt er, dass seine Mutter dort nie angekommen ist. Verspätet erst gibt er eine Vermisstenanzeige auf, doch Eva-Maria bleibt verschwunden. Mutter und Sohn waren wie ein Paar, das untrennbar schien – seit ihrem spurlosen Verschwinden ist sie nur noch eine Stimme in Timothius' Kopf. Auf der Suche nach der Vermissten muss sich Kommissar Viktor Weinbrenner in Thimotius' psychische Abgründe begeben. Eines Sohnes, der nie Mann werden durfte. Hat er seine Mutter getötet, um sich aus der übermächtigen Bindung befreien zu können?

KRIMI IM GMEINER-VERLAG

Wir machen's spannend

Gina Schulze
Sintflut

275 Seiten, 11 x 18 cm, Paperback.
ISBN 978-3-89977-740-6. € 9,90.

Die ehemalige Polizistin Marlene Adler lebt mit ihrem Mann in Erlangen. Eines Tages bekommt sie einen Brief von ihrer Schwester Paula aus Rumänien: Die Archäologin hat auf einer Forschungsreise durch die Karpaten eine Sammlung alter Figuren entdeckt. Es sind die ältesten Artefakte, die je gefunden wurden, und sie erzählen die wahre Geschichte der Sintflut. Um die kostbaren Stücke vor Dieben und dem korrupten Staatsapparat zu schützen, ist Paula untergetaucht. Sie plant, die Figuren mit Marlenes Hilfe den Vereinten Nationen zu übergeben.
Viele Gefahren und böse Überraschungen warten auf die beiden Frauen, doch die schlimmste von allen lauert zu Hause.

Manfred Köhler
Tiefpunkt

324 Seiten, 11 x 18 cm, Paperback.
ISBN 978-3-89977-732-1. € 9,90.

Den Klauen des Massenmörders Andi Cernowski ist die Weltenbummlerin Nelli Prenz zwar knapp entkommen, aber ein Gefühl der Erlösung will sich nicht einstellen: Ihre Heimatstadt Hof ist ihr fremd geworden. Außerdem ist Nelli finanziell am Ende, weshalb sie das Angebot einer Klatsch-Illustrierten annehmen muss, ihren schlimmsten Albtraum zu vermarkten.
Kurz nachdem der erste Artikel erschienen ist, erhält sie einen anonymen Erpresserbrief. Nelli ist sich sicher, in dessen Wortlaut ihren Peiniger wiederzuerkennen. Sie beschließt zum Gletscher zurückzukehren, um vor Ort herauszufinden, ob Cernowski wirklich noch am Leben ist. In einem unbekannten Kellerraum tief unter der Passwirtschaft findet Nelli die Antwort.

KRIMI IM GMEINER-VERLAG

Wir machen's spannend

Friederike Schmöe
Januskopf

271 Seiten, 11 x 18 cm, Paperback.
ISBN 978-3-89977-737-6. € 9,90.

Im unterfränkischen Königsberg stürzt eine Frau in den Tod. War es ein Unfall, Selbstmord oder gar Mord? Dem neuen Klienten der Bamberger Privatdetektivin Katinka Palfy wird der mysteriöse Todesfall per anonymem Brief in die Schuhe geschoben. Noch rätselhafter ist allerdings der Mann selbst: Ewald Isenstein leidet seit einem Unfall an einer Persönlichkeitsspaltung, sein Innenleben ist unberechenbar. Katinka hält ihn für unschuldig, doch dann geschehen zwei Morde, und Isenstein hat wieder kein Alibi. Als auch ein Anschlag auf Katinka verübt wird, macht Kommissar Harduin Uttenreuther eine erstaunliche Entdeckung: Der Mörder scheint E.T.A. Hoffmanns Die Elixiere des Teufels »nachzuspielen«. Doch wenn das stimmt, wird es einen dritten Mord geben …

A. Thadewald/C. Bauer
Blutblume

372 Seiten, 11 x 18 cm, Paperback.
ISBN 978-3-89977-741-3. € 9,90.

Der Gärtner ist immer der Mörder – dumm nur, wenn alle Verdächtigen Gärtner sind ...
In der Regentonne seiner Itzehoer Kleingartenparzelle wird Peter Winkler mit eingeschlagenem Schädel gefunden. Die bereits mit Maden übersäte Leiche wurde offensichtlich mit enormer Gewalt dort hineingepresst. Für Hauptkommissar Frithjof Arndt und sein Team beginnt eine wahre Puzzelarbeit. Es scheint, als hätte jeder, der Peter Winkler näher kannte, einen Grund gehabt ihn umzubringen.

KRIMI IM GMEINER-VERLAG

Wir machen's spannend

Pierre Emme
Tortenkomplott

276 Seiten, 11 x 18 cm, Paperback.
ISBN 978-3-89977-734-5. €9,90.

Das Viertel, in dem Mario Palinski lebt, ist in Aufruhr: Auf offener Straße wurde ein Liebespaar erschossen! Hauptverdächtiger ist der pensionierte Kriminalbeamte Albert Göllner.
Gleichzeitig erfährt Palinski, dass er eine Tochter hat, die in Südtirol lebt: Silvana Sterzinger-Godaj stammt aus der berühmten Budapester Konditorendynastie, deren süße Wunderwerke schon das österreichische Kaiserhaus verzückten. Als hervorragende Köchin und Patisseuse soll Silvana in Wien an der »Internationalen Kochkunstausstellung« mitwirken. Doch seit ihrer Ankunft vor zwei Tagen ist sie wie vom Erdboden verschluckt. Als erfahrener Ermittler und besorgter Vater wittert Paliniski ein Komplott – und er soll Recht behalten!

Hans-Peter Vertacnik
Abfangjäger

467 Seiten, 11 x 18 cm, Paperback.
ISBN 978-3-89977-736-9. € 9,90.

Der Ankauf neuer Jagdflugzeuge für das österreichische Bundesheer ist beschlossen. Was keiner ahnt: Der Beschaffungskommission winkt viel Geld, sobald der Bundeskanzler die Kaufverträge unterzeichnet hat. Der zögert jedoch mit seiner Unterschrift und ruft damit Kreise auf den Plan, die auch nicht vor einem Mord am mächtigsten Mann des Landes zurückschrecken, um ihre Ziele zu erreichen.

KRIMI IM GMEINER-VERLAG

Wir machen's spannend

G. Bode-Hoffmann/M. Hoffmann
Infantizid

420 Seiten, 11 x 18 cm, Paperback.
ISBN 978-3-89977-723-9 . € 9,90.

Im thüringischen Weimar wird ein brutaler Raubüberfall auf einen Geldtransporter verübt, bei dem die Sicherheitsleute getötet werden. Der Täter kann entkommen, verursacht jedoch auf seiner Flucht einen schweren Verkehrsunfall. Als er im Sterben liegt, lässt er den ehemaligen Kriminalpolizisten Matti Klatt zu sich rufen. Er berichtet ihm von einem geheimen Projekt namens »Infantizid«. Mit dem geraubten Geld sollte Klatt bestochen werden, daran teilzunehmen.
Der Ex-Polizist lässt sich auf ein gefährliches Doppelspiel ein und begibt sich mitten unter die Drahtzieher einer Verschwörung ungeahnten Ausmaßes.

Bernd Franzinger
Jammerhalde

324 Seiten, 11 x 18 cm, Paperback.
ISBN 978-3-89977-727-7. € 9,90.

An der Jammerhalde, einem düsteren Nordhang im Pfälzerwald, wurde im Dreißigjährigen Krieg ein grausames Massaker verübt. Genau an diesem geschichtsträchtigen Ort wird ein männlicher Leichnam entdeckt, dem schon bald weitere folgen sollen. Alle Opfer wurden auf bestialische Art und Weise getötet und verstümmelt. Nach jedem Mord legt der Täter zudem eine weiße Lilie auf dem Gedenkstein der Jammerhalde ab.
Was bedeuten diese makaberen Arrangements? Die Suche nach dem brutalen Serienmörder führt Hauptkommissar Wolfram Tannenberg zu einem Historikerverein, bei dem auch seine neue Herzdame, Johanna von Hoheneck, Mitglied ist.

KRIMI IM GMEINER-VERLAG

Wir machen's spannend

Bernd Leix
Waldstadt

222 Seiten, 11 x 18 cm, Paperback.
ISBN 978-3-89977-730-7. € 9,90.

Die Angst geht um in Karlsruhe: Seit Wochen treibt ein Serienkiller im Hardtwald, unweit des Stadtteils Waldstadt, sein Unwesen. Immer wieder legt sich im Schutze der Nacht dieselbe Drahtschlinge schnell und unbarmherzig um die Hälse der nichts ahnenden Opfer, die der Täter scheinbar wahllos auswählt.
Hauptkommissar Oskar Lindt verfolgt als Leiter einer kopfstarken Sonderkommission hunderte von Spuren – ohne nennenswerte Ergebnisse. Sein Gegner erscheint übermächtig und die Angst der Bevölkerung wächst. Denn auch aus dem nahen Schwarzwald wird der Fund einer Leiche gemeldet, und auch bei diesem Toten ist die Handschrift des Schlingenmörders unverkennbar.

Manfred Bomm
Schattennetz

466 Seiten, 11 x 18 cm, Paperback.
ISBN 978-3-89977-731-4. € 9,90.

16 Jahre nach der politischen Wende werden in der schwäbischen Kleinstadt Geislingen zwei Männer von ihrer DDR-Vergangenheit eingeholt. Nach langer »Waffenruhe« scheinen plötzlich alte Rivalitäten wieder auszubrechen. Kurz vor dem jährlichen Stadtfest wird einer der Kontrahenten tot im Turm der Stadtkirche aufgefunden.
Kommissar August Häberle erkennt schnell, dass er es mit einem raffiniert eingefädelten Verbrechen zu tun hat. Und der Mörder scheint sein grausiges Werk noch nicht vollendet zu haben, denn weitere Menschen müssen im Kirchturm ihr Leben lassen.

KRIMI IM GMEINER-VERLAG

Wir machen's spannend

B. Grieshaber/S. Kopitzki (Hrsg.)
Tod am Bodensee

378 Seiten, 11 x 18 cm, Paperback.
ISBN 978-3-89977-733-8. € 9,90.

Die Hegau- und Bodenseelandschaft gilt generell als sanft. Dass es hier jedoch auch mörderisch gefährlich werden kann, zeigte sich bereits in der Anthologie »Grenzfälle« und dem Stafettenkrimi »Bodensee-Blues«. In »Tod am Bodensee« lassen 20 Autoren erneut hinter die makellose Fassade blicken: Die Kriminalgeschichten entführen den Leser in grauenvolle Abgründe und schwindelerregende Höhen dieser Region.
Spannend ist, dass zwar alle Textbeiträger reichhaltige Schreiberfahrung besitzen, die meisten jedoch in diesem Genre Debütanten sind, während andere sich als Krimiautoren längst etabliert haben.

Pau Ott (Hrsg.)
Bodenseeblues

96 Seiten, 11 x 18 cm, Paperback.
ISBN 978-3-89977-709-3. € 5,--.

An einem denkwürdigen Tag im Jahr 2006 kommt der arbeitslose Betriebswirt Kai Wagner auf eine Idee, die sein Leben verändern soll: In Singen gründet er das Transportunternehmen *Fuhrwerke Wagner* und stellt Susi Unternährer aus Schaffhausen als Sekretärin an.
Sein erster Transport führt Kai bereits über die Grenze und jagt ihm einen gehörigen Schrecken ein. Die Sekretärin übernimmt mehr und mehr die Leitung des Geschäfts. In den stillen Wassern des Bodensees treibt eine Leiche am turtelnden Pärchen vorbei. Und als eine Oma zur Uzi greift, bricht die Hölle los ...

KRIMI IM GMEINER-VERLAG

Wir machen's spannend

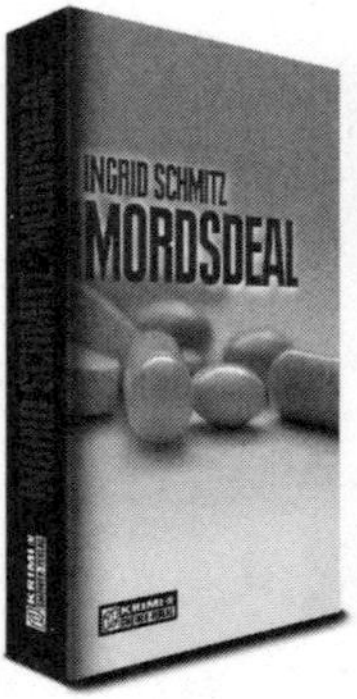

Ingrid Schmitz
Mordsdeal

275 Seiten, 11 x 18 cm, Paperback.
ISBN 978-3-89977-738-3. € 9,90.

Wie so oft verkauft die Künstlerin und Trödelmarkthändlerin Mia Magaloff ihre Schätze in den Markthallen in Rheinberg. Doch dieses Mal ist alles anders: Mia muss mit ansehen, wie Heiner Bröckskes, der Mann ihrer Freundin Gitti, unter Krämpfen zusammenbricht. Noch im Notarztwagen stirbt er. Im Gegensatz zu den Ärzten, glaubt Heiners Sohn Romeo nicht an einen natürlichen Tod. Sein Vater hatte als Vertreter viele Feinde. Als Mia entdeckt, womit er gehandelt hat, bleibt ihr keine Wahl: Sie m u s s sich um den Fall kümmern!

Susanne Kronenberg
Weinrache

275 Seiten, 11 x 18 cm, Paperback.
ISBN 978-3-89977-726-0. € 9,90.

Wiesbadens historisches Stadtbild kann mit einem weiteren Baudenkmal aufwarten. Eine heruntergekommene Stadtvilla wurde als Entwurf eines berühmten Bauhaus-Architekten identifiziert. Doch der Entdecker, Architekt Moritz Fischer, kann sich nicht lange an seinem Ruhm freuen: Inmitten des Treibens auf der Rheingauer Weinwoche wird er kaltblütig erschossen. Norma Tann, frühere Kriminalhauptkommissarin und seit kurzem Private Ermittlerin, wird Augenzeugin des Verbrechens. Dabei hat sie schon andere Sorgen: Ihr Noch-Ehemann Arthur ist nach einem Streit mitten im nächtlichen Wald aus dem Wagen gestiegen. Seitdem fehlt von ihm jede Spur.

KRIMI IM GMEINER-VERLAG

Wir machen's spannend

Matthias P. Gibert
Nervenflattern

323 Seiten, 11 x 18 cm, Paperback.
ISBN 978-3-89977-728-4. € 9,90.

In Kassel geschehen kurz hintereinander zwei tragische Unfälle – jedenfalls scheint es zunächst so. Ein anonymer Brief an den Oberbürgermeister der Stadt lässt jedoch erhebliche Zweifel an der Zufälligkeit der Ereignisse aufkommen – und urplötzlich steckt Kommissar Paul Lenz mitten in einem brisanten Fall: Die *Documenta*, bedeutendste Ausstellung für zeitgenössische Kunst der Welt, wird durch einen Anschlag mit einem hochgiftigen Nervenkampfstoff bedroht. Und mit ihr die Einwohner der Nordhessischen Metropole und die zahlreichen Ausstellungsbesucher.

Marcus Imbsweiler
Bergfriedhof

419 Seiten, 11 x 18 cm, Paperback.
ISBN 978-3-89977-742-0. € 9,90.

Der Heidelberger Bergfriedhof. Auf dem Grab eines Kriegsopfers liegt eine Leiche. Privatdetektiv Max Koller steht vor einem Rätsel. Sein geheimnisvoller Auftraggeber, der ihn mitten in der Nacht an diesen Ort beordert hat, will ihn plötzlich mit allen Mitteln von weiteren Nachforschungen abhalten. Und auch der Tote ist am nächsten Morgen spurlos verschwunden.
Die Neugier des Ermittlers ist geweckt. Kollers Spur führt in die Heidelberger High Society. Und allmählich wird ihm klar, dass sein Gegenspieler viel mehr zu verbergen hat, als nur eine Leiche.

KRIMI IM GMEINER-VERLAG

Wir machen's spannend

Ihre Meinung ist gefragt!

Mitmachen und gewinnen

Als der Spezialist für Themen-Krimis mit Lokalkolorit möchten wir Ihnen immer beste Unterhaltung bieten. Sie können uns dabei unterstützen, indem Sie uns Ihre Meinung zu den Gmeiner-Krimis sagen!

....

Senden Sie eine E-Mail an gewinnspiel@gmeiner-verlag.de und teilen Sie uns mit, welchen Krimi Sie gelesen haben und wie er Ihnen gefallen hat. Alle Einsendungen nehmen automatisch am großen Jahresgewinnspiel teil. Es warten ›spannende‹ Buchpreise aus der Gmeiner-Krimi-Bibliothek auf Sie!

Die Gmeiner-Krimi-Bibliothek

KRIMI IM GMEINER-VERLAG

Wir machen's spannend

Das neue Krimijournal ist da!

2 x jährlich das Neueste
aus der Gmeiner-Krimi-Bibliothek

ISBN 978-3-89977-950-9
kostenlos erhältlich in
jeder Buchhandlung

In jeder Ausgabe:

- Vorstellung der Neuerscheinungen
- Hintergrundinformationen zu den Themen der Krimis
- Interviews mit den Autoren und Porträts
- Allgemeine Krimi-Infos (aktuelle Krimi-Trends, Krimi-Portale im Internet, Veranstaltungen etc.)
- Die Gmeiner-Krimi-Bibliothek (Gesamtverzeichnis der Gmeiner-Krimis)
- Großes Gewinnspiel mit ›spannenden‹ Buchpreisen

KRIMI IM GMEINER-VERLAG

Wir machen's spannend

Alle Gmeiner-Autoren und ihre Krimis auf einen Blick

Anthologien: Mords-Sachsen 2 (2008) • Tod am Bodensee • Bodensee-Blues • Mords-Sachsen • (2007) • Grenzfälle (2005) • Spekulatius (2003) **Artmeier, H.:** Feuerross (2006) • Katzenhöhle (2005) • Schlangentanz • Drachenfrau (2004) **Baecker, H-P.:** Rachegelüste (2005) **Bauer, H.:** Fernwehträume (2008) **Beck, S.:** Totenklang (2008) • Duftspur (2006) • Einzelkämpfer (2005) **Blatter, U.:** Vogelfrau (2008) **Bode-Hoffmann G./Hoffmann M.:** Infantizid (2007) **Bomm, M.:** Notbremse (2008) • Schattennetz • Beweislast (2007) • Schusslinie (2006) • Mordloch • Trugschluss (2005) • Irrflug • Himmelsfelsen (2004) **Bosch van den, J.:** Wassertod • Wintertod (2005) **Buttler, M.:** Dunkelzeit (2006) • Abendfrieden (2005) • Herzraub (2004) **Clausen, A.:** Ostseegrab (2007) **Danz, E.:** Nebelschleier (2008) • Steilufer (2007) • Osterfeuer (2006) **Detering, M.:** Puppenmann • Herzfrauen (2007) **Dünschede, S.:** Solomord (2008) Nordmord (2007) • Deichgrab (2006) **Emme, P.:** Ballsaison (2008) • Tortenkomplott • Killerspiele (2007) • Würstelmassaker • Heurigenpassion (2006) • Schnitzelfarce • Pastetenlust (2005) **Enderle, M.:** Nachtwanderer (2006) **Erfmeyer, K.:** Todeserklärung (2007) • Karrieresprung (2006) **Franzinger, B.:** Jammerhalde (2007) • Bombenstimmung (2006) • Wolfsfalle • Dinotod (2005) • Ohnmacht • Goldrausch (2004) • Pilzsaison (2003) **Gardein, U.:** Die letzte Hexe – Maria Anna Schwegelin (2008) **Gardener, E.:** Lebenshunger (2005) **Gibert, M.:** Nervenflattern (2007) **Graf, E.:** Elefantengold (2006) • Löwenriss • Nashornfieber (2005) **Gude, C.:** Binärcode (2008) • Mosquito (2007) **Haug, G.:** Gössenjagd (2004) • Hüttenzauber (2003) • Tauberschwarz • Riffhaie • Tiefenrausch (2002) • Höllenfahrt (2001) • Sturmwarnung (2000) **Heim, U.-M.:** Das Rattenprinzip (2008) • Totschweigen (2007) • Dreckskind (2006) **Heinzlmeier, A.:** Bankrott (2006) • Todessturz (2005) **Imbsweiler, M.:** Bergfriedhof (2007) **Karnani, F.:** Turnaround (2007) • Takeover (2006) **Keiser, G.:** Apollofalter (2006) **Keiser, G./Polifka, W.:** Puppenjäger (2006) **Klausner, U.:** Die Pforten der Hölle (2007) **Klewe, S.:** Wintermärchen (2007) • Kinderspiel (2005) • Schattenriss (2004) **Klingler, E.:** Königsdrama (2006) **Klugmann, N.:** Die Tochter des Salzhändlers (2007) • Kabinettstück (2006) • Schlüsselgewalt (2004) • Rebenblut (2003) **Kohl, E.:** Willenlos (2008) • Flatline (2007) • Grabtanz • Zugzwang (2006) **Köhler, M.:** Tiefpunkt • Schreckensgletscher (2007) **Koppitz, R. C.:** Machtrausch (2005) **Kramer, V.:** Todesgeheimnis (2006) • Rachesommer (2005) **Kronenberg, S.:** Weinrache (2007) • Kultopfer (2006) • Flammenpferd • Pferdemörder (2005) **Kurella, F.:** Das Pergament des Todes (2007) **Lascaux, P.:** Salztränen (2008) **Lebek, H.:** Schattensieger • Karteileichen (2006) • Todesschläger (2005) **Leix, B.:** Waldstadt (2007) • Hackschnitzel (2006) • Zuckerblut • Bucheckern (2005) **Mainka, M.:** Satanszeichen (2005) **Matt, G./Nimmerrichter, K.:** Schmerzgrenze (2004) • Maiblut (2003) **Misko, M.:** Winzertochter • Kindsblut (2005) **Puhlfürst, C.:** Rachegöttin (2007) • Dunkelhaft (2006) • Eiseskälte • Leichenstarre (2005) **Senf, J.:** Knochenspiel (2008) • Nichtwisser (2007) **Seyerle, G.:** Schweinekrieg (2007) **Schmitz, I.:** Mordsdeal (2007) • Sündenfälle (2006) **Schmöe, F.:** Pfeilgift (2008) • Januskopf • Schockstarre (2007) • Käfersterben • Fratzenmond (2006) • Kirchweihmord • Maskenspiel (2005) **Schröder, A.:** Mordsgier (2006) • Mordswut (2005) • Mordsliebe (2004) **Schuker, K.:** Brudernacht (2007) • Wasserpilz (2006) **Schneider,H.:** Ernteopfer (2008) **Schulze,G.:** Sintflut (2007) **Schwab, E.:** Angstfalle (2006) • Großeinsatz (2005) **Schwarz, M.:** Zwiespalt (2007) • Maienfrost • Dämonenspiel (2005) • Grabeskälte (2004) **Steinhauer, F.:** Menschenfänger (2008) • Narrenspiel (2007) • Seelenqual • Racheakt (2006) **Thömmes, G.:** Der Bierzauberer (2008) **Thadewaldt, A./Bauer, C.:** Blutblume (2007) • Kreuzkönig (2006) **Valdorf, L.:** Großstadtsumpf (2006) **Vertacnik, H.-P.:** Abfangjäger (2007) **Wark, P.:** Epizentrum (2006) • Ballonglühen (2003) • Albtraum (2001) **Wilkenloh, W.:** Feuermal (2006) • Hätschelkind (2005) **Wyss, V.:** Todesformel (2008) **Zander, W.:** Hundeleben (2008)

KRIMI IM GMEINER-VERLAG

Wir machen's spannend